FLORIAN REINEKE

DAS ZWITSCHERN DER ZWETSCHGENMÄNNLA

Das Zwitschern der Zwetschgenmännla, Florian Reineke

Umschlag: Hersbrucker Zeitung GmbH Verlag und Medienservice
Satz und Druck: ScandinavianBook

Lektorat: Petra Embacher

ISBN: 9783931683757

PROLOG

Er ließ das Magazin aus der Waffe gleiten und begann, es zu befüllen. Patrone für Patrone. In der Zeitung würde nachher wieder stehen, es seien Unschuldige gestorben. Er schnaubte verächtlich. Wer sich ihm in den Weg stellte, war nicht unschuldig. Seine Aktionen trafen immer die Richtigen – und wenn dabei ein paar Leute draufgingen, dann war's halt so. Kollateralschaden. Selbst schuld, wenn sie sich zu Handlangern des Systems machten. Zahnrädchen in einer abscheulichen Maschinerie waren sie, nichts weiter. Er hielt inne, ließ eine Patrone durch die Finger gleiten und schaute sich in der Lagerhalle um, die groß und nur spartanisch eingerichtet war. Ein paar Stockbetten für all jene seiner Leute, die keine andere Bleibe mehr hatten. Ein wuchtiger Waffenschrank, in dem das tödliche Arsenal lagerte, daneben ein paar Zielattrappen. In der Mitte ein langer Tisch, an dem sie ihre nächsten Schachzüge planten. Das alles hier war sein Verdienst. Er hatte die abrissreife Halle gekauft, sie eingerichtet, gestrandete Menschen bei sich aufgenommen, ihnen zu Essen und eine Aufgabe gegeben. Und er würde nicht aufhören, nur weil er auf lächerlichen Widerstand stieß.

Er drückte die letzte Patrone ins Magazin, schob es in die Pistole und hörte, wie es einrastete. Ein gutes Geräusch. Es klang nach Entschlossenheit. Nach der Bereitschaft, sich zu wehren. Es wurde Zeit, dass die Enterbten zu ihrem Recht kamen.

Er hob die Pistole und legte den Finger an den Abzug.
„Letzte Chance", sagte er.
Aber der Wachmann, der gefesselt vor ihm auf dem Boden kniete, sah ihm unverwandt in die Augen und schwieg.

KAPITEL 1

Ansgar stand im düsteren Hausflur und tastete nach dem Lichtschalter. Drückte ihn – nichts geschah. „Na toll“, murmelte er und knipste die Mini-Taschenlampe ein, die er an seinem Schlüsselbund trug. Musste denn in dieser Bruchbude jeden Tag etwas den Geist aufgeben? Er ging hinüber zu den Briefkästen, die an der Wand verrosteten. Auf dem letzten prangte ein hingekritzeltes *Detektei A. Camerarius.* Ansgar linste durch den Schlitz – und schrie auf. Machte einen Satz zurück, die Taschenlampe fiel ihm aus der Hand. Er klaubte sie hektisch auf, blendete sich dabei kurz selbst und schaffte es dann endlich, den Lichtstrahl wieder auf den Kasten zu richten. Zwei kleine, schwarze Augen hatten ihn angeblickt! Ansgar wartete eine Weile, bis sich sein pochendes Herz beruhigt hatte, und trat näher heran. Da musste sich irgendein Tier hineinverirrt haben. Er streckte den Arm weit von sich und hob die Klappe mit spitzen Fingern an. „Igitt“, murmelte er vor sich hin. „Igittigitt.“ Er spähte noch einmal hinein: Ja, zwei kleine, schwarze, glänzende Augen. Vielleicht eine Kröte? Aber wo sollte die hergekommen sein? Die Augen wirkten seltsam starr. War das Tier schon tot? Er fasste sich ein Herz und steckte die Taschenlampe in den Schlitz, um besser leuchten zu können. Dann hielt er den Atem an, brachte sein Gesicht ganz nah heran – und lachte erleichtert auf.

Das Gebilde sah warzig aus, aber es trug Kleidung. Ansgar schloss den Kasten auf und nahm das Ding heraus: Dörrpflaumen, kleine Augen im runzligen Walnussgesicht, ein schwarzes Kleid – ein Zwetschgenmännla! War es für die nicht einen Monat zu früh? Soweit er wusste, gab es auch keinen Brauch, sie kostenlos zu verteilen. Vielleicht eine Werbeaktion für den Christkindlesmarkt? Er trug seinen Fund die Treppe hinauf und strauchelte, weil er im Gehen die Figur untersuchte. Sie hatte ein Auge zugekniffen, als würde sie zwinkern, und grinste dabei breit. Der kleine Kerl hielt außerdem ein Buch in den Händen. Ansgar hatte bisher nur Schlotfeger oder knallig gekleidete Skifahrer in den Auslagen auf dem Christkindlesmarkt gesehen. Eine Figur mit Buch, was sollte die darstellen? Einen Pfarrer, der aus einer prächtig verzierten Bibel las? Aber warum sollte er einem dabei zuzwinkern? Ansgar drehte und wendete das Männlein in den Fingern, fand aber weiter nichts Besonderes. Kein Zettelchen im Talar, keine eingeritzten Buchstaben, sondern ein ganz gewöhnliches Zwetschgenmännla, wie man es auf dem Christkindlesmarkt kaufen konnte.

Er war mittlerweile im Dachgeschoss angekommen und schloss die Tür zu seiner winzigen Wohnung auf, in der er seit ein paar Monaten lebte. Ging an der Spanplatte vorbei, die auf zwei leeren Bierkästen ruhte und ihm als Schreibtisch diente. Vermied den Blick auf die fleckige Matratze

am Boden, die das Bett war, und übersah geflissentlich die schwarzen Schimmelflecken unter der abblätternden Tapete. „Zwetschgenmännla“, murmelte er dabei. „Hm.“ Wie ging der Spruch noch gleich? *Hosd an Zwedschgermoo im Haus, gäid dir es Geld und Gligg ned aus.* Beides konnte er zurzeit gut gebrauchen – was aber nicht erklärte, warum das Ding in seinem Briefkasten gelandet war. Die Sache mit der Werbeaktion schien ihm mittlerweile unwahrscheinlich: Kein Logo der Stadt, kein Hinweis auf den Christkindlesmarkt. Vielleicht ein Versehen? Gab es einen Zwetschgenmännla-Sammler hier im Haus, der eine Spezialanfertigung in Auftrag gegeben hatte? Ansgar stellte das Männlein auf die Fensterbank. Er würde schon noch dahinterkommen und die Figur ihrem rechtmäßigen Besitzer übergeben.
Er ging zur Küchenzeile, zupfte einen Kaffeefilter aus der Pappverpackung und befüllte die Maschine. Die Kanne hatte den Umzug nur schwer verwundet überlebt, Ansgar hatte sie nachlässig mit Paketband umwickelt. Seitdem bahnte sich jedes Mal ein schmales Rinnsal einen Weg hinaus und tröpfelte zu Boden. Naja, ein wenig Schwund war eben immer. Während der Kaffee durchlief, machte er sich auf die Suche nach der Zeitung. In letzter Zeit häuften die sich im Treppenhaus, vermutlich war ein Nachbar verreist und hatte vergessen, sie abzubestellen – Glück für Ansgar, der sich zurzeit kein Abo leisten konnte. Aber wo war nun die heutige Ausgabe? Ansgar sah unter ein paar dreckigen Tellern nach, die neben dem Spülbecken standen, und fegte mit dem Fuß einige Kleidungsstücke von der Matratze – nichts. Er suchte

den Boden neben der Tür ab, fand aber nur alte Socken, Werbeprospekte und Staubmäuse.

Die Kaffeemaschine fauchte bedenklich. „Mach mir ja nicht schlapp", murmelte Ansgar. Als er den Kühlschrank öffnete und nach der Milch greifen wollte, fiel ihm ein, dass er keine besorgt hatte. Stattdessen erspähte er etwas ganz unten im Gemüsefach.

„Wusst ich's doch, dass bei mir nichts wegkommt." Er nahm die *Nürnberger Nachrichten* heraus, setzte sich aufs improvisierte Bett und schlürfte seinen Kaffee, während er die Artikel überflog. Manchmal hatte er Glück und fand bei den Polizeimeldungen etwas, dem er nachgehen konnte – sofern er es schaffte, an einen Namen zu kommen. Aber Journalisten und Polizisten pflegten mehr auszuplaudern, als ihnen bewusst war. Man musste nur geschickt fragen. Und lügen, wenn es nötig war. Er brauchte dringend einen Vermisstenfall, einen ungelösten Diebstahl … Aber er fand nur einen Trickbetrug, den die Polizei bereits aufgeklärt hatte, und einen Raub in der Nähe der Frauentormauer. Wohl ein unaufmerksamer Freier mit zu viel Bargeld in der Tasche. Ansgars Augen blieben an einer Kolumne hängen, in der es um den Christkindlesmarkt ging: Zu voll, der Glühwein zu teuer, aber trotzdem ganz schön, lautete das Fazit. Nichts über besondere Zwetschgenmännla, die heuer verteilt wurden. Er sah hinüber zu seinem Exemplar, das ihm von der Fensterbank entgegengrinste. Er würde das Ding nachher genauer unter die Lupe nehmen und es aufschneiden. Vielleicht verbarg sich in den Zwetschgen etwas und es war deshalb so schwer?

Er kippte den restlichen Kaffee hinunter, stand auf und schlüpfte in seine ausgelatschten Loafers. Allmählich bekam er Hunger, nachdem er den ganzen Morgen unterwegs gewesen war, um seine Zettelchen zu verteilen. Jetzt klemmten sie unter Scheibenwischern und klebten an Laternen: *Detektei A. Camerarius – Diskrete und professionelle Hilfe bei vermissten Personen und Wertgegenständen. Erfahrener Consultant für Polizei und Sicherheitsbehörden. Kontakt: 0911-71387914, detektei@camerarius.de.* Beim Hinausgehen warf er einen Blick aus dem Fenster. Immerhin das hatte seine neue Bleibe: einen guten Ausblick. Man sah von hier ein Meer aus braunen Giebeln und Schornsteinen, mittendrin ragten die verschiedenartigen Türme von St. Lorenz in die Höhe, im Hintergrund war die Kaiserburg zu sehen. Irgendwo in diesem Gassengewirr versteckte sich ein Fall, und Ansgar würde ihn finden. Ja – war schon hart, wieder ganz von vorn anfangen zu müssen. In München war es einfach gewesen. Dort hatte es unzählige Männer mit Affären und misstrauischen Ehefrauen gegeben, außerdem hatte Ansgar regelmäßig verlorene Klunker wiederbeschafft, die irgendwem vom Finger gerutscht waren. Er hatte sich in der Landeshauptstadt in den letzten beiden Jahrzehnten viele Kontakte aufgebaut: Polizei und Schickeria, er kannte sogar jemanden von den Stadtwerken, weil oft ein Ausflug in die Kanalisation genügte, um verschwundene Diamantringe wiederzubeschaffen. Natürlich war es in München kaum auszuhalten gewesen mit dem ganzen Schmutz und dem Verkehrslärm und, nun ja, den Bayern. Aber Cordula hatte damals, gleich nach dem Studium, die Stelle am Gericht

bekommen und Ansgar war ihr gefolgt. Glückliche Jahre hatten sie verbracht, hatten Sophie großgezogen, aber es hatte sich schon früh abgezeichnet, dass eines Tages … Und dann diese Sache letztens, als Cordula doch wirklich behauptet hatte, dass er – nein, es war besser so. Und die kleine Sophie war schon längst groß und brauchte Ansgar nicht mehr, jetzt, wo sie mit ihrem Mann nach Costa Rica ausgewandert war, Homeoffice, alles kein Problem, bald würde schon der kleine Ricardo Rodriguez Camerarius auf die Welt kommen. So nahm alles seinen Lauf. Und nun war Ansgar hier gestrandet, in Nürnberg, seiner Geburtsstadt, wo niemand mehr von seinen damaligen Freunden wohnte.
Er hatte den Abstieg durchs düstere Treppenhaus bewältigt, trat hinaus auf die helle Straße und ging gleich zum Bäcker, der nur ein paar Häuser weiter lag.
„Grüß Gott", sagte die Verkäuferin.
„Mach ich, wenn ich ihn seh'", erwiderte Ansgar.
„Lass'n S' doch den Schmarrn, Sie wissen doch, wie i's maan."
Ansgar kam jeden Tag her, und jeden Tag führten sie ein ähnliches Gespräch. „Naja", sagte er. „Entweder soll ich Gott grüßen oder er mich, und auf beides lege ich keinen Wert. Noch nicht."
Die Frau lächelte. „Ma brauchd ned tot sei, dass ma'm Herrgott begengt."
„Das seh ich anders", murmelte Ansgar, während die Verkäuferin ihm seine Breze einpackte und er das passende Kleingeld hervorkramte.
„Sie wern's scho nu verstehn", sagte sie. „Ma braucht doch jemand'n, der an hilft."

Ansgar lächelte müde. „Ich komme gut allein zurecht."
Die Verkäuferin musterte ihn von oben bis unten und legte die Tüte auf den Tresen. „Mir kumma alle mal in a Situation, wo ma a Hilfe brauchd." Ansgar streckte ihr die Hand mit dem Geld hin, aber die Bäckerin ignorierte sie. „Bis morgen", sagte sie.
Er brauchte einen Moment, um zu begreifen. Sah er denn wirklich so abgerissen aus? Er wandte sich nach links zur verspiegelten Wand. An seiner Jacke fehlte der oberste Knopf, deshalb hatte er sie mit einer großen Sicherheitsnadel verschlossen. Sein Schal war ausgefranst und die Cordhose schlackerte ihm um die Knie, weil er so stark abgenommen hatte in letzter Zeit. Vom linken Schuh löste sich vorn die Sohle, sodass es aussah, als hätte sein Fuß einen Mund. Vielleicht könnte das sein Markenzeichen werden. Ansgar Camerarius, der Detektiv mit den Latschen, die tratschen. Und im grau melierten, ungekämmten Haar könnten nächstes Frühjahr die Wanderfalken nisten, die es sich immer auf der Kaiserburg gemütlich machten. Er beendete die Musterung. Na gut – vielleicht wirkte er wie jemand, der sein Leben nicht im Griff hatte. Trotzdem würde er jetzt nicht anfangen, Almosen anzunehmen. „Nett gemeint", sagte er und legte die Münzen ins Plastikschälchen. „Aber ich mache keine Schulden."
„Sie hätten ja kanne", sagte die Bäckerin. „Ich däd Ihnen die Brezn ja schenken."
Ansgar schüttelte den Kopf. „Man bekommt im Leben nichts geschenkt. Nie."

Die Bäckerin griff halbherzig nach den Münzen. „Wie S' meinen."
Er schnappte sich die Tüte und verließ die Bäckerei, ehe die Verkäuferin ihm sein Geld wieder aufzwängen konnte. Den restlichen Tag verbrachte Ansgar damit, sein Mail-Postfach zu kontrollieren, die Beschriftung an seinem Briefkasten zu inspizieren (alles in Ordnung) und auf einen Anruf zu warten. Abends wanderte er los, um sich Nudeln und eine Tube Tomatenmark zu kaufen. Und eine Dose Billigbier, damit er etwas hatte, worauf er sich freuen konnte.

Als Ansgar am nächsten Morgen die *Nürnberger Nachrichten* aufschlug, entfuhr ihm ein leises „uff". Das Bild zeigte das Germanische Nationalmuseum. Eine große Abdeckplane verbarg einen Teil der Fassade. Die Überschrift lautete: *Raub im GNM – Codex aureus gestohlen.*
Ansgar überflog den Artikel, gierig nach schnellen Informationen. Dann las er ihn gründlich.

Nürnberg – Ein brutaler Raub hat sich gestern in den frühen Abendstunden im Germanischen Nationalmuseum (GNM) ereignet. Gegen 18.15 Uhr, kurz nach Schließung des Museums, verschafften sich Kriminelle mittels einer Sprengung Zutritt und raubten den sogenannten Codex aureus, eine äußerst wertvolle mittelalterliche Prachthandschrift. Laut Polizei kam dabei ein Wachmann ums Leben, ein weiterer wird derzeit vermisst.

Ansgar schluckte. Von Raubüberfällen und ähnlichen blutigen Geschichten hielt er sich geflissentlich fern. Er befasste sich lieber mit Diebstahl oder verschwundenen Menschen, die – und das war äußerst wichtig – aller Wahrscheinlichkeit nach noch lebten. Hin und wieder hatte er der Münchner Polizei bei Vermisstenfällen geholfen, dafür hatte Ansgar eine Checkliste, die er vorher im Kopf durchging: War es die Ehefrau des Vermissten, die die Polizei alarmiert hatte? War ihr trauter Gatte mittelalt und erfolgreich im Job? War seine Sekretärin attraktiv und ebenfalls nicht erreichbar? Kein Problem – Ansgar übernimmt.

Aber um so etwas hier würde er immer einen Bogen machen. Er strich die Zeitungsseite glatt und studierte den Bericht weiter. Die Bande musste den Überfall gut koordiniert haben, denn soweit er wusste, wurden Einband und Buchblock des Kodex getrennt aufbewahrt, wegen der unterschiedlichen Anforderungen an Luftfeuchtigkeit und Lichtverhältnisse. Zumindest war es bei seinem letzten Besuch so gewesen, der bereits Jahrzehnte zurücklag. Trotzdem hatte er das Bild des weltberühmten Buches noch vor Augen: Elfenbein und Edelsteine, Perlen und Gold … Die Bande musste gleichzeitig in die Bibliothek des GNM und in den Ausstellungsraum eingedrungen sein. Aus dem Artikel ging nicht hervor, warum die Bande die Tür nicht einfach eingeschlagen hatte. Er fragte sich, wie jetzt wohl der Kornmarkt aussah, nach einer solchen Sprengung.

Er blätterte weiter durch die Zeitung, fand aber nichts, was nach einem Fall für ihn aussah. Eigentlich fand er überhaupt nichts, das nicht irgendwie mit dem Raub im GNM zu tun hatte. Er konnte es den Redakteuren nicht verübeln – wen interessierte nach so einer Aktion schon irgendein läppischer Diebstahl?

Als er fertig war, strich er das Papier wieder möglichst glatt, um die Zeitung zurück in das Treppenhaus zu legen. Auf dem Weg zur Tür fiel sein Blick auf das Zwetschgenmännla, das seit gestern die Fensterbank zierte. Ansgar nahm es noch einmal in die Hand und betrachtete das winzige goldene Büchlein, das der kleine Kerl in den Händen trug.

Hm.

Schon ein seltsamer Zufall.

Auch ein Kodex, auch aus Gold. Ansgar bog die Drahtärmchen auseinander, entwand ihnen das Buch und hielt es sich dicht vor die Augen. Woraus es wohl bestand? Kein Holz, so viel war sicher, dafür wog es zu viel. Womit arbeiteten denn die Handwerker sonst so, die Zwetschgenmännla fertigten? Draht, Birkenholz, Dörrpflaumen natürlich … Alles viel zu leicht für ein solches Büchlein. „Hm", machte Ansgar. Ihm kam ein verrückter Gedanke. Nein, wieso hätte jemand – und doch. Es war merkwürdig, dass ausgerechnet am Tag vor einem solchen Raub ... Es konnte nicht schaden, es zu überprüfen.

Er ging zu der Box mit Juweliersutensilien, die er hier in Nürnberg noch nicht benötigt hatte. Früher hatte er sich der Gerätschaften mehrmals die Woche bedient, um die Echtheit von Gold festzustellen oder zu prüfen, ob wiederbeschaffte Klunker auch wirklich diejenige Art Edelstein waren, die seine jeweilige Klientin vermisste.

Ansgar hob den Deckel und wühlte in der Kiste: Vergrößerungsglas, verschiedene Pinzetten, ein Probierstein. Er nahm

letzteren heraus. Wenn das Büchlein wirklich aus echtem Gold bestand, würde es eine Farbspur auf dem schwarzen Lydit hinterlassen. Er nahm das filigrane Gebilde und zog es behutsam über die raue Oberfläche des Steins.
Eine goldene Linie.
Sie war so deutlich, dass kein Zweifel bestand – das Ding bestand aus Gold. Sicherheitshalber nahm Ansgar eine der Probiernadeln zur Hand und machte mit ihr einen Vergleichsstrich, anhand dessen er den Reinheitsgrad ablesen konnte.
Er betrug 24 Karat.
„Allmächd", rutschte es ihm heraus. Zum Glück hatte die Bäckerin nicht gehört, dass ein Ungläubiger wie er den Herrgott anrief.
Ansgar begann, in seinem winzigen Zimmer auf und ab zu laufen. Jemand hatte ihm ein Stückchen Feingold in den Briefkasten gelegt! Es wog nur wenige Gramm, Ansgar schätzte den Wert auf 200 Euro. Sein Magen zog sich zusammen. Das hieß wohl, es war doch kein Werbegeschenk. Andererseits, wer konnte das schon mit Sicherheit sagen. Firmen ließen sich heutzutage die absurdesten Sachen einfallen. Ja, genau, das musste es sein! Irgend so ein modernes Start-Up hatte sich einen Gag überlegt. Sie schenkten zufällig ausgewählten Nürnbergern wertvolle Zwetschgenmännla. Ansgar zwang sich, einen erleichterten Laut auszustoßen. Doch, genauso musste es sein! Bestimmt war es ein Start-Up für Goldanlage, oder das Männlein kam von der Stadt selbst! Eine Marketing-Aktion für den Christkindlesmarkt, die Tourist-Info steckte dahinter, bestimmt war es überall

groß angekündigt worden! *Gewinnen Sie eines der wertvollen Goldmännla, tauschen Sie es auf dem Christkindlesmarkt für dreißig Drei im Weggla ein, das sind 90 im Weggla, Sie Glückspilz!* Zu dumm, dass Ansgar die Zeitung immer nur nach Fällen durchforstete und den Rest überflog, sonst hätte er natürlich davon mitbekommen. Er fuhr sich mit der Hand über die Stirn und stellte fest, dass sich dort winzige Tropfen gebildet hatten. Sicher die Wirkung des Kaffees. Er wischte den Schweiß fort. Hätte tatsächlich jemand davor warnen wollen, dass eine brutale Diebesbande den Codex aureus stehlen möchte, dann hätte es doch bessere Möglichkeiten gegeben. Einen Brief, zum Beispiel. Einen Anruf bei der Polizei. Kurz überlegte er, ob er selbst sich nun dort melden musste, aber was sollte er sagen? *Verzeihung, jemand hat mir Gold geschenkt, bitte retten Sie mich?* Unsinn. Und er glaubte ja auch gar nicht daran! Völlig abwegig. Am besten, er fand schnell heraus, wer für den Werbegag verantwortlich war. Oder, und das war überhaupt am wahrscheinlichsten: In diesem Haus wohnte der Angebetete einer Zwetschgenmännla-Künstlerin, und sie hatte ihrem Liebsten ihr neuestes Werk schenken wollen. Zu dumm, dass das Ding in Ansgars Briefkasten gelandet war! Aber so schummrig, wie es im Treppenhaus war, konnte man das wirklich niemandem vorwerfen, dass er sich da vertat.

Ansgar drückte das goldene Büchlein behutsam wieder zurück in die Drahtarme des Männleins und stellte es auf der Fensterbank ab.

„Ja“, murmelte er vor sich hin. „Ein Versehen.“ Und überhaupt, so ein Männlein, das konnte ja alles bedeuten, das konnte ja … Erstaunt sah Ansgar auf seine Füße, die bereits in den Loafers steckten. Es half einfach nichts – er musste diesen absurden Gedanken loswerden. Zum GNM gehen, mit eigenen Augen sehen, dass diese ganze Sache absolut nichts mit Zwetschgenmännla und erst recht nichts mit ihm zu tun hatte. Dann könnte er sich nebenbei wegen des teuren Werbegags umhören. Und sich anschließend nicht mehr weiter um Mord und Totschlag kümmern, so einfach war das.

Als er die Tür öffnete, grinste ihn das Männlein immer noch an. Ansgar packte es und stopfte es in die Jackentasche. „Nicht frech werden."

Als er ins Freie trat, fragte er sich kurz, ob er sich im Tag vertan hatte. Die Straßen wirkten wie sonntags früh um sechs. Niemand war zu sehen. Er lugte in die Bäckerei hinein – doch, die Verkäuferin stand am Tresen. Sie bemerkte ihn und winkte ihn herein.

„Und?", fragte sie. „War'n S' scho dort?"

„Beim GNM, meinen Sie? Deshalb ist hier alles ausgestorben?"

Die Verkäuferin nickte. „Die schau'n sich des Loch an. Über'n ganzen Kornmarkt verteilt hat sich die Fassad'n, hat mir a Bekannte g'sagt. Ekelhaft."

„Ja, Sachen in die Luft zu sprengen, ist wirklich nicht …"

„Die Sensationsgier meine ich! Herrgottnochmal, es soll sich doch jeder um seine eig'nen Sachen kümmern." Sie hielt dabei inne, ihm eine Breze einzupacken. „Oder wolln S' g'wiess a grad hin?"

„Ich? Nein, nein! Ich, ähm … habe zu tun."

„Anständig von Ihna." Sie reichte ihm die Tüte und wandte sich ab, sobald er sie genommen hatte. Ansgar legte das Kleingeld ins Plastikschälchen, wo es vermutlich liegen bleiben würde, bis er gegangen war und die Frau keine Hoffnung mehr hatte, dass er zurückkehrte, um es doch noch wieder einzustecken.
Draußen lenkte er seine Schritte Richtung GNM. Es fühlte sich unheimlich an, niemandem zu begegnen, so als hätten die Bäckerin und er zufällig die Apokalypse verpasst. An einem U-Bahn-Aufgang spulten Rolltreppen ihre Runden ab, ohne Menschen zutage zu befördern.
Doch je näher er dem Germanischen Nationalmuseum kam, desto lebendiger wurde es. Und lauter. Stimmengewirr, Autohupen. Eine Lautsprecherdurchsage. Als Ansgar schließlich ankam, staunte er nicht schlecht. Auf dem Kornmarkt waren trotz des sonnigen Wetters keine Skater unterwegs, denn alles war weitläufig abgesperrt. Mannschaftswagen der Polizei standen herum, es wimmelte von Schaulustigen und Reportern. Ein großer Übertragungswagen vom Bayerischen Rundfunk war da, ein Auto mit BILD-Aufdruck, außerdem wuselten ein Dutzend Frauen und Männer mit Notizblöcken in den Händen umher. Ansgar näherte sich dem Spektakel vorsichtig, aber merkte schnell, dass er so nicht weiterkam. Also drängelte und quetschte er ein wenig und murmelte dabei Entschuldigungen, um seine Rüpelhaftigkeit zu mildern. Aber er musste unbedingt mehr sehen.
Als er sich endlich nach vorn gekämpft hatte, dachte er zunächst, jemand hätte ein modernes Kunstwerk auf dem Vorplatz aufgestellt. Dann verstand er, dass es große Stein-

brocken waren – die Bande hatte tatsächlich den Eingang aufgesprengt, durch den man normalerweise in die Bibliothek gelangte. Und dabei offenbar einen guten Teil der Fassade weggesprengt. Eine große Plane verbarg das Sprengloch. Als nächstes fiel Ansgars Blick auf ein kleines Zelt der Spurensicherung. Er konnte es von seiner Position zum Glück schlecht einsehen, aber vor seinem inneren Auge tauchten Blutspuren und Kreidemarkierungen auf. Er schüttelte sich.
„Schweine“, sagte ein älterer Herr neben ihm ins Nichts. So etwas machten Leute oft, wenn Ansgar in der Nähe war. Offenbar ermunterte irgendetwas an ihm dazu, ein Gespräch anzufangen. „Schweine“, wiederholte der Mann.
„Mh“, machte Ansgar. Natürlich waren es Schweine – immerhin hatten sie in Kauf genommen, dass bei dem Raub Menschen starben. Und was gab es denn Unverfänglicheres, als Wachmann in einem Museum zu sein?
„Und dann nur wegen einem Buch“, sagte der Mann. „Das hat bestimmt so ein Superreicher haben wollen für seine Kunstsammlung. Der Elon Musk oder sonst wer, und dafür hat der seine Einbrecherbande geschickt. So was würde doch sonst nicht passieren in unserem schönen Nämberch.“
Ansgar hörte nur noch mit halbem Ohr zu. Er hatte gerade einen braunen Pferdeschwanz erspäht, der sich an zwei Polizeibeamten vorbeidrückte und die Absperrung unbehelligt passierte. Ansgar meinte, das Gesicht schon mal gesehen zu haben. Die Frau steckte in einem weiten, grünen Anorak, aber ihre Bewegungen kamen ihm trotzdem bekannt vor. Er kannte sie ganz sicher von damals aus dem Studium, wie hieß sie noch gleich … Ansgar beobachtete, wie sie eine

große Frau im Blazer ansprach. Die Dame nickte, woraufhin die Studienbekanntschaft in ihren Notizblock kritzelte, das Gesicht ganz dicht davor. Sie war sehr kurzsichtig gewesen, damals schon, einmal war sie fast in ihn hineingelaufen, so hatten sie sich doch zum ersten Mal getroffen … Karin? Katja? Karolin?

„… oder weil die das für ihre Rituale brauchen", fuhr der Mann neben ihm fort. „Wenn sie in den Kellern die Kinder essen, damit sie dabei aus den Evangelien lesen können, um den lieben Herrgott zu ärgern. Wussten Sie, dass die das tun? Dass der Elon Musk und seine Leute satanische Rituale machen?"

„Äh, wie? Verzeihung, ich muss weiter."

Ansgar drängelte sich wieder durch die Menge, bis zu der Stelle, an der Karin oder Katja oder Karolin durch die Absperrung geschlüpft war. Ein Polizist blickte ihn finster an, als er dem Band zu nahe kam.

„Tag", sagte Ansgar. Der Polizist nickte ihm knapp zu.

„Die Dame, die hier vorhin durch ist", sagte Ansgar. „Sie ist eine alte Studienfreundin von mir. Meinen Sie, ich dürfte kurz Hallo sagen?"

Der Polizist lächelte. „Fällt Ihnen keine bessere Ausrede ein?"

„Ich möchte wirklich nur mit ihr sprechen", sagte Ansgar. „Und nicht herumschnüffeln oder so."

„Wissen Sie, wie viele Leute hier heute schon durchwollten? Eine Frau hat mir erzählt, ihr wäre das Hündchen entlaufen und sie müsste es überall suchen."

„Und?", fragte Ansgar. „Hat sie es gefunden?"

Der Polizist zuckte mit den Schultern. „Ich habe ihr gesagt, es könnte der Hund gewesen sein, der vorhin mit ein paar blutigen Gedärmen im Maul getürmt ist."
„Ist das eine Strategie, die man auf der Polizeischule lernt?", fragte Ansgar. „Den Unsinn anderer Leute mit eigenen Lügengeschichten zu kontern?"
„Nein, das lernt man nirgends, das kommt von selbst. Man nennt es Zynismus."
„Wie lange arbeiten Sie schon bei der Polizei?"
„Knapp zwanzig Jahre."
„Man sieht viel, nehme ich an."
Der Polizist nickte und wies dann mit dem Kopf Richtung Museum. „Aber so etwas zum Glück noch nie."
Ansgar folgte seiner Bewegung und sah, dass sich seine Studienbekanntschaft auf den Museumseingang zu bewegte.
„Mir fällt ihr Name nicht mehr ein", sagte Ansgar. „Irgendwas mit K …"
„Ihr Nachname ist Wintergart", sagte der Polizist. „Sie ist Gerichtsreporterin bei den *Nürnberger Nachrichten*. Keine Ahnung, wie der Vorname lautet."
„Katrin! Katrin Wintergart … Wir haben zusammen Jura studiert, damals. Ich glaube sogar, dass ich durch sie meine Frau, also, bald Ex-Frau …"
„Hey!", schrie der Beamte und rannte los. Jemand hatte die Absperrung ignoriert und lief auf die Dame im Blazer zu, mit der Katrin gerade noch gesprochen hatte. Ansgar erkannte den Verschwörungstheoretiker von vorhin wieder. Der Polizist war offenbar ein guter Sprinter und hatte den Mann fast eingeholt – Ansgar hätte zu gern gesehen, wie die

Konfrontation ausging. Aber er hatte keine Zeit, das Spektakel zu verfolgen. Während alle Augen auf die rennenden Männer gerichtet waren, stahl sich Ansgar unter dem Band hindurch und steuerte aufs Museum zu. Er ging schnell genug, um beschäftigt zu wirken, aber langsam genug, um nicht aufzufallen. Er stellte sich vor, er wäre unterwegs zu einem Interview. Er ließ die Schultern etwas tiefer sinken, schritt weiter aus und schaltete sein gedankliches Rollenradio ein. Wer wirklich überzeugt lügen wollte, der fing am besten im eigenen Kopf damit an. Ansgar sog die klare Luft ein. Jaja, tat gut, mal rauszukommen aus der Redaktion! Immer nur auf den Bildschirm glotzen und Wörter in den Computer tippen, Mannmannmann, da wurde man ja bekloppt. Und dann dieser eine Kollege, der immer so laut telefonierte, da konnte sich ja kein Mensch bei konzentrieren! Früher, da musste es noch toll gewesen sein als Journalist, da konnte man als rasender Reporter unterwegs sein, und rauchen hatte man auch gedurft …

Als er am Zelt der Spurensicherung vorbeikam, trat eine Frau heraus und gab den Blick ins Innere frei. Ansgar blickte hastig weg, aber trotzdem sah er einen einzelnen, schwarzen Schuh. Er lag auf der Seite, so als hätte ihn jemand im Hausflur ausgezogen und ihn in eine Ecke gepfeffert, aus Freude darüber, dass nun Wochenende war. Bestimmt gehörte er einem der Wachmänner, die bei dem Raub ums Leben gekommen waren …

Als er endlich in die Straße der Menschenrechte bog und etwas Deckung hatte, atmete Ansgar auf. Trotzdem zwang er sich dazu, weiterhin geradeaus zu blicken. Diesen Fehler machten nämlich nur Anfänger: Sie blickten zur falschen Zeit den falschen Menschen in die Augen – das hieß, Polizisten, Security-Mitarbeiterinnen oder besorgten Bürgern – und schon saßen sie im Streifenwagen, der sie zur nächsten Wache brachte. Ansgar hatte diesen Fehler selbst ein einziges Mal gemacht und würde sich hüten, ihn ein zweites Mal zu machen.

Er durchschritt die gläserne Drehtür und lief beinahe gegen einen Polizisten, der vor dem Empfangstresen stand, die Maschinenpistole im Anschlag. Der Mann nickte ihm zu, Ansgar grüßte zurück und eilte weiter.

Im Gebäude war es leerer, als er erwartet hatte. Vielleicht kam es ihm auch nur so vor nach dem Gewimmel draußen. Ein paar Beamte mit Kaffeebechern in den Händen standen herum, hier und dort eilte ein Mensch in weißem Overall durch die Halle. An einer Wand war ein kleines Buffett aufgebaut worden: drei Tische mit Brötchen, Thermoskannen und Plastikbechern. Ansgar bediente sich an beidem. Ein Mensch, der herzhaft in eine Käsesemmel biss und zwischendurch Kaffee schlürfte, erweckte einfach kein Misstrauen.

Er entschloss sich, zunächst in die Bibliothek zu gehen. Der Buchblock war zumindest materiell weniger wert als der Goldeinband, und vielleicht könnte Ansgar sich hier vorsichtig einen Überblick verschaffen, bevor er sich richtig ins Getümmel stürzte. Er wandte sich nach links und stieg in den ersten Stock hinauf. Die Zwischentür, die an normalen Tagen den Ausstellungsbereich von der Bibliothek trennte, stand offen. Zwei Mitarbeiter der Spurensicherung kamen gerade heraus, sie wirkten gelangweilt. „… lieber bei dem

großen Wumms", sagte einer der beiden. „Tresorsprengungen habe ich schon genug gesehen."
„Wenigstens haben wir früher Feierabend", meinte der andere.
Als sie verschwunden waren, war es wieder so still, wie es auch an normalen Tagen in einer Bibliothek war.
Ansgar bog um eine Ecke und sah einen Mann, der zusammengesunken auf einem Stuhl saß. Seine Hände ruhten im Schoß, sein Blick war starr auf ein Regal vor ihm gerichtet. Er trug ein feines Tweed-Jackett und eine dezente Brille.
Noch einmal schlüpfte Ansgar gedanklich in seine Reporterrolle. Ah, sein Interviewpartner! Hoffentlich würde bei dem Gespräch was Gutes rausspringen, die Leser wollten Neuigkeiten. „Tag auch", sagte Ansgar.
Der Mann sah nicht auf, nur seine Lippen bewegten sich, ohne dass ein Wort herauskam.
„Ich bin von der *Fränkischen Post* und hätte ein paar Fragen", sagte Ansgar. „Auch, wenn Sie den Beamten und meinen Kollegen wahrscheinlich schon alles erzählt haben."
„*Fränkische Post?*", wiederholte er, wirkte aber immer noch abwesend.
„Ja, unser Verbreitungsgebiet umfasst, grob gesagt, äh, Velden bis, ja … Neuhaus. Die Leute verwechseln uns oft mit der *Frankenpost* oder dem *Fränkischen Tag*. Dabei sind wir doch die *Fränkische Post.* Sehr lästig."
Der Mann nickte, als würde er es kennen, verwechselt zu werden.
„Sie arbeiten hier?", fragte Ansgar.
Der Mann nickte wieder. „Ich leite diese Bibliothek."

„Und der Verlust des Einbandes trifft Sie hart?“
Der Mann blickte Ansgar nun direkt an. „Kennen Sie das Gefühl, wenn der letzte Tropfen ins Fass tropft?“
„Äh, wie bitte?“
„Der es zum Überlaufen bringt?“
„Ich denke schon.“
„Das ist mir passiert“, sagte der Leiter. „Das Fass ist übergelaufen.“
Ansgar musterte den Mann. Er sah eher vollkommen erschöpft aus als übergelaufen, aber jetzt war vermutlich nicht der richtige Moment, ihn auf diese Unstimmigkeit hinzuweisen. „Sie meinen, jetzt reicht es Ihnen?“, hakte Ansgar nach. „Sie haben genug von ihrem Job?“
Der Bibliotheksdirektor schüttelte den Kopf. „Nicht von meinem Beruf. Sondern von der Welt. Jeden. Verdammten. Tag. Tote hier, Kriege da. Hunger, Armut. Kommerz statt Kultur, skrupellose Machtmenschen überall.“ Er wies unbestimmt auf die Regale hinter sich. „Das hier war mein Reich. Das hier war mein Hort, verstehen Sie? Die stillen Bücher, die niemandem etwas tun. Und dann kommen diese Verbrecher und nehmen ein Evangeliar mit. Ein Evangeliar!“ Das Gesicht des Leiters war rot geworden, sogar die Geheimratsecken verfärbten sich allmählich. Vielleicht hatte er mit dem übergelaufenen Fass doch nicht übertrieben. Am liebsten hätte Ansgar gefragt, welchen Wert der Buchblock hatte, aber das wäre die ungeschickteste Frage der gesamten Kriminalgeschichte gewesen.

„Könnten Sie sich vorstellen, dass die Bande es genau darauf abgesehen hatte?“, fragte Ansgar stattdessen. „Ein Zeichen zu setzen, die Kultur selbst anzugreifen?“
Der Mann hob die Augenbrauen. „Wie? Nein. Also, ich habe noch nicht darüber nachgedacht. Meinen Sie …?“
Ansgar zuckte mit den Schultern. „Wer weiß. Heutzutage ist alles möglich. Aktivisten bewerfen Gemälde mit Kartoffelbrei oder ketten sich an antike Amphoren.“
„Sie meinen, das waren diese Klimakleber? Diese Temperaturwandelvandalen? Geht die Polizei davon aus?“
„Nein! Ich wollte nur sagen, dass …“
„Unglaublich!“ Der Mann sprang auf. „Denen haben wir das zu verdanken? Was denken die sich denn dabei? Menschen sind gestorben! Menschen opfern, um das Klima zu retten? Ja, geht es denn noch?“
„Ich wollte doch nur ein Beispiel dafür nennen, dass manche Dinge eine Symbolwirkung haben, die …“
„Ich halte das nicht aus. Ich. Halte. Das. Nicht. Aus!“ Die letzten Worte hatte der Leiter geschrien. Ansgar wich zurück. Jetzt war offenbar nicht der richtige Zeitpunkt, den Leiter zu fragen, ob er ein besonderes Faible für Zwetschgenmännla hatte.
„Was ist denn hier los?“, fragte eine Frauenstimme hinter ihm. Ansgar wandte sich um und ihre Blicke trafen sich – die Augen der Frau weiteten sich ein Stückchen. „Ansgar?“, fragte sie. „Bist du’s?“
Er nickte. „Lange nicht gesehen.“

„Allerdings! Reden wir nach dem Interview?", fragte sie und wies mit den Augen auf den kleinen Block, den sie in den Händen hielt.
„Klar", sagte er und zog sich hinter ein paar Regalreihen zurück, damit Katrin in Ruhe arbeiten konnte. Gedämpft hörte er die Stimmen der beiden, ab und zu wurde der Leiter laut. Einmal hörte Ansgar deutlich die Wörter „Verbrecher" und „Klimakriminelle" und fuhr sich mit der Hand durchs Gesicht. Was hatte er da nur angerichtet.
Als Katrin fertig war, kam sie zu ihm herüber. „Armer Kerl", sagte sie. „Der ist völlig durch den Wind."
„Ja, er nimmt es sich zu Herzen. Obwohl ich mir an seiner Stelle eher Gedanken um die verstorbenen Kollegen als um ein Buch machen würde."
„Vielleicht ist es der Schock, jeder geht unterschiedlich mit solchen Extremsituationen um. Kaffee?"
Ansgar zögerte. Er hatte noch überhaupt nichts herausgefunden, und je länger er hier herumlungerte, desto wahrscheinlicher flog er auf. Aber die besten Infos könnte er von Katrin bekommen, und den Kontakt zu ihr wieder aufzubauen, war sicherlich nützlich. Er willigte ein und sie gingen nach unten zum provisorischen Buffet.
„Die müssen ja echt verzweifelt sein, wenn sie jetzt schon auf Externe zurückgreifen", sagte sie. „Also, nichts gegen dich. Aber normalerweise halten die nichts davon, Leute hinzuziehen … Haben Sie dich als Consultant eingestellt? Das ist das erste Mal, dass ich das erlebe. Ist die absolute Ausnahme."

„Ist noch nicht ganz geklärt, was genau meine Funktion ist. Ich soll mir erst mal ein Bild von der Lage machen. So hab ich das verstanden."
„Ah ja. Da vorn ist übrigens der Chef von dem Zirkus", sagte sie. „Hast du ihn schon kennengelernt?" Am Tisch stand ein breit gebauter Mann im grauen Sakko. Glatze, leicht gerötete Wangen. Augenlider, die schwer wirkten und halb geschlossen schienen. Ansgar kannte diesen Blick. Leute, die so schauten, waren es gewohnt, sämtliche Gedanken und Gefühlsregungen hinter ihrer fest gemauerten Gesichtsfassade zu verstecken. „Komm", sagte Katrin. „Ich stell ihn dir vor."
„Ähm", sagte Ansgar, während sie die Treppe hinabstiegen. Das war ja mal eine Lüge mit Stummelbeinchen gewesen. Er kratzte sich am Kopf. „Die Polizei hat mich gar nicht um Rat gefragt."
„Ach?", fragte Katrin und zog die Augenbrauen hoch. Ansgar glaubte, kurz die Hand mit ihrem Block zucken zu sehen. *Privatdetektiv schleust sich in Ermittlungen ein. Illegaler Schnüffler am Ort des Verbrechens gefasst.* Es würde nichts bringen, Katrin anzulügen. Schon im Studium hat sie ihm Ausreden und fadenscheinige Entschuldigungen nie abgekauft. „Ich habe mich vorhin reingeschlichen", sagte er. „Weil … ähm, um ehrlich zu sein, weil … ich unbedingt einen Fall brauche. Etwas peinlich." Er klopfte auf sein Jackett, das er vorhin übergezogen hatte. „Aber dieses Ding ist das einzige intakte Kleidungsstück, das ich noch besitze."
„Wow." Sie musterte ihn mitleidig. „Seit wann geht es denn schon bergab?"
„Naja. Eigentlich erst seit ein paar Monaten."

„Und schon hast du keine Sachen zum Anziehen mehr?"
„Ich hätte noch welche in München, aber … Cordula und ich sind nicht mehr wirklich … Wir lassen uns scheiden. Beziehungsweise, ich habe es vor. Naja. Andere Geschichte."
„Oh nein. Und ans Geld lässt sie dich nicht ran?"
„Naja, das … Es ist schwierig …" Die Wahrheit war: Er war selbst schuld. In gewisser Weise. Aber wer konnte denn auch den Überblick behalten bei all den Briefen, die sich wie eine Papierlawine in ihren Hausflur ergossen hatten? Und wie hätte Ansgar damit rechnen können, dass seine Bank ihm kündigte, nur weil er irgendwelche neuen AGBs nicht unterschrieben hatte! Jetzt hatten sie sein Konto eingefroren und warteten darauf, dass er ihnen ein neues nannte. Aber dieser ganze Anmeldekram mit Formularen und Konditionen und Vertragslaufzeiten, und dann brauchte man ein regelmäßiges Einkommen, sonst fielen wieder irgendwelche Gebühren an, da wartete er lieber noch eine Weile, bis beruflich alles geregelt war, und überhaupt war das alles ein verworrenes Knäuel, davon wurde ihm ganz schummrig. Zum Glück fragte Katrin nicht weiter nach.
Sie waren beim Buffet angekommen. Der Kripo-Chef nickte Katrin zu und deutete dann mit dem Kinn auf Ansgar. „Jetzt schleppst du schon Verstärkung an?"
„Neuer Kollege. Er hat es sich nicht nehmen lassen."
Reisinger musterte Ansgar. „Da kommen Sie ja genau richtig. Sowas haben Sie nicht erwartet im schönen Nürnberg, oder?"
Ansgar schüttelte den Kopf. Reisinger reichte ihm nur bis zu den Schultern, aber irgendetwas an dem gedrungenen Mann strahlte eine unheimliche Stärke aus.

„Was ist jetzt eigentlich mit dem Tiefdepot?“, fragte Katrin.
„Wenn's nach mir ginge, würde ich dich reinlassen. Aber der Statiker sagt, keiner darf rein. Auch wir nicht mehr. Das heißt, wir hocken den ganzen Tag vor den Fotos, die wir immerhin schon haben. Ich sag's dir, am liebsten würde ich diesen ganzen korrekten Korinthenkackern ihre Scheißordner um die Ohren hauen.“ Er stockte. „Verzeihung.“
Katrin lächelte verkniffen. „Immerhin gibst du dir Mühe.“
Die Ohren des Kripo-Chefs färbten sich rot. Ansgar sah von ihm zu Katrin und zurück. Lief da was?
„Also dann“, sagte der Beamte. „Ich muss weiter. Formulare ausfüllen. Was sonst. Am Ende hätte ich sonst noch Zeit, unseren Ermittlern zu helfen und wir würden diesen Schei… diesen schwierigen Fall lösen. Und das wollen wir ja nicht.“
„Er heißt Reisinger“, sagte Katrin halblaut zu Ansgar, als er weg war. „Und ist schon schlecht drauf, seit er hier ist. Sie kommen anscheinend kein Stück weiter. Er hat mir vorhin gütig eine Minute gegönnt.“
„Und wer war die Frau, mit der du draußen geredet hast?“, fragte Ansgar.
„Die Museumsdirektorin. Die Arme muss gerade allen möglichen Leuten Rede und Antwort stehen. Mangelhaftes Sicherheitskonzept, Einsparungen an der falschen Stelle und so weiter. Sie hat leider ein paar Fehler gemacht. Sagen zumindest die Leute, die sie loswerden wollen. Sie selbst meint, niemand könne sich darauf vorbereiten, dass ein paar Bekloppte Löcher ins GNM sprengen.“
„Löcher?“, fragte Ansgar. „Ich habe nur das eine am Kornmarkt gesehen.“

„Es gibt offenbar noch eins im neuen Tiefdepot, aber da lassen sie mich nicht rein."
„Das heißt, es könnte noch mehr gestohlen worden sein als der Codex?"
„Vermutlich. Ich durfte nichts darüber schreiben – also, gedurft hätte ich natürlich schon, aber dann hätten sie mir nie wieder was gesagt. Jetzt warte ich ab und versuche, noch mehr herauszufinden … Ein Kollege von der BILD ahnt aber schon etwas, der ist allen Ernstes runter in die Kanalisation geklettert und über ein paar alte Bunkergänge in irgendeinen Wartungsschacht gelangt, der ins Depot geführt hat."
„Das nenne ich mal Einsatz."
„Ja, und das hat er nur gemacht, weil vorher irgendjemand was von einem Kanaldeckel gemunkelt hat, aus dem eine Staubwolke gekommen ist."
„Bin gespannt, was die sich daraus zusammenreimen."
„Ich will's gar nicht wissen. Aber wir werden es morgen wohl lesen. Und da ist noch etwas." Sie rückte näher an ihn heran und eine dezente Parfumwolke wehte zu ihm herüber. Ansgar roch einen Hauch von Zitrus. „Der entführte Wachmann. Sie haben ihn nicht beim Raub verschleppt, er ist gar nicht erst zum Dienst erschienen. Genau genommen fehlt er seit vorletzter Nacht. Natürlich hat die Polizei nichts unternommen – Recht auf Verschwinden, du weißt schon."
„Da macht sich Reisinger Vorwürfe?"
„Nee, er hat nur Angst, dass die vom LKA ihm das reinwürgen. Ganz im Ernst, die Frau des Wachmanns hat ihn vermisst gemeldet, als er fünf Minuten nach der gewohnten

Zeit nicht da war. Das hätte doch jeder von uns als überbesorgt abgetan."
„Hm", machte Ansgar. „Hat die Bande denn schon Forderungen gestellt?"
Katrin schüttelte düster den Kopf. „Und das ist ein schlechtes Zeichen. Es kann sein, dass der Mann schon längst nicht mehr am Leben ist. Reisinger glaubt, sie wollten einfach einen Wachmann schon vorher aus dem Weg räumen. Wer weiß, wie gründlich sie dabei waren ..."
„Dann haben wir keine Zeit zu verlieren. Ich muss mit der Direktorin sprechen. Meinst du, du könntest irgendwie ...?"
„Ich soll dich ihr auch als neuen Kollegen vorstellen? Das vorhin war eine Notlüge, nichts weiter. Glaub nicht, dass ich dir helfe und dich hier groß einschleuse."
„Ich rede nicht von Hilfe, die brauche ich nicht. Ich rede von einem Deal. Wenn du mir eine Ausrede verschaffst, mich hier umzuhören, bekommst du im Austausch als Erste alle Infos, an die ich irgendwie herankomme."
„Warum glaubst du, dass du da schneller bist als ich?"
Kurz überlegte Ansgar, wie viel er ihr erzählen könnte, ob er das Zwetschgenmännla und die Zeitungsausgabe in seinem Briefkasten erwähnen sollte. Er entschied sich, diese seltsamen Zufälle vorerst zu verschweigen. „Weil ich mich nicht an die Regeln halten muss, die für dich gelten. Anders gesagt: Ein abgehalfterter Privatdetektiv hat nicht so viel zu verlieren wie eine etablierte Gerichtsreporterin."
„Überzeugt."
„Und meinst du, ich kann hoch in die Dauerausstellung? Jetzt, wo Reisinger mich gesehen hat?"

„Ich würd nicht drauf wetten. Die haben schon zwei Leute rausgeworfen, die sich als Reporter ausgegeben haben. Reisinger lässt mich nur ausnahmsweise rein, und die meisten kennen mein Gesicht."
„Und könnten wir dann schnell …?"
Sie schüttelte den Kopf. „Ich muss zurück in die Redaktion."
„Wann hast du Schluss?"
„Bei dem Chaos hier? Zehn, elf?"
„Dann hole ich dich um zehn ab, lad dich zum Essen ein und im Gegenzug bekomme ich eine abendliche Museumsführung?"
„Alles klar. Aber nichts Feines, ok? Ich brauch Burger. Seit gestern ist mein Kalorienbedarf um zweihundert Prozent gestiegen."
„Kenn ich noch aus dem Studium. Vor den Prüfungen hattest du immer diese Triple-Sandwiches dabei, mit ziemlich blutigen Steaks drauf."
„Fandest du als Vegetarier immer großartig."
„Ja. Hab heute noch den Geruch in der Nase. Wenn ich Gefahr laufe, zu viel von irgendwas zu essen, dann denke ich an deine Triple-Sandwiches und schon vergeht mir der Appetit."
Sie verabschiedeten sich und Ansgar ging nach Hause, um sein restliches Bargeld zu zählen. Wenn er sich heute Abend nur ein Wasser bestellte, würde es vielleicht sogar reichen.

Um kurz vor zehn betrat er das NN-Gebäude und nahm auf einem der Sofas im Eingangsbereich Platz.

„Sie warten auf jemanden?“, fragte der Mann am Empfangsschalter. In seiner Stimme lag Misstrauen. War es so ungewöhnlich, dass jemand noch um zehn Uhr abends vorbeischaute?
Ansgar nannte den Grund seines Besuchs und der Mann schien zufrieden. „Ist nur einiges los gerade, wissen Sie“, plauderte er los. „Und man weiß nie, was für Leute hier aufschlagen. Vor einer Stunde war jemand da, der wollte die Chefs sprechen, um sich zu beschweren. Weil die Zeitung angeblich verheimlicht, dass ein arabischer Clan hinter dem Anschlag steckt. Dem hab ich gesagt, die Chefs haben keine Zeit. Am Ende musste die Polizei ihn mitnehmen.“
„Es wühlt die Leute eben auf.“
„Ja, aber Araber? Wie kommt man auf sowas?“
„Naja, leider hegen viele Menschen …“
„Ich sag’s Ihnen, das waren welche aus Osteuropa.“
Ansgar versank ein Stückchen tiefer in der Couch. „Wenn Sie meinen.“
Er war froh, als sich endlich die Aufzugstür öffnete und Katrin heraustrat. „Wir können“, sagte sie. „Schnell weg.“
„So viel zu tun?“
Sie reckte die Arme in die Höhe und ließ die Schultern kreisen, dass es knackste. „Solche Fälle sind die schlimmsten. Wenn es keine neuen Erkenntnisse gibt, aber alle was darüber lesen wollen. Ich habe mit einem Dutzend Leuten telefoniert, Kriminologinnen, Kulturwissenschaftlern, Hauptsache, ich kann die Zeilen irgendwie füllen. In den nächsten Tagen haben wir die spektakulärsten Museumsraubzüge der Welt im Blatt und ein Gespräch mit einem Sprengstoffexperten.

Die Kultur macht eine Doppelseite zum Codex aureus mit aufwändiger Infografik. In normalen Zeiten hätte man denen den Vogel gezeigt, aber jetzt …"
Sie bogen in die Königstraße ein und betraten ein Restaurant, in dem Katrin ihre Burgerlust ausgiebig würde stillen können.
„Und bei dir?", fragte sie, als sie saßen. „Hast du deine Fühler noch in andere Richtungen ausgestreckt, oder stürzt du dich jetzt ganz auf diesen Fall? Spektakulär genug ist er ja."
Ansgar hatte noch nicht darüber nachgedacht, was er ihr erzählen würde. Zurzeit sah alles sehr danach aus, als könnte er sich getrost aus der GNM-Sache heraushalten. Keine Spur von Zwetschgenmännla mit goldenen Büchern in den Händen. Vielleicht würde Ansgar einfach vortäuschen, dass er einen anderen Fall aufgetrieben hatte und fürs GNM keine Zeit mehr hätte. „Doch, doch, ich höre mich überall um", sagte er und nippte an seinem Wasser. „Ich hätte sogar fast einen Fall gehabt, aber …" Er schilderte, wie er den Klienten verpasst hatte.
„Hm, ein bisschen warst du früher schon so", meinte Katrin und biss beherzt in ihren Doppeldeckerburger. „Du bisch einfach su verpeilt."
„Was hat dich eigentlich zur Zeitung verschlagen? Ich dachte, du wolltest unbedingt ans Gericht?"
Sie erzählte, wie sie immer mehr Spaß am Schreiben entwickelt hatte und wie sehr sie während des Referendariats die starren Abläufe am Gericht genervt hatten. „Ich brauchte einfach was Kreativeres. Und den Arbeitstag um zehn zu beginnen hat auch was."

Sie plauderten übers Studium und über Ansgars Werdegang als Privatdetektiv – immerhin war er selbst der einzige studierte Jurist, den er in diesem Metier kannte.
Als sie fertig waren, zahlte Ansgar sein Wasser und Katrins Essen und war erleichtert, dass es sogar noch für ein Trinkgeld reichte. Dann machten sie sich auf Richtung GNM.
Um diese Uhrzeit war immer noch einiges los, aber nicht mehr so viel wie noch am Mittag. Katrin nickte den Beamten am Eingang zu, als wären sie hier, um noch einen späten Termin wahrzunehmen. Ansgar schaute möglichst freundlich drein. Niemand hielt sie auf, also gingen sie geradewegs zur Mittelalter-Ausstellung. Katrin nickte einer Polizistin zu, die den Eingang zum Raum bewachte.
„Warum bist du hier eigentlich so gut gelitten?“, fragte Ansgar, als sie drin waren. „Ich meine, Polizisten und Journalisten sind jetzt nicht automatisch die besten Freunde.“
„Die wissen, dass ich ihre Arbeit sehr gewissenhaft darstelle. Die Kripo gibt ein gutes Bild ab in meinen Artikeln. Meistens.“
„Und es hat nicht auch damit zu tun, dass du und ein gewisser aufbrausender Glatzkopf recht vertraut …?“
„Wir kommen gut miteinander aus.“
Sie blieben stehen und Ansgar blickte sich um. Der Raum sah aus wie immer, aber was hatte er auch erwartet? Eine Spur der Verwüstung, als wäre Dürers Nashorn hier durchgerannt? Vor ihnen stand die Vitrine, die bis gestern den Codex aureus enthalten hatte.
„Hat die Kripo schon eine Vermutung, was das Motiv war?“, fragte Ansgar. „Abgesehen vom Geld, meine ich.“

„Sie wälzen so ziemlich alles durch. Der Profiler meint, das Vorgehen diente einfach nur der Ablenkung. Damit sich ein Dutzend Beamte den Kopf darüber zerbrechen, warum die Bande extra die ganze Wand aufsprengt, anstatt einfach nur die Tür einzurammen. Seine Wirkung hat es auf jeden Fall getan. Alle reden davon und kommen her, um sich das Spektakel anzuschauen."

„Von wie vielen Tätern geht man denn aus?"

„Fünf bis sieben."

Ansgar trat so nah an die Vitrine heran, wie es das Absperrband erlaubte. Überall lagen Glassplitter umher. Irgendeine arme Studentin würde sie einzeln eintüten und beschriften müssen. *Name: Bruchstück Nr. 28237, Lage: 47,2° Abweichung von Hauptachse II, Größe: 2,13 mm* … Spurensicherung, das hatte Ansgar während seines Studiums gelernt, war einer der langweiligsten Berufe der Welt. Es war etwas für Leute, die gern ihre Steuererklärung machten. Alles musste richtig eingetragen werden, für alles gab es eine passende Kategorie und ein eigenes Vermerkfeld, und an öffentlichen Tatorten wie diesem hier gab es Tausende Spuren: Fingerabdrücke, Hautschuppen, Straßendreck, der einem Besucher von den Schuhen gefallen war … Nur eines stach direkt ins Auge. Es war zylinderförmig, rot und verbeult.

„Damit?", fragte er. „Ernsthaft? Die sprengen sich ihren Weg hier rein und bringen nichts mit, um die Vitrine aufzubekommen?"

„Hab mich auch erst gewundert. Bis Tilman mir gesagt hat, dass der Feuerlöscher nicht von hier ist."

„So, so. Tilman."

„Wie gesagt. Wir kommen gut zurecht."
Ansgar trat näher an den Feuerlöscher heran. „Diese Leute haben doch irgendein Problem. Ich meine, abgesehen von ihrer kriminellen Energie. Sie wirken irgendwie ..."
„Verrückt", ergänzte Katrin. „Hat Tilman auch gemeint. Vielleicht ist das ihr Plan, damit wir sie nicht durchschauen können."
Ansgar ging in die Knie und begutachtete das Gerät. Das Wartungsschildchen war abgekratzt und das Metall darunter schien angeraut, wie von einer Feile. „Ziemlich viel Mühe dafür, dass sie auch einfach einen dicken Metallbolzen hätten nehmen können." Ansgar stand auf und reckte die Arme in die Höhe, als würde er einen Feuerlöscher hochheben, um ihn in die Vitrine krachen zu lassen. „Uuuh!", stieß er aus.
„Pscht!", machte Katrin. „Wenn die merken, dass ich einen Bekloppten hier reingeschleppt habe, werfen sie uns beide raus."
„Ich muss mich halt reinfühlen."
„Und? Wie fühlt es sich an?"
„Brachial. Sachen mit einem Feuerlöscher einschlagen, das machen doch Leute in Filmen."
„Ja, ist schon sehr speziell."
Ansgar blickte sich um. „Wenn das GNM ein Mensch wäre, dann würde man sofort von Rache sprechen. Würde annehmen, dass sich Täter und Opfer kannten, dass der Täter Wut verspürt und ganz bestimmte Bilder im Kopf hatte, filmreife Rache wollte ..." Ansgar umrundete die Vitrine. „Oder es war ein Ausbruch. Mit einem Feuerlöscher befreien sich Leute in Filmen, wenn man sie irgendwo eingesperrt hat.

Vielleicht hatte der Täter das Gefühl, hier raus zu müssen. Deshalb hat er auch die Gefängniswand gesprengt."
„Sicher, dass du nicht mit denen unter einer Decke steckst?"
„Was? Wie kommst du darauf?"
„Weil du genauso verrückt klingst, wie ich mir diese Leute vorstelle."
„Ich versuche nur, mich in sie hineinzuversetzen."
„Ich finde, du überlädst das Ganze. Bei der filmreifen Rache gehe ich noch mit. Deshalb düsen manche Kriminelle ja auch mit ihrem fetten Audi vom Tatort weg, einfach, weil sie denken, das hat Stil. Letztens habe ich jemanden interviewt, der hat gewirkt wie ein laufendes Klischee. Aufgepumpt, Goldkette … Kennst du eigentlich schon meinen Podcast?"
„Äh, was?" Ansgar hatte gerade eine kleine Kerbe am Fuß der Vitrine entdeckt. „Welcher Podcast?", fragte er, während er sich unter dem Band hindurchduckte und die Fußspitze auf eine scherbenfreie Stelle setzte.
„True Criminal Podcast."
„Ich kenne nur True Crime."
„Bei mir geht's eben nicht ums Verbrechen, sondern um Verbrecher. Um die Menschen, die so etwas wie hier tun."
Ansgar blickte auf. „Wirklich? Du triffst dich mit Kriminellen und dann plaudert ihr über Mord und Totschlag?"
Sie nickte. „Die meisten lehnen meine Anfragen aber ab, weil sie sich schämen."
„Hm", machte Ansgar. Im Gericht waren die Angeklagten plötzlich reumütig – nicht nur, um die Richterin gnädig zu stimmen, sondern weil ihnen vorher einfach nicht klar

gewesen war, was sie da taten. Es brauchte erst einen Saal voller schockierter Leute, um es ihnen zu zeigen.
„Sieht aus, als wäre der Feuerlöscher hier anschließend runtergefallen. Vielleicht aus der Hand gerutscht, mit zu viel Schwung reingepfeffert …" Er richtete sich wieder auf. „Wenn ich's nicht besser wüsste und die Bande nicht mit kiloweise Sprengstoff hantiert hätte, würde ich sagen, das sind Amateure."
„Die einfach mal zwei Wachleute umlegen und einen Kunstschatz aus einem Museum rauben, das hundert Meter Luftlinie vom Polizeipräsidium entfernt ist?"
„So etwas lässt sich doch austüfteln. Wenn man genügend Zeit reinsteckt und die nötige Portion Fanatismus hat, dann bekommt man es hin."
„Was ist mit Kontakten zu potenziellen Käufern? Waffen? Sprengstoff? Fluchtwagen? Unterschlupf?"
Ansgar zuckte mit den Schultern. Er hatte keine Ahnung, wie man einen Käufer für so ein spezielles Diebesgut fand, aber irgendwo gab es sicher einen.
„Gute Idee gehabt?", fragte Katrin.
„Nein, wieso?"
„Weil du lächelst."
„War nur kurz abgelenkt." In Wahrheit hatte er gespürt, wie das Drücken in seiner Bauchgegend nachließ. Die Sache hier war schlimm und er hoffte, dass Reisinger – oder Tilman, wie Katrin sagen würde – die Bande bald schnappte. Aber wer auch immer hier am Werk gewesen war, er hatte offenbar nichts mit Zwetschgenmännla und noch weniger mit Ansgar zu tun. Sonst hätte der ominöse Tippgeber ihm am

Ort des Verbrechens bestimmt leicht weitere Hinweise zukommen lassen können. Es sei denn, er war beim Raubzug selbst nicht dabei gewesen, sondern war nur Mitwisser … Trotzdem. Das alles war eine schreckliche Geschichte, aber Ansgar sah nicht, was es mit ihm zu tun haben könnte. Jede Jurastudentin, deren Herz für Strafrecht schlug, wäre eine bessere Wahl für den Tippgeber gewesen als er. Das hier war einfach nicht sein Metier. Zum Glück.

„Ich denke, ich habe alles gesehen“, sagte er.

„Da gibt es noch etwas.“ Katrin blickte zur Tür. Die Beamtin hatte sich etwas von ihrem Posten entfernt und plauderte mit jemandem. „Ist ja eh alles schon fotografiert“, sagte Katrin und duckte sich unter der Absperrung hindurch. Sie fasste die Vitrine und kippte sie leicht. „Guck drunter.“

Ansgar ließ sich wieder auf die Knie hinab und gab acht, dass er nicht in eine Scherbe langte.

Auf der Unterseite der Vitrine war etwas mit schwarzer Farbe aufgemalt.

Es war ein Smiley.

Er grinste breit.

Und zwinkerte ihm zu.

Ansgar spürte, wie sein Herz schneller pumpte. „Nein“, flüsterte er.

„Ja, es wird immer gruseliger. Erinnert irgendwie an Joker mit diesem Grinsen, oder?“

„Joker … Ich …“

„Der Feind von Batman?“

„Ja, ja, ich … Ich muss …“ Ansgar eilte zurück in den Eingangsbereich und zu den Toiletten, betrat eine Kabine und brauchte fünf Versuche, bis er mit zittrigen Fingern abgeschlossen hatte. Er holte das Zwetschgenmännla aus der Tasche. Eindeutig derselbe breite Mund, das Grinsen, das Zwinkern. Die Zeichnung war dem Gesicht so ähnlich, dass es kein Zufall sein konnte.

Er ließ sich gegen die Wand sacken. Aber was sollte er mit diesem Verbrechen zu tun haben? Alle, die ihn halbwegs kannten, wussten doch, worum er sich kümmerte. Um harmlose Sachen. Nicht um Mord und Totschlag. Er hatte noch nie im Leben eine Leiche gesehen, außer einmal aus dem Augenwinkel, bei einem Pflichtkurs Rechtsmedizin damals an der Uni. Vor seinem inneren Auge zog der einzelne, schwarze Schuh im Spurensicherungszelt vorbei, auf den er leider einen Blick erhascht hatte. Nein, das war nichts für ihn, einfach nicht seine Welt …

Aber jemand hatte ihn ausgewählt. Warum auch immer. Natürlich könnte Ansgar sich einreden, dass alles nur ein Zufall war, dass man ihn verwechselt hatte. Aber wenn so etwas nochmal geschah, was dann? Wenn er bald den nächsten Hinweis erhielte? Dann hätte er wertvolle Zeit vergeudet, in der er dieser Bande vielleicht schon auf die Schliche hätte kommen können …

Er stieß sich von der Kabinenwand ab und richtete sich auf. Griff nach dem Drehknauf und schloss auf – diesmal gelang es ihm schon beim dritten Versuch. Er trat ans Waschbecken, drehte den Hahn auf und ließ sich kaltes Wasser über die Handgelenke laufen, dann in die hohlen Hände, und spritzte es sich ins Gesicht. Trocknete sich ab und blickte sich im Spiegel an. Bartschatten und Augenringe. Die Haut sah etwas gräulich aus – er musste wirklich darauf achten, sich gesünder zu ernähren, wenn das alles vorüber war. Aber erst mal wartete Arbeit auf ihn.

Ansgar warf das Papierhandtuch in den Müll. Er wusste schon, wo er als nächstes hingehen würde.

KAPITEL 2

Ansgar ächzte. Wieso mussten Kanaldeckel immer so schwer sein? Er zog stärker an dem Haken, den er sich vor vielen Jahren für seine Arbeit beschafft hatte. Endlich rutschte der Deckel zur Seite. Ansgar richtete sich auf und schaute sich um. Die Krebsgasse lag im diesigen Licht der Straßenlaternen, Schatten lungerten an den Fassaden. Niemand war zu sehen. Ansgar beeilte sich, seine Stirnlampe anzuknipsen und die wackelige Leiter hinabzusteigen. Nach ein paar Sprossen hakte er sein Werkzeug von unten in den Deckel und zog, bis er wieder an Ort und Stelle saß. Nicht, dass sich ein nächtlicher Heimgänger noch den Fuß brach.

Ansgar ließ die letzte Sprosse los. Patsch. Nun stand er knietief im eiskalten Abwasser. Zum Glück hatte er Routine, weil ihn seine Arbeit schon oft in die Kanalisation hinabgeführt hatte. Und da war eine Großstadt wie die andere. Fäkalien, Medikamente, Drogen – alles landete hier unten. Aber nicht nur das. Manchmal wunderte er sich, dass er im Untergrund nicht ständig auf Sondengänger und andere Schatzjäger stieß, bei der Menge an Metall, das im trüben Abwasser vor sich hindümpelte. Manchmal verbarg sich zwischen alten Brillengestellen und Gebissen ein Ring oder eine Uhr, und

zwar häufiger, als man denken würde. Zugegeben – man wurde den Geruch der Kloake für ein, zwei Tage nicht wieder los, egal, wie gründlich man schrubbte. Aber diesen Preis musste man bereit sein zu zahlen.
Eine Weile folgte Ansgar dem Abwasserrinnsal, dann bog er in einen schmalen Wartungsgang ab. Seine Stirnlampe beschien modrige Wände, an denen graue Kabel verliefen. Er blieb stehen und lauschte. Leises Tröpfeln drang an seine Ohren. Dann ein dumpfes Rauschen. Alles normal für diesen Ort. Er setzte seinen Weg fort und versuchte sich vorzustellen, wo er überirdisch gerade war – Frauengasse, CVJM, Kornmarkt ... Vielleicht stand er gerade genau unter einem Mannschaftswagen der Polizei.
Wieder hielt er inne. Lauschte.
Leises Tröpfeln. Aber war da nicht auch ein schmatzendes Geräusch gewesen, das aufgehört hatte, sobald er stehengeblieben war?
Er knipste die Stirnlampe aus und starrte ins Dunkel. Lichtpunkte tanzten vor seinen Augen. Er wartete eine Minute, zwei, drei ... Dann hörte er etwas. Ja, da war ein Glucksen zu hören, das nicht zur Kanalisation passte. Ratten würde er gleich erkennen, die klangen laut und hektisch. Aber dieses Glucksen hörte sich eher so an, als würde jemand langsam einen Fuß aus dem Wasser heben und vorsichtig wieder eintauchen, um möglichst leise zu sein ... Ansgar spürte, wie sein Herz schneller schlug. Er wünschte sich eine Waffe, etwas, womit er sich im Notfall wehren könnte – wie jedes Mal, wenn er in solche Situationen geriet. Aber nachher, bei Licht betrachtet, hatte er immer darauf verzichtet, sich

ein Messer oder einen Schlagstock zu besorgen. Er könnte doch ohnehin niemanden verletzen.
Er ließ die Stirnlampe ausgeschaltet und schlich weiter, tastete sich an der Wand entlang. Spürte die feuchten Kabel unter seiner Handfläche. Hoffentlich hatte keine Ratte ihr Nest in irgendeinem dieser schleimigen Moosknäuel gebaut, die sich hin und wieder an den Steinen ablagerten. Ansgar wandte sich um: ein schwacher Lichtschein. Verdammt, jemand war ihm tatsächlich auf den Fersen! Die Frage war: Hatte derjenige nur gesehen, dass Ansgar hinabgestiegen war, oder wusste der Verfolger auch, welchen Weg Ansgar genommen hatte?
Die Wand unter seiner Hand war plötzlich verschwunden – eine Abzweigung. Links musste es Richtung Klaragasse gehen, rechts zur Ostseite des GNM.
Er ging ein Stück in den linken Gang hinein und drückte sich an die Wand.
Dann wartete er.
Der Lichtschein wurde heller. Ansgar hörte jemanden murmeln. „… nicht ihre Schuld, dafür können sie nichts. Das ist ihr Los, so sind sie eben.“ Ein leises Lachen folgte, das offenbar von demselben Mann stammte, der da vor sich hin murmelte. „Deshalb brauchen sie jemanden, der sie leitet, der für sie kämpft. Das muss man ihnen verzeihen, ja, das muss man ihnen schon verzeihen. So viel Großmut braucht man. Bis zu einem gewissen Punkt, oder? Ja, so kann man es sagen. Es gibt schon einen gewissen Punkt, da hört es auf. Auch bei jemandem mit großem Herz. Megaherz, hahaha.“
Ansgar spähte angestrengt auf die Stelle, an der sich die Wege

gabelten. Eine Gestalt erschien dort. Lang gewachsen und hager, schwarz gekleidet. Ansgar konnte ihr Gesicht unter der Schirmmütze nicht erkennen, aber sah, was sie in den Händen hielt: Eine Taschenlampe und eine Pistole. Ansgar kam sein eigener Atem plötzlich viel zu laut vor.
Der Mann ließ den Lichtkegel über den Boden wandern. Das trübe Abwasser glomm grünlich im schwachen Schein. „Dafür gibt es ja mich", sagte der Mann. „Um ihnen zu helfen. Um ihnen unter die Arme zu greifen. Mithelfen müssen sie aber schon. Das schon." Er steckte die Pistole weg, ging in die Hocke und griff mit der bloßen Hand in die Brühe. Rührte ein paarmal um und zog einen Klumpen heraus, hielt ihn sich dicht vors Gesicht. Dann schüttelte er den Kopf. Das tat er noch einige Male, dann verschwand er aus Ansgars Blickfeld. Hin und wieder platschte es und Ansgar hörte den Mann etwas murmeln.
Ansgar wartete und wartete, doch der Mann verschwand nicht. Offenbar fischte er immer wieder etwas aus dem Wasser. Dann erschien der Lichtkegel wieder. „Und wenn schon", murmelte der Mann. „Und wenn, hahaha. Was jetzt? Ich könnte euch einen kleinen Besuch abstatten." Etwas klickte. Hatte er gerade die Pistole entsichert? „Aber nein. Nein, heute nicht." Dann ging er den Weg zurück, den er gekommen war.
Ansgar atmete aus. Ihm war nicht aufgefallen, dass er während der letzten Minuten die Luft angehalten hatte. In all den Jahren war Ansgar nur drei oder vier Mal jemandem im Untergrund begegnet. Einmal waren es Arbeiter gewesen, denen er einen gehörigen Schrecken eingejagt hatte. Ein

anderes Mal war es jemand gewesen, der sich selbst als Urban Explorer bezeichnet und mit einer Kamera vor Ansgars Gesicht herumgefuchtelt hatte. Aber natürlich gab es Gerüchte, dass unter den Straßen der Großstädte merkwürdige Menschen lebten, dass es ganze Gesellschaften Ausgestoßener gab, die sich in der Kanalisation eingenistet hatten. Ammenmärchen, natürlich. Und doch – es wäre nicht angenehm, hier unten einem bewaffneten Mann ausgeliefert zu sein, der seltsame Selbstgespräche führte. Sicher gehörte er zu der Bande, bestimmt ein Handlanger, der hier unten etwas sicherstellen sollte – aber was? Hatten sie noch etwas anderes geraubt, das Reisinger sogar Katrin verschwiegen hatte?

Ansgar wartete, bis kein Licht mehr zu sehen war, und verharrte zur Sicherheit noch ein paar Minuten länger. Dann schaltete er seine Lampe wieder ein und folgte dem Weg, der Richtung Museum führte.

Es dauerte nicht lange, bis ihm ein rot-weißes Band den Weg versperrte. *Polizeiabsperrung*. Ansgar duckte sich hindurch und knipste die Lampe wieder aus. Bestimmt war das unterirdische Loch, das die Diebe gesprengt hatten, nun nicht mehr fern.

Während er so leise wie möglich durch die Brühe tapste, drehten sich seine Gedanken um die seltsame Erscheinung von vorhin. Der Mann hatte offenbar etwas gesucht – aber was?

Ein paar Meter weiter ahnte Ansgar, was es war. Seine Stirnlampe beschien verklumptes Papier, das durchs Abwasser trieb. An einigen Stellen hatte es kleine Dämme gebildet, Fäkalien hatten sich darin verfangen. Ansgar musste würgen und hielt sich die Nase zu. Das war das Problem mit der Kanalisation: Wenn etwas das fragile System störte, wurde es schnell widerlich.

Ansgar kniete sich hin und brachte sein Gesicht so nah an einen der Papierklumpen heran, wie sein Ekelgefühl es zuließ. Die Blätter waren mit Schreibmaschine beschrieben, lange Listen mit Namen und Datumsangaben. Schien so, als hätten die Diebe bei ihrer Sprengung einen Archivraum erwischt. Und irgendwelche Dokumente darin interessierten die Erscheinung von vorhin offenbar.

Ansgar blickte auf – er hatte ein Geräusch gehört. Es kam aus der Richtung, in der das Loch liegen musste. Ein leises Glucksen, dann ein Patschen. Ansgar knipste die Stirnlampe aus. Dann explodierte ein grelles Licht vor seinen Augen. Er sprang auf, wirbelte herum und rannte los. Hinter sich hörte er Rufe. „Stehen bleiben! Polizei!“

Ansgar rannte weiter und stolperte durch die Gänge. Er bog nach rechts ab, dann bei der ersten Gelegenheit links, dann gleich wieder links. Er hatte längst die Orientierung verloren – Hauptsache, er hängte seine Verfolger ab. Er rutschte auf etwas Glitschigem aus und rappelte sich wieder auf, rannte keuchend weiter.

Erst als kein Lichtschein mehr zu sehen war, lehnte er sich an die Wand und atmete durch. Hoffentlich würde man ihn nicht suchen. Aber bestimmt war er nicht der Erste, den die Beamten hier unten vertrieben hatten, bei all den Reportern und Schaulustigen, die durch die Stadt schwärmten. Und all den Verrückten.

Ansgar tappte noch eine Weile horchend durch den Untergrund, bis er endlich auf eine Leiter nach oben stieß. Er erklomm sie, drückte den Deckel hoch und schob ihn zur Seite. Streckte seinen Kopf hinaus: Wespennest. Er kletterte aus dem Schacht und nickte einem Mann zu, der gerade aus dem Irish Pub trat. „Ich sollte nach Hause“, murmelte der Mann und strich sich mit der Hand durchs Gesicht. „Ja, ich sollte wirklich nach Hause.“
Ansgar beeilte sich, es ihm gleichzutun. Mittlerweile zitterte er am ganzen Körper, vor Aufregung und Unterkühlung. So warm es tagsüber auch war, so herbstlich kühl waren die Nächte. Er kehrte in seine Klause unterm Dach zurück und drehte die Dusche auf, weil es ein paar Minuten dauern würde, bis das Wasser heiß wäre.
Währenddessen zog er die verdreckte Kleidung aus, stopfte sie ins Waschbecken und ertränkte sie in Handwaschmittel. Dann stellte er sich unter den brühend heißen Strahl und schrubbte sein Gesicht ab, so fest er konnte, schnaufte und prustete. Wenn man nur vorher wüsste, wo man irgendwann im Leben einmal landete. Aber was half es jetzt, sich zu beschweren. Es würde schon wieder aufwärts gehen. Man musste nur kräftig nachhelfen.

Am nächsten Morgen stieg Ansgar in seine klammen Sachen, die immer noch nach Kanalisation stanken. Es half nichts – wenn er halbwegs seriös wirken wollte, brauchte er neue Kleidung. Und er wusste auch, wovon er sie kaufen würde. Er lief durchs dämmrige Treppenhaus hinab zu den Briefkästen. Öffnete seinen – leer. Diesmal war er froh darüber.

Fast hatte er befürchtet, ein zweites Zwetschgenmännla zu finden.
Er ging nach nebenan in die Bäckerei, wo die Verkäuferin ihr gewohntes „Grüß Gott“ hören ließ.
„Grüß Gott“, erwiderte Ansgar diesmal.
Die Frau zog die Augenbrauen hoch. „Allmächd. A Sinneswandel über Nacht?“
„Nein, nur der Versuch, mich bei Ihnen beliebt zu machen. Ich brauche Ihre Hilfe.“
Sie winkte ab. „Ach, lassen S’ ruhig. Mir ham am End vom Tag genug übrig, da schenk i Ihnen gern amol a …“
Ansgar schüttelte den Kopf. „Das meine ich nicht. Ich muss wissen, ob Sie jemand Verdächtigen gesehen haben vorgestern Morgen. Sie sind doch immer frühs hier?“
Die Bäckerin lachte. „Ab zwaa. Aber da bin i hinten und back. Da siech i nix …“
„Aber vielleicht, als Sie hergekommen sind? Oder in einer Pause? Oder jemand war vielleicht sogar sehr früh hier?“
Ansgar bezweifelte zwar, dass der ominöse Räuber sich eine Semmel gekauft hatte, nachdem er das Figürchen platziert hatte – aber fragen schadete nie.
Die Frau schüttelte den Kopf. „Nix b’sonders.“
„Könnten Sie die Augen offenhalten? Es ist wirklich sehr wichtig.“
Sie zwinkerte ihm zu. „Heimliche Verehrerin?“
„So ähnlich“, murmelte Ansgar.
Er bestellte einen Espresso, den er gleich hinunterstürzte. Dann legte er das Geld ins Schälchen, verließ die Bäckerei

und brach Richtung Königstraße auf. Soweit er wusste, gab es dort einen Juwelier, der Schmuck und Gold ankaufte. Ansgar musste nicht lange suchen, bis er das Haus gefunden hatte. Er trat ein und stellte sich am Schalter an. Während er wartete, spielte er mit dem Büchlein aus Feingold, das er in seine Jackentasche gesteckt hatte. So hatte er es damals von seinem Vater gelernt: Gold und große Mengen Bargeld immer lose am Körper tragen, weil Diebe es aufs Portemonnaie abgesehen hatten. Ansgar musterte sich in einem Spiegel. Obwohl er gerade ohnehin nicht Gefahr lief, dass jemand ihn als Opfer auswählen würde.
„Bitte, der Herr."
Ansgar trat an den Schalter. Der Verkäufer musterte ihn von oben bis unten. Seine Hand bewegte sich langsam zur Unterseite des Tresens. Ansgar beeilte sich, das Stückchen Feingold hervorzuholen, bevor der Mann noch den Sicherheitsdienst rief. „Das hier möchte ich gern beleihen lassen."
Der Mann nahm ein Probierset aus der Schublade und klemmte sich eine Lupe vors Auge. „M-hm", machte er. „Hoher Reinheitsgrad." Er tippte auf einem Taschenrechner herum. „Gemessen am heutigen Goldpreis, kann ich Ihnen 217 Euro dafür geben."
Ansgar nickte.
„Und Ihren Ausweis benötige ich noch", sagte der Mann.
Ansgar schluckte. Daran hatte er nicht gedacht. Aber jetzt konnte er schlecht einen Rückzieher machen, und er brauchte das Geld … Er zückte seinen Ausweis. Wo auch immer das Stück Gold herkam, es war nun mit seinem Namen verknüpft. Großartig.

Der Mann tütete das Gold ein und begann, den Beleg auszustellen. Währenddessen sah Ansgar sich um. Er war schon ewig nicht mehr bei einem Juwelier gewesen. Cordula hatte sich nie viel aus Schmuck gemacht, wahrscheinlich war die Auswahl der Hochzeitsringe der Anlass gewesen, wegen dem er zuletzt ein solches Geschäft betreten hatte. Er betrachtete die anderen Kunden: Ein junges Paar, das sich gemeinsam über ein kleines Kästchen beugte. Die Frau zeigte auf etwas, der Mann lächelte. Ansgar schüttelte den Kopf. Wenn die beiden wüssten, was ihnen bevorstand. Also, nur vielleicht, natürlich. Aber er hätte sie trotzdem gern irgendwie gewarnt. Dass Ehen am Ende nicht an der Liebe scheiterten, sondern am Leben.

„So", sagte der Pfandleiher. „Da wären wir. Hier ist Ihr Geld."

Ansgar nahm den Umschlag entgegen und verließ den Laden. Er ging die Königstraße hinab und deckte sich möglichst preiswert mit Jeans, Hemd, Sakko und Schuhen ein. Am Ende konnte man sehen, dass er auf Schnäppchenjagd gewesen war, aber das machte nichts. Hauptsache, er lief nicht weiter in seiner Kanalkluft durch die Gegend. Nur für eine neue Jacke hatte es nicht gereicht. Hoffentlich hielt das Schönwetter noch eine Weile.

Er schaute auf die Uhr: kurz vor elf. Katrin hatte ihm geschrieben, dass sie um diese Zeit beim GNM vorbeischauen würde. Ansgar bog über die Karolinenstraße in die Pfannenschmiedsgasse ab und wanderte zum Museum. Er war immer noch nicht sicher, wie viel er seiner ehemaligen Kommilitonin verraten sollte. Aber sie hatte nützliche Kontakte, und es graute ihm davor, wenn er nicht schnell weiterkäme. Denn

wenn ihm tatsächlich jemand Hinweise zukommen ließ, die den nächsten Raub ankündigten, dann war es irgendwie auch seine Schuld, wenn nochmal etwas Schlimmes geschah …
Ansgar musste nur kurz an der Absperrung warten, bis Katrin um die Ecke bog. Diesmal hatte sie ihren weiten Anorak zu Hause gelassen, stattdessen trug sie Jeans und Pullover. Das Haar hatte sie wieder zum Pferdeschwanz gebunden, um den Hals trug sie eine schmale Silberkette.
„Hi", sagte sie. „Oha. Doch noch einen Satz neuer Klamotten gefunden?"
Ansgar zuckte mit den Schultern. „Manchmal hat man Glück."
„Komm, ich habe einen Termin mit der Generaldirektorin ausgemacht." Sie wedelte mit ihrem Presseausweis und der Polizist an der Absperrung trat zur Seite.
Sie überquerten den Kornmarkt und betraten das Museum. „Hab einen Termin bei der Chefin", sagte sie zu dem Mitarbeiter an der Theke. „Ich kenn den Weg." Ansgar musterte Katrin von der Seite. Er hatte sie eher zurückhaltend in Erinnerung gehabt, aber jetzt schien sie ein ziemlich gesundes Selbstvertrauen zu haben. Sie führte ihn hinauf zum Vorzimmer der Generaldirektorin, klopfte und trat ein. Die Sekretärin ließ sie einen Moment warten, dann wurden sie ins Büro vorgelassen.
Vor ihnen stand die Frau im Blazer, die Ansgar gestern bereits aus der Ferne gesehen hatte. „Prof. Dr. Haberer", stellte sie sich vor.
„Camerarius", sagte Ansgar. „Ohne Titel." Sie setzten sich.

„Gibt es etwas Neues?“, fragte Katrin und zückte ihren Notizblock.
Die Direktorin schüttelte den Kopf. „Keine neuen Spuren, zumindest keine, von denen die Polizei mir erzählt. Unser Bibliotheksleiter sagt allerdings, man verdächtigt Klimaaktivisten. Das hat er von einem der Ermittler erfahren.“
Ansgar betrachtete seine Füße, während Katrin sich eine Notiz machte. „Und die Kameras?“, fragte sie.
„Nach wie vor nicht auswertbar. Eine Art Störsignal. Die Polizisten befragen die Wachleute, ob jemand die Anlage manipuliert haben könnte.“
„Dieses Loch im Keller“, sagte Ansgar. „Das haben die Diebe als Ausgang benutzt, oder?“
Die Direktorin nickte. „Zumindest geht die Polizei davon aus. Sie befragen noch alle möglichen Zeugen, ob sie in der Nähe des Museums etwas Auffälliges bemerkt haben. Also abgesehen von der Explosion, natürlich. Aber ja, man geht davon aus, dass die Kanalisation ihr Fluchtweg war.“
„Können wir es uns ansehen?“, fragte Katrin. „Ich schreibe auch nichts darüber, wenn die Polizei noch nichts bekanntgeben will.“
„Nein, sie lassen keinen rein. Ein Statiker hat sich das Ganze angesehen, offenbar hat die Sprengung erheblichen Schaden an der Bausubstanz angerichtet.“ Sie fuhr sich mit der Hand übers Gesicht. „Das Tiefdepot ist ganz neu. Nach der Sprengung ist alles wieder Baustelle.“
„Was ist das für ein Raum dort unten?“, fragte Ansgar. „Lagert da etwas Wertvolles?“

Haberer schüttelte den Kopf. „Wir haben noch nicht angefangen, es wirklich als Depot für die Sammlung zu benutzen. Erstmal nur Platz geschaffen, das Museum platzt aus allen Nähten. Da unten liegen jetzt alte Dokumente zu Erwerbungen, Schenkungen nach dem Krieg, Verzeichnisse …"
„Was für Verzeichnisse?"
„Von allem Möglichen. Baumaßnahmen, Mitarbeiter … Alles, was es in so einem großen Museum zu dokumentieren gibt."
Er überließ das Feld wieder Katrin, die noch etwas über die Vorwürfe wissen wollte, die mittlerweile auf die Direktorin einprasselten. Haberer reagierte schmallippig und verwies darauf, dass das Sicherheitskonzept des GNM allen Standards entsprach.
Als sie wieder draußen waren, wirkte Katrin verstimmt. „Die Frau ist nur um ihren Ruf besorgt. Sie würde es nie zugeben, wenn es Sicherheitslücken gab …"
„Ich spreche mal mit den Wachleuten. Vielleicht plaudern die eher etwas aus."
„Wäre einen Versuch wert. Erstmal Kaffee?"
„Nachher. Ich muss ein paar Besorgungen machen."
„Na gut, dann bring ich erst noch den Nicht-Inhalt von Prof. Dr. Dr. Dr. zu Papier."
„Wirklich, gleich drei Doktortitel?"
„Yep. Wie gesagt – sie hat einen Ruf zu verlieren."
Ansgar klapperte ein paar Läden ab, weil er einen Plan hatte, für den er Accessoires brauchte. Anschließend wanderte er zur Insel beim Schleifersteg und schrieb Katrin – von ihr brauchte er auch etwas.

Eine Viertelstunde später setzte sie sich mit zwei Kaffeebechern in der Hand neben ihn aufs Mäuerchen am Fluss. Sie ließ die Beine baumeln, Ansgar hingegen hatte einen Sicherheitsabstand zur Pegnitz gelassen. Er konnte zwar schwimmen, fühlte sich aber nicht wohl im Wasser. Erst recht nicht, wenn er sich vorstellte, voll bekleidet hineinzufallen. Manchmal hatte er einen Albtraum, in dem er durch die Kanalisation streifte und plötzlich stieg das Wasser, immer weiter, über die Brust zum Kinn und noch höher, bis es die Decke erreichte …

„Ansgar?", fragte Katrin. „Anwesend?"

„Äh, ja."

„Also, was als nächstes?"

„Ich muss in den Archivraum."

„Und wie?"

„Ich denke, es ist an der Zeit, dass der Statiker die Lage neu bewertet."

„Keine Chance. Reisinger zitiert den auch schon dauernd her und der Mann sagt jedes Mal dasselbe: Risiko zu hoch. Wie willst ausgerechnet *du* ihn dazu bringen?"

Ansgar grinste und öffnete eine Tüte. Ein dicker Ordner, eine Klemmmappe und eine Brille lagen darin, außerdem eine Ausweishülle mit Band zum Umhängen. „Hast du das Papier dabei, um das ich dich gebeten habe?"

Katrin zog einen Stapel hervor. „Ich habe meinen Papierkorb geplündert. Alles deins."

„Sehr großzügig." Ansgar schlug den Ordner auf und fummelte die Seiten hinein. „Ich bin ein sehr gründlicher Gutachter, musst du wissen. Weißt du, wie der echte heißt?"

„Hab ich mir irgendwo notiert, schick ich dir nachher."
„Also gut." Er stand auf. „Dann leg ich mal los."
Katrin erhob sich ebenfalls und drückte ihn kurz an sich.
„Lass dich nicht vom Mauerwerk erschlagen."
„Danke für die Warnung."
Er verließ den Trödelmarkt über die Karlsbrücke und legte sich in Gedanken zurecht, was er sagen würde: Dass sein Kollege krank wäre, nein, „unpässlich" wäre ein besseres Wort. Das klang so, als hätte der echte Gutachter Migräne oder sich den Magen verdorben, da hatten die Leute Mitleid. Und wer von seinen eigenen Gefühlen abgelenkt war, ließ sich leichter in die Irre führen. Am liebsten hätte Ansgar auf solche Methoden verzichtet, aber diesmal ging es nicht anders. Er musste wissen, welche Unterlagen sich im Hausarchiv des GNM befanden. Und wenn man ihm Steine in den Weg legte, bahnte er sich eben einen Pfad durchs zwielichtige Gebüsch.
Ansgar machte bei einer Wirtschaft Halt, an deren Tür ein Schildchen mit der Aufschrift „Nette Toilette" prangte. Er zog sich um und fluchte ein paar Mal, als er sich dabei Knie und Ellbogen an den Fliesen anstieß. Zum Schluss setzte er sich die Brille auf, die er zuvor besorgt hatte. Der Verkäufer hatte sich gewundert, warum Ansgar das Gestell mit Plastikgläsern gleich mitgenommen hatte.
Er schaute nach, ob Katrin sich bereits gemeldet hatte – Fehlanzeige. Auch gut. Dann war noch ausreichend Zeit, um sich in seine Rolle einzufühlen. Er verließ die Toilette, ging in den Schankraum, setzte sich an die Theke und bestellte ein Seidla.

„Feierabend?“, fragte die Wirtin.
Ansgar nickte. „Und zwar verdient.“
Die Frau musterte sein Karohemd, dann blieb ihr Blick an dem dicken Ordner kleben. „Sie arbeiten in einem Amt?“
Ansgar nickte.
„Außendienst“, fuhr die Frau fort. „Sie ... hm ... Sie überprüfen etwas. TÜV?“
„Ganz ähnlich“, sagte Ansgar. „Ich bin Gutachter im Bauwesen. Statik, vornehmlich.“
„Hätt ich jetzt als nächstes gesagt! Ich habe einen Blick für sowas, müssen S’ wissen.“
Ansgar lächelte. „Nicht schlecht. Fragen Sie mich etwas.“
„Wie bitte?“
„Fragen Sie mich etwas, das Sie schon immer über den Beruf des Gutachters wissen wollten.“
„Naja, also, um ehrlich zu sein, wollte ich nie ... ähm ... wie sind Ihre Arbeitszeiten?“
„Ganz regulär“, sagte Ansgar. „Ich mache Mittagspause um Punkt halb 12. Dienstschluss um Punkt 17 Uhr.“
„Aha.“ Die Wirtin begann, die Gläser zu polieren. „Sehr interessant.“
„Nächste Frage.“
Sie räusperte sich. „Ähm ... Was macht Ihnen besonders viel Spaß an Ihrem Beruf?“
„Das Korrekte“, antwortete Ansgar. „Die Ordnung. Ich stelle sicher, dass die Dinge so sind, wie sie zu sein haben. Das erfüllt mich regelrecht, wissen Sie? Schon als Kind habe ich es geliebt, Steckpuzzle zu lösen. Alles kommt an den dafür vorgesehenen Ort.“

Die Wirtin hatte ihm den Rücken zugedreht und räumte Gläser ein. „Sehr faszinierend", murmelte sie Richtung Regal. Ansgars Handy piepste. Katrin hatte ihm den Namen des Gutachters herausgesucht, das war die gute Nachricht. *Termin bei Reisinger zurzeit nicht möglich.* Das war die schlechte. Ansgar trank sein Bier aus, zahlte und gab reichlich Trinkgeld dafür, dass er die arme Frau mit seinem langweiligen Gutachterleben gequält hatte.

Er verließ die Wirtschaft und marschierte zum GNM. Dabei machte er seine Knie steif und hielt sich so aufrecht wie möglich. Er wollte verstockt, hochnäsig und überkorrekt wirken. Nicht, weil Gutachter wirklich so waren. Sondern weil die Leute sie sich so vorstellten, und nur darauf kam es an.

Immer noch bewachten Polizisten die Absperrung rund um den Kornmarkt. Ansgar wedelte mit seinem eingeschweißten Ausweis. „Kollege Krämer ist heute leider unpässlich." Er fasste sich mit einer Hand an den Bauch. „Sie verstehen. Das hat man davon, wenn man seine Liebste zum Inder ausführt. Ich schwöre ja auf Hausmannskost. Kartoffeln zum Beispiel finde ich außerordentlich …"

„Ja, dann einen schönen Tag noch", sagte der Beamte und lächelte verkniffen.

„Ebenso. Und wenn Sie heute Abend noch essen gehen, denken Sie an meine Worte."

„Natürlich."

„Sehr gut. Weitermachen." Ansgar marschierte über den Kornmarkt, passierte die Drehtür und wiederholte seine Geschichte.

„Kommen Sie", sagte eine Polizistin und ging im Laufschritt voraus. Offenbar hatte die Beamtin Besseres zu tun, als einen

Statiker durchs Gebäude zu führen. Sie gingen Richtung Kartäuserkirche und bogen dann in den Kreuzgang ab, wo sie durch eine Tür in den Klosterhof traten. Sie steuerten auf einen Kubus zu, der wie der Eingang zu einem Bunker aussah.

Sie gingen durch die Tür: Betonwände, eine Treppe. Sie folgten ihr eine Etage nach unten und bogen nach links durch eine weitere Tür. Ein Polizist lehnte an der Wand und tippte auf seinem Handy herum.

„Das hier ist der Gutachter“, sagte die Polizistin. „Er darf rein.“

Der Polizist nickte, tippte und lächelte dann. „Yes“, flüsterte er leise. Seine Kollegin verdrehte die Augen.

Ansgar ließ ihn und sein Handyspiel stehen und betrat das Archiv. Der Raum war überraschend groß und vollgestopft mit grauen Regalschränken, die bis zur Decke reichten. Die Schubladen waren aufgerissen, Blätter und Ordner lagen umher. Hatte die Explosion dieses Chaos angerichtet? Ansgar ging in die Knie und betrachtete die Standfüße der Regale. Keine helleren Abdrücke, keine Kerben im Boden. Nein, die Dinger hatten sich keinen Millimeter bewegt. Jemand hatte den Raum durchsucht.

Ansgar trat vor das Loch, das die Bande gesprengt hatte. Er konnte den Rücken des Polizisten sehen, der es zur Kanalisation hin bewachte, und drehte sich rasch wieder um. Am Ende hatte derselbe Beamte Dienst, der ihn beinahe erwischt hätte.

Die Regale zu beiden Seiten der aufgesprengten Wand enthielten Unterlagen zur Baudokumentation. Das schien die Verbrecher offenbar wenig interessiert zu haben, sonst hätten sie kaum in Kauf genommen, dass etwas vernichtet wurde. Oder war es ihnen genau darum gegangen? Etwas verschwinden zu lassen? Aber warum hatte dieser unheimliche Mann in der Kanalisation dann noch nach Überresten gesucht? Vielleicht wollte er sichergehen, dass sie wirklich alles erwischt hatten und nicht noch irgendwo ein belastender Beweis durchs Abwasser trieb … Ansgar griff sich wahllos eine Akte. Es ging um die Planung des Galeriebaus, lauter Architektenkauderwelsch, das er nicht verstand.

Er schritt die Regale bis zur nächsten Wand ab. Der Beschriftung zufolge lagerten hier Personalakten. Er klaubte eine vom Boden auf: 1992. Eine lange Liste von Mitarbeitern und den Teilbereichen, in denen sie angestellt waren. Datum der Einstellung, Tag der Kündigung. Ansgar prüfte die nächste Wand. Kostenaufstellungen, Rechnungen, Finanzpläne. Die Unterlagen hier schienen neueren Datums zu sein. Er wollte gerade nach einem Ordner greifen, da hörte er eine Frauenstimme hinter sich. „Das ist er."

Ansgar fuhr herum. Hinter ihm stand die Polizistin von vorhin und ein junger Mann. Er trug keine Brille, dafür einen weißen Schutzhelm. Kein Karohemd wie Ansgar, sondern eine dünne Motorradjacke, dazu Jeans und Sneakers. Um seinen Hals baumelte ein eingeschweißter Ausweis. Der Mann starrte Ansgar finster an. „Wer sind Sie?"

Ansgar verzichtete sowohl auf die Antwort als auch auf die Frage, wer der Mann sei. Stattdessen drehte er sich um, war mit einem Satz bei der aufgesprengten Wand und hechtete an dem Polizisten vorbei – aber der reagierte leider schnell.

Ansgar spürte, wie ihm jemand die Arme auf den Rücken presste, und keuchte vor Schmerz. Der Beamte stieß ihn zurück in den Archivraum, wo der echte Gutachter wartete. Noch ein weiterer Mann war hinzugekommen. Ansgar schluckte. Es war der Kripo-Chef.
„Wer ist das?“, blaffte Reisinger seine Kollegen an.
„Bestimmt wieder ein Reporter, der sich reingeschlichen hat“, sagte die Polizistin. „Die schwirren hierher wie die Fliegen zum Mist.“
Reisinger wandte sich zu ihr um. „Und was sind wir dann?“
„Ähm … wie bitte?“
„In Ihrem Vergleich! Was sind wir dann, wenn das Verbrechen Mist ist?“
„Ich weiß nicht, so weit habe ich nicht …“
„Ganz genau! So weit denkt hier wohl gerade niemand!“
Der Gutachter hinter Reisinger runzelte die Stirn. „Wie wäre es mit Pillendreherkäf…“
„Ruhe, verdammt!“, bellte Reisinger. „Es geht mir nicht darum, dass die Kollegin uns gerade als Ungeziefer bezeichnet hat! Sondern dass die Leute ihre Scheißhirne schon in den Feierabend geschickt haben!“
Ansgar hatte das Schauspiel stumm verfolgt und entspannte sich. Reisinger war cholerisch und offenbar schlecht gelaunt, aber er schien Ansgar für harmlos zu halten. Sonst würde er den Moment nicht nutzen, um seine Untergebenen zurechtzustutzen.
„Wenn mir hier nochmal jemand reinschleicht, dann setzt es was“, sagte er in die Runde. Sogar der Gutachter nickte, als könnte der Kripo-Chef auch ihm etwas anhaben. Reisinger

packte Ansgar am Arm. „Und wir, Freundchen, unterhalten uns jetzt." Ansgar ließ sich durch den Flur nach nebenan ziehen, wo man offenbar eine Art provisorischen Aufenthaltsraum eingerichtet hatte. Reisinger ließ sich auf einen Stuhl plumpsen und vergrub das Gesicht in den Händen. „Camerarius, nehme ich an?"
Ansgar hob die Augenbrauen. „Woher?"
„Ihre Kollegin hat mir schon angedroht, dass Sie nicht aufgeben werden. Ihr Reporter seid alle bekloppt. Und geht mir auf die Nerven. Die eigentlich Stahlseile sind. Aber mittlerweile zu Drähten ausgedünnt. Kleinen, fisseligen Drähten, verstehen Sie?"
Ansgar nickte. „Verstehe."
„Also", sagte Reisinger, nahm eine E-Zigarette aus der Hosentasche und lehnte sich zurück. „Sie sind ungeduldiger als Ihre Kollegen. Warum mussten Sie unbedingt in den Archivraum?"
Ansgar entschied, die Wahrheit zu sagen – zumindest teilweise. Früher oder später würde er sich eh offenbaren müssen, wenn er bei den Ermittlungen helfen wollte. „Weil ich glaube, dass die Bande es auf Akten abgesehen hat, die im Archiv lagen. Und ich bin kein Reporter im engeren Sinne. Ähm. Auch nicht im weiteren."
Reisinger schlug theatralisch die Hände über dem Kopf zusammen, als Ansgar seinen Beruf nannte. „Ein privater Ermittler! Sie schnüffeln also im Leid anderer herum, großartig. Davon haben wir genug Leute hier. Posieren Sie auch mit wichtiger Miene vor dem Tatort und labern ihren Schwachsinn in die Handykamera? Ist Leuten wie Ihnen

eigentlich klar, was Sie damit anrichten? Was das mit den Angehörigen macht, wenn Sie behaupten, einer der Wachleute war Teil der Bande und ist selbst schuld? Wenn Sie ans Zelt der Spurensicherung heranzoomen und verkünden, da liegen die Leichen, und ihre Körper sehen nach einer Gewehrsalve vermutlich …"
„Stopp, stopp! So etwas tu ich nicht. Ehrlich gesagt, ich habe überhaupt nie bei einem richtigen Verbrechen …"
Reisinger grinste. „Wusst ich's doch. Also, was können Sie? Was ist ihr Tätigkeitsfeld?"
Es hatte keinen Sinn, ihn anzulügen. Sicher würde Reisinger diese Information überprüfen. Ansgar setzte sich aufrechter hin. „Mein Tätigkeitsfeld umfasste bisher überwiegend die Dokumentation monogamistischer Aberrationen sowie proprietär-monetäre Recherche."
„M-hm. Sie haben Ehebrecher bespitzelt und verlorene Klunker wiedergefunden."
„So könnte man es auch formulieren."
Reisinger lockerte seine Krawatte und blies dicken, weißen Dampf in die Luft. „Was wollen Sie?"
„Helfen", platzte Ansgar hervor – offenbar etwas zu heftig.
Reisinger runzelte die Stirn. „Warum?"
„Weil ich dringend Arbeit brauche. Ich, ähm … Wie gesagt, ich habe einen guten Riecher. Das mit den Akten. Lassen Sie es mich versuchen."
Reisinger blickte ihn nur an und zeigte sonst keine Regung. „Ich brauche Zugang zu Ihrer Datenbank. Das Hirn der Bande ist irgendwie mit dem GNM verbunden, warum hätten sie sonst den Archivraum aufsprengen sollen? Nicht

gerade der kürzeste Weg zum Codex aureus. Und Sie haben Katrin angelogen. Der Keller war nicht nur Fluchtweg, sondern auch Eingang. Jemand hat das Loch von außen gesprengt. Während die anderen den Kodex gestohlen haben, hat jemand dort unten die Dokumente durchforstet. Wissen Sie schon, was fehlt?"

Reisinger seufzte. „Viel zu viel. Die Explosion hat unzählige Blätter in die Kanalisation geschleudert. Lauter nasse Papierklumpen, die sich längst auf den Weg durch die Stadt gemacht haben. Kollegen haben Fetzen in Maxfeld gefunden. Unmöglich, das Ganze zu rekonstruieren."

„Trotzdem müssen wir es versuchen. Es ist die wichtigste Spur."

Der Kripo-Chef schüttelte den Kopf. „Es ist Zeitverschwendung. Vielleicht sogar eine Ablenkungstaktik."

„Dann lassen Sie mich das übernehmen. Ich bin Ihnen aus den Füßen und koste Sie nichts, bis ich etwas liefere. Ich richte Katrin Ihre Grüße aus. Und behalte für mich, dass Sie sie angelogen haben. Deal?"

Reisinger betrachtete die E-Zigarette in seinen Fingern. „Noch ein weiterer Tag und ich renne in den nächsten Zigarrenladen und kaufe den dicksten Tabakbrummer, den ich finde." Er schaute auf. „Also gut. Wenn Katrin Ihnen traut, wird sie ihre Gründe haben. Fragen Sie auf dem Präsidium an der Pforte nach der Kollegin hier." Er reichte Ansgar eine Karte. „Und richten Sie Katrin meine Grüße aus. *Nur* meine Grüße."

„Wird gemacht." Ansgar verließ den kahlen Raum und das Depot im Laufschritt, damit Reisinger es sich nicht noch anders überlegen konnte. An der Empfangstheke stoppte er und ließ sich die Durchwahl geben, falls er Fragen hatte. Über die allgemeine Nummer brauchte er es vermutlich gar nicht erst versuchen, falls sie nicht ohnehin abgeschaltet worden war.

Draußen schaute er auf die Uhr. Es war mittlerweile kurz vor sechs – Zeit für einen Besuch. Ansgar brach Richtung Insel Schütt auf und überquerte die Heubrücke. Er hielt kurz vor der Seniorenwohnanlage und blickte an der SandsteinFassade hinauf. Es könnte alles so einfach sein. War es aber nicht.

Er überquerte die Spitalbrücke, bog nach rechts ab und nestelte einen Schlüssel aus der Tasche. Klingelte, bevor er aufschloss und die Wohnung betrat. Es roch nach Katzenklo und fauligem Blumenwasser. Ansgar ging den Flur entlang und drückte vorsichtig eine Tür auf. Dahinter lag ein dämmriges Zimmer. Als Ansgar einen Fuß hineinsetzte, knirschte der Teppich unter seinen Schuhen. Staub, abgestandene Luft.

„Hallo, Mama", sagte Ansgar.

Henriette saß in einem Sessel am Fenster. Die Gardinen waren zugezogen, nur einen schmalen Spalt hatte sie freigelassen, um herausschauen zu können.

„Wir sind im Verzug", sagte sie. „Wenn wir die Gerste nicht bis morgen bekommen, dann kann der Sepp was erleben."

„Ich bin's, Mama. Ansgar."

Sie drehte sich um. Ansgar sog die Luft ein. Auf ihrer Schläfe prangte ein Veilchen, das vom Auge bis zum Ohr reichte. Er kniff die Lippen zusammen.

Henriette lächelte. „Ach, Gärchen. Komm rein, ich räume hier schnell auf." Sie begann, mit der Hand über den kleinen Tisch zu wischen, der neben ihr stand.
Ansgar trat näher heran und betrachtete die Tischplatte. Sie war übersät mit Pistazienschalen, Katzenhaaren und den Überresten eines Brathähnchens.
„Diese Krümel stören mich enorm", sagte Henriette und bildete mit Daumen und Zeigefinger eine Pinzette, mit der sie sorgfältig imaginäre Krümel vom Tisch pickte. Den realen Dreck ließ sie dabei liegen.
„Ich helfe dir", sagte Ansgar, ging in die Küche und nahm eine der Mülltüten aus dem Schrank, die er bei seinem letzten Besuch hiergelassen hatte. Er räumte den Tisch frei und machte mit dem Teppich weiter. Kekskrümel und Straßenschmutz, der wohl von Henriettes oder seinen Schuhen gefallen war. Sonst kam niemand her.
„Was macht das Studium?", fragte Henriette, während Ansgar herumwerkelte.
Er räusperte sich. Es war immer noch schwer, aber er hatte sich schlaugemacht. Man musste mitspielen, sonst warf es die Leute nur noch mehr aus der Bahn. „Ich bin nun fertig. Habe einen guten Abschluss geschafft."
„Und dieses Mädchen, von dem du erzählt hast …"
„Ich werde sie heiraten. Und dann bekommen wir ein Kind."
Henriette lächelte. „Das ist schön. Wie soll sie heißen?"
„Sophie."
„Ein schöner Name. Hach, das wird was. Wieder ein Kind auf dem Arm zu halten." Sie drehte sich zu ihm um. „Wenn ich das noch miterleben darf."

Ansgar schluckte und zwang sich zu einem Lächeln. „Ganz bestimmt, Mama."
Sie wiegte sacht den Kopf. „Ich weiß nicht. Manchmal habe ich das Gefühl, es geht zu Ende."
„Das sagst du schon seit fünf Jahren, Mama."
„Tatsächlich?"
Ansgar nickte.
„Dann habe ich es eben schon lange kommen sehen", sagte sie. „Weißt du, im Alter fällt einem vieles auf."
„So?"
„Zum Beispiel, dass ich viel zu viele Sachen hatte. Warum hatte ich so viel Geschirr? Zwanzig Teller und ebenso viele Tassen! Dabei kann man doch nur aus einer einzigen trinken. Oder hast du schon mal gesehen, wie jemand aus zwei Tassen gleichzeitig trinkt?" Sie gluckste. „Oder aus zehn? Aus zwanzig?" Sie begann zu lachen. „Aus fünfzig? Kannst du dir das vorstellen, Gärchen? Jemand, der aus fünfzig Tassen gleichzeitig trinken will!" Sie prustete so laut, dass Ansgar in ihr Lachen einstimmen musste. „Aus fünfzig Tassen!", japste sie. „Mit fünfzig langen Strohhalmen!"
Ihr Lachen verebbte. „Ich bin müde."
„In Ordnung. Ich komme morgen wieder, ja? Wenn du etwas brauchst, schreibst du mir eine SMS. Das kannst du doch noch, oder?"
„Was glaubst du denn, wer ich bin? Eine von diesen alten Gestalten?" Sie zog die Mundwinkel nach unten und stülpte die Lippen so um, dass sie zahnlos wirkte. Ein dünner Speichelfaden lief über ihr Kinn. „Ich bin noch fit für mein Alter."
„Natürlich, Mama." Ansgar stand auf und ging Richtung Tür.

„Ach“, sagte Henriette. „Weißt du eigentlich, was mit dem Bub da los ist?“
Ansgar blieb stehen. „Mit wem?“
Henriette nickte in Richtung Schlafzimmer. „Der hockt schon den ganzen Tag unterm Bett. Was der will, weiß der wahrscheinlich selber nicht.“
Ansgar ging nach nebenan. Auf dem Bett hatte sich Molly eingerollt und schlief.
„Hier ist nur Molly“, rief er.
„Naa, unterm Bett. Der Bub.“
Langsam ging Ansgar in die Knie und schaute unters Bett – niemand da. „Das klärt sich sicher noch“, sagte er, als er wieder zurück im Wohnzimmer war. „Manchmal brauchen die Leute eine Weile, um zu wissen, was sie wollen.“
Henriette nickte. „Bis zum nächsten Mal, Berti. Und danke für die Gerste. Die letzte Lieferung war übrigens von vorzüglicher Qualität. Richte das deinem Vater aus, ja?“
„Mach ich.“
Er verließ die Wohnung, ging an der Pegnitz entlang Richtung Fischergasse und stieg an der Wöhrder Wiese in die U-Bahn, fuhr bis zum Plärrer und anschließend zum Weißen Turm. Von hier waren es nur ein paar Schritte zur Polizeiinspektion. Er klingelte und musste sein Anliegen in die Gegensprechanlage schreien.
Nach ein paar Minuten holte ihn eine mittelalte Frau ab.
„Sie brauchen eine Einweisung?“
„Wenn das so weitergeht, ja.“
Sie sah ihn irritiert an.

„Ich meinte, ja bitte", sagte Ansgar. „Ist das erste Mal, dass ich mit der Polizeidatenbank arbeite."
„*Der* Polizeidatenbank? Sie haben Vorstellungen." Sie wanderten durch die Korridore und hielten vor einer Tür. Die Beamtin schloss auf und sie betraten einen Raum mit etwa einem Dutzend Computerarbeitsplätzen. Die Frau wies auf einen Bürostuhl. Ansgar setzte sich brav.
„Wir arbeiten hauptsächlich mit diesen vier", sagte sie und deutete auf den Bildschirm. „Hier haben Sie INPOL für die Fahndung, hier unser Fallbearbeitungssystem EASy, dort …" Sie nannte noch eine Handvoll weitere Systeme und Programme, bis Ansgar der Kopf qualmte. „Das da heißt VULKAN?", fragte er.
„Ja, für die Verkehrsunfallaufnahme."
„In Ordnung, danke. Ich glaube, ich muss mich erstmal orientieren." Seine Hand bewegte sich Richtung Maus.
„Stopp!", rief die Frau. Ansgar zuckte zusammen und zog die Hand zurück.
„Sie müssen erst die hier ausfüllen." Sie öffnete eine Schublade und holte einen fingerdicken Stapel Dokumente heraus. „Oder glauben Sie, wir lassen hier jeden nach Lust und Laune herumwursteln? Ich weiß ehrlich gesagt gar nicht, ob wir jemals einen Externen hier hatten. Ist unüblich, datenschutzrechtlich auch nicht ganz unbedenklich. Aber dafür unterschreiben Sie ja das hier."
War ja klar, dass man erst hundert Erklärungen und Datenschutzbestimmungen unterschreiben musste, bevor man solche Systeme nutzen durfte, zumindest als Außenstehender. Wäre Ansgar Polizist, könnte er vermutlich aus Langeweile

nachschauen, wie viele Unfälle seine Nachbarn schon gehabt hatten und welcher von ihnen mit Drogen dealte.
Es dauerte eine Viertelstunde, bis sie die Unterlagen gemeinsam durchgegangen waren. Schwungvoll setzte Ansgar die letzte Unterschrift aufs Papier. „So. Fertig?"
„Fast. Jetzt muss ich die Nutzung nur noch bestätigen lassen. Bitte folgen Sie mir nach draußen."
„Ernsthaft?" Ansgar betrachtete die Symbole auf dem Desktop. Nur ein Klick, zum Greifen nah …
„Ernsthaft", sagte die Frau und berührte ihn am Arm. Ansgar stand auf, bevor sie noch auf die Idee kam, ihn abzuführen. Das wäre wahrscheinlich ihr Highlight des Monats, ach was, des Jahres.
Er musste draußen Platz nehmen, während die Frau den Computerraum abschloss und loszog, um die Unterschrift zu besorgen.
Nach einer halben Stunde kehrte sie zurück, einen Kaffee und einen Zimtschneeballen in den Händen. „Hat länger gedauert", sagte sie zwischen zwei Bissen. „Aber jetzt können Sie." Sie schloss den Raum wieder auf. „Hier ist ihr Gastzugang. Ihre Suchanfragen werden aufgezeichnet. Viel Erfolg."
„Danke", murmelte Ansgar. Er hasste den Zustand, der sich einstellte, wenn er länger gewartet hatte. Ohne Ablenkung mahlte sein Hirn die Gedanken so lange, bis sie am Ende nur noch bröselige Krümel waren, die er erst wieder mühsam zusammenklauben musste. „Diese Krümel stören mich enorm", murmelte er. Wie schlimm musste es denn noch werden, bis Henriette sich endlich helfen ließ? Er hatte sie schon früh im Heilig-Geist-Spital angemeldet, vor

einigen Jahren hätten sie sogar einen Platz gehabt, in einem hübschen Zimmer. Hatte sie sich nicht einmal angesehen. Und jetzt würde sie gleich auf die Pflegestation kommen, wo es diese Betten gab, die sie so hasste. Mit Rollen und Griff zum Hochziehen, Krankenhauseinrichtung ... Es wäre ein Schock für sie. Hätte Ansgar es ihr doch damals nur schmackhaft machen können, hätte sie sich doch nur mit dieser heimeligen Unterkunft anfreunden können, die man ihr geboten hatte – aber nein. Und jetzt war es zu spät. Bis sie irgendwann so unglücklich fallen würde, dass sie nicht mit einem blauen Fleck davonkam, und eines Tages würde Ansgar in die Küche kommen, und dort ...

Er wischte sich mit beiden Händen durchs Gesicht. Es gab sicher eine Lösung, mit der sie beide würden leben können. Ganz sicher. Er würde sich darum kümmern, wenn das hier vorbei war.

Ansgar rief die Datenbank der Spurensicherung auf und klickte sich zu den Fotos des Archivraums durch. Es waren Unmengen. Jedes noch so kleine Fitzelchen Fußboden hatte man abgelichtet, jedes umgefallene Regal, aus allen möglichen Winkeln. Die Fotos zogen auf dem Bildschirm vorbei, bis Ansgar kaum noch die Augen offenhalten konnte. Er versuchte, sich den Eindrücken zu öffnen, alles so gut in sich aufzunehmen, wie er konnte. Dann lehnte er sich zurück. Etwas störte. Etwas passte nicht zum Rest ... Ansgar ließ seine Gedanken schweifen, jahrealte Bilder wirbelten durcheinander. Ein fehlender Schnürsenkel, ein Arztrezept, das nicht unterschrieben war, lauter Müll, angesammelt auf der Halde seines Gedächtnisses ... Winzige Unstimmigkeiten,

die er nicht vergessen konnte. Die ihn oft ablenkten, ihm dazwischenkamen, wenn er sich um andere Dinge kümmern müsste. Cordula hatte ihm damit zuletzt oft in den Ohren gelegen, dass es schlimmer wurde – und wenn schon, sie hätte ihm doch nicht einfach so ins Gesicht sagen dürfen, dass er professionelle Hilfe … Ordner, Zettel, da war etwas gewesen in diesem Archivraum … Er klickte sich noch einmal durch die Fotos, bis er es sah. Die Ordner mit den Mitarbeiterverzeichnissen hatten Abnutzungsspuren an den Oberkanten. Aber das Regal, in dem sie standen, ließ ein Stückchen Luft nach oben. Was hieß, dass sie früher in einem kleineren Regal gestanden waren.
Ansgar rief beim Empfang des GNM an. „Würden Sie mich bitte mit dem Archiv verbinden?"
Es tutete eine Weile, dann meldete sich eine Mitarbeiterin.
„Ja, bitte?"
„Wurden die Akten im Depot gleich so aufgestellt, wie sie jetzt stehen?"
„Ähm, wer ist da, bitte?"
„Camerarius, privater Ermittler und Consultant – bitte, es ist dringend!"
„In Ordnung … Wir haben die Aktenschränke ins Depot gebracht, da standen sie dann eine Weile, bis die neuen Regale geliefert wurden. Dann haben wir sie umgeräumt. Meinen Sie das?"
„Wann wurden die neuen Regale geliefert?"
„Vor ein paar Tagen, warten Sie, ich schaue nach …"
„Schon gut, danke. Das war alles, was ich wissen wollte."

Er sprang auf und googelte den nächsten Angelladen, stieg beim Opernhaus in die U3 und fuhr bis zur Gustav-Adolf-Straße.
„Kescher“, keuchte er atemlos, als er endlich zwischen Angelruten und Aufstellern mit farbenfrohen Gummiködern stand. Ein Mitarbeiter führte ihn zu einem Regal.
„Wir hätten hier den CatchMaster 300, hält locker 20 Kilo, wenn Ihnen mal ein kapitaler Karpfen …“
„Nein, nein, den billigsten.“ Ansgar zeigte auf einen dünnen Stecken mit grünem Netz vorne dran.
„Der ist eher für den Strandurlaub. Für Kinder.“
„Den nehme ich.“
Ansgar zahlte und fuhr mit seinem Kescher zurück zum Germanischen. Eilte hinab ins Depot, nickte dem Beamten am Handy zu und stieg beherzt in die Brühe. Sie hatten schon viel zu viel Zeit verloren, wahrscheinlich war das meiste längst in der Kläranlage gelandet, aber es war einen Versuch wert. Ansgar fischte so viele Klumpen aus der Brühe, wie er konnte, und häufte sie in der Mitte des Archivraums an. Der Hügel aus klatschnassem Papier wuchs und wuchs. Ansgar ging wieder hinaus, fragte sich zu den Restauratoren durch und schwatzte ihnen ein paar große Plastikwannen ab, die sie normalerweise zum Einlagern von irgendwelchen alten Scherben benutzten.
Nach ein paar Stunden hatte er fünf Wannen gefüllt. Ansgar lehnte sich an ein Regal und schnaufte durch. Mehr würde er nicht retten können, sonst würde er die ganze Woche durch die Kanalisation stapfen und nach den letzten verlorenen

Blättern fischen, die sich hunderte Meter weit entfernt irgendwo verfangen hatten.
„Und jetzt?", fragte der Beamte, der in den Raum spähte.
„Jetzt trockne ich sie." Er packte eine Wanne. „Uff", machte er leise.
„Soll ich helfen?", fragte der Polizist.
„Geht schon."
Ansgar ächzte, während er die erste Wanne hinausschleifte.
„Wo wollen Sie denn damit hin?", fragte der Polizist. „Aber nicht nach nebenan, oder? Den Raum nutzen wir. Ich schlage vor, Sie bringen die Kisten nach unten. Gibt auch einen Aufzug da hinten."
„Toll", murmelte Ansgar und schob die Wanne Richtung Aufzug. Er fuhr ein Stockwerk nach unten – hier sah es genauso aus wie oben. Nur die große Zahl an der Wand verriet, dass er im zweiten Kellergeschoss war. Er öffnete einen Depotraum – leer. Er schleifte die Wanne hinein, weiter ging es mit der zweiten. Er keuchte mittlerweile – warum mussten diese Dinger so verdammt schwer sein? Als er die dritte aus dem Archivraum zog, spürte er ein Stechen im Rücken.
„Ich kann wirklich helfen", sagte der Polizist, ohne vom Handy aufzuschauen.
„Nicht nötig. Danke."
Ansgar griff sich den Rand der nächsten Wanne und fuhr fort, bis er alle hinuntergeschafft hatte. Dann klaubte er die stinkenden Blätter auseinander, entfaltete sie behutsam und legte sie auf dem Boden aus. Am Ende stand er in einer Landschaft aus durchnässtem Papier. In diesem klammen

Chaos etwas zu finden, war fast unmöglich – aber trotzdem, er musste es versuchen.
Ansgar begann, auf dem schmalen freien Streifen zwischen Wand und Tür auf und ab zu laufen. Die Diebe hatten es auch auf die Verzeichnisse abgesehen, ganz sicher. Nur hatten sie nicht damit gerechnet, die entsprechenden Regale in die Luft zu jagen und das Zeug in der Kanalisation zu verteilen. Irgendein ehemaliger Museumsmitarbeiter hatte etwas zu verbergen – bestimmt hatte er der Bande die nötigen Informationen beschafft. Oder dabei geholfen, die Überwachungskameras lahmzulegen? Ein Störsignal, so etwas brauchte Fachwissen, einen Informatiker …
Er fuhr mit dem Aufzug hinauf und sprach den Polizisten an. „Verzeihung."
„Wie komm ich denn jetzt an das Gold …", murmelte der.
„Wie bitte?"
Er hielt Ansgar das Handy hin. Man sah eine Art Raum von oben, in dem ein kleiner Gnom herumwackelte. Eine dicke Steinmauer trennte ihn von einem Topf Gold. „Irgendwelche Ideen?", fragte der Polizist.
„Hä?", fragte Ansgar. Was wollte der Mann von ihm?
„Ein Rätsel! Wie kommt der Gnom zum Gold? Man kann die Wände verschieben, schau, so."
Ansgar sah genauer hin. „Die da hierhin und dann die dahin und die hierhin."
„Aah, richtig! Ok, nächstes Level …"
„Ich hätte eine Frage", unterbrach Ansgar ihn, weil der Mann gedanklich offenbar schon wieder abgetaucht war. „Wo geht's denn zur Sicherheitszentrale?"

„Die eigentliche Zentrale hat's bei der Explosion erwischt", sagte der Polizist und erklärte Ansgar den Weg zur neuen, improvisierten. Er verließ das Depot und ging ins Hauptgebäude. Das GNM wirkte schon von außen groß, aber wie riesig es wirklich war, zeigte sich erst im Innern. Etliche Abzweigungen, Treppen und Umwege später hatte Ansgar die Zentrale gefunden. Die Tür stand offen, aber er klopfte trotzdem an, bevor er eintrat.
Es war ein ganz gewöhnliches Büro mit Monitoren, die schwarz-weiße Bildkacheln zeigten. Davor saßen drei Männer, die sich nun gleichzeitig zu Ansgar umdrehten. Er brauchte einen Moment, um sich zu sortieren – die drei sahen sich so ähnlich, dass sie bei einer Mottoparty als Kostümgruppe auftauchen könnten. Thema: Rausschmeißer.
„Ja?", blaffte einer der Herren. Ansgar horchte kurz der Bassstimme nach, die von den Wänden hallte. Hätte er ein Testosteronmessgerät gehabt, wäre jetzt wahrscheinlich die Skala gesprengt worden.
„Ansgar, angenehm", sagte er und streckte dem Mann die Hand entgegen. Der betrachtete sie und überlegte offenbar, ob er dieser Anbiederung nachgeben sollte. Entschied sich dagegen und verschränkte die Arme. Ansgar zog die Hand nicht zurück, sondern schnipste und zeigte auf den Wachmann, als hätte der gerade eine besonders gute Idee gehabt. „Immer vorsichtig, gut so! Man weiß ja nie, wer hier reinspaziert." Er lüftete sein Sakko. „Aber hier, kein Sprengstoff." Die anderen beiden blickten ihn finster an.
„Ich will nur wissen, wie die Bande eure Kameras lahmgelegt hat. Mehr nicht."

„Und du bist?“
„Privater Ermittler und zurzeit Consultant für die Kripo.“ Er wedelte mit seinem Besucherausweis.
Der Wachmann grunzte. „Wenn's sein muss.“
„Ich helfe dabei, die Leute zu schnappen, die euren Kollegen …“ Ansgar konnte nicht weitersprechen bei der Vorstellung, wie die Herren sich gerade fühlen mussten. Aber statt verständnisvollem Nicken erhielt er weiterhin nur finstere Blicke. Naja, vielleicht war das ihre Art, mit Trauer umzugehen. Oder mit Angst. Sie hätten genauso gut am Tag des Raubes hier sein können, es hätte auch sie treffen können.
„Also, die Kameras? Hat sich jemand ins System gehackt, war jemand hier in der Zentrale?“
Kopfschütteln. „Sie haben der Anlage den Strom abgeklemmt, das läuft alles in einen Verteiler im Keller.“
„Und es gibt keine Absicherung für solche Fälle?“
„Für den Fall, dass jemand ein Loch in den Keller sprengt? Nein. Gibt es nicht.“
„Wie hätten Sie's gemacht?“
„Was?“
„Wie hätten Sie die Anlage lahmgelegt?“
„Warum ich?“
„Ich will nur wissen, was ein normaler Mensch getan hätte. Jemand, der nicht gleich eine Wand aufsprengt.“
Der Mann sah sich nach seinen Kollegen um. Die hoben die Schultern.
„Ich hätte drauf geschissen, wie damals die Brüder im Grünen Gewölbe. Zieh's dir mal auf YouTube rein. Die sind einfach

reinmarschiert, du kannst denen dabei zugucken, wie sie mit einem Vorschlaghammer auf die Vitrine eindreschen."
Ansgar wies auf die Bildschirme. „Haben die eine gute Auflösung?"
„Geht so. Man kann ein Stück reinzoomen, reicht für eine Fahndung, wenn jemand dumm ist und reinglotzt. Sobald jemand den Mantelkragen hochschlägt, wird's schon schwer."
Ansgar bedankte und verabschiedete sich. „Wir kriegen die schon", sagte er noch in der Tür. Die Männer nickten nur und wandten sich dann wieder den Bildschirmen zu. Ansgar blieb stehen. Nein, das war keine unterdrückte Trauer. Da lag etwas anderes in der Luft, auch wenn er nicht genau sagen konnte, was es war. Eine Anspannung, die er im Nacken spürte. „Eins noch", sagte er und trat wieder ein. „Bei wem soll ich mich melden, wenn wir mehr darüber herausgefunden haben, wer Ihre Kollegen auf dem Gewissen hat? Sie wollen es doch sicher zuerst erfahren."
Die Männer tauschten Blicke. Der vorderste, mit dem Ansgar bisher am meisten gesprochen hatte, zuckte mit den Schultern. „Sagen Sie's mir."
„Aber es wäre auch nicht schlimm, wenn ich es Ihnen gar nicht sage. Weil es Sie nicht interessiert."
Er wandte den Blick ab. „Waren nicht so eng."
„Sonst jemand? Gab es jemanden, der mehr mit ihnen zu tun hatte?"
Kopfschütteln.
„Wie lange haben Sie zusammengearbeitet?", fragte Ansgar.
„Paar Jahre. Die waren vor uns hier, von der alten Schule. Sehr korrekt."

„Sie sagen das, als wäre es etwas Schlechtes."
Er hob die Arme und rieb sich die Glatze. „Jaah, konnten einem schon mal auf die Nerven gehen."
Ansgar schloss die Augen. Stellte sich vor, er würde dort sitzen, Tag für Tag, und auf die Kacheln auf den Bildschirmen starren. Hin und wieder ein dummer Witz über irgendeinen Besucher, Smalltalk, Testosterongehabe, Desinteresse.
„Noch da?", fragte der Mann, als Ansgar eine Minute geschwiegen hatte.
„Was würden Sie tun, wenn ein paar Kacheln ausfallen würde?", fragte Ansgar und nickte Richtung Bildschirme.
„EDV anrufen. Die wissen schon, was zu tun ist."
„Sie würden hier hocken bleiben. Im Gegensatz zu Ihren Kollegen." Ansgar ging hinaus, orientierte sich kurz und machte sich auf den Weg zum Empfang. „Wo sitzt denn die Personalabteilung, bitte sehr?"
„Unsere Personalerinnen sitzen im Jugendstilbau gegenüber", sagte die Frau. „Treppe hoch und links."
Ansgar verließ das Museum und betrat das Gebäude gegenüber, fand die Personalabteilung und trat ein. Ein junger Mann fragte, wie er helfen könne.
„Ich bräuchte die Dienstpläne des vergangenen Monats, bitte. Und die Personalakten von Heinrich Stammer."
Der Personaler klickte eine Weile herum, dann surrte der Drucker am anderen Ende des Raumes. „Können Sie sich rausnehmen."
Mit den Ausdrucken in der Hand verzog sich Ansgar ins Museumscafé, wo hier und dort ein Beamter mit Laptop herumlungerte oder müde an seinem Kaffee nippte. Ansgar

durchforstete sein Sakko nach einem Stift, aber fand natürlich keinen. Stattdessen griff er zu seinem Wohnungsschlüssel und durchstach jedes Kästchen mit der Uhrzeit, zu der die beiden späteren Opfer Dienst gehabt hatten. Es kam ihm vor, als würde er eine merkwürdige Form von Bingo spielen. Als er fertig war, hatte er einen guten Überblick über die Dienstzeiten der beiden. Die zwei Wachleute waren offenbar nie nach 18 Uhr eingeteilt worden, vielleicht aus Rücksicht auf ihr Alter. Wenn die Bande tatsächlich einen Verbindungsmann hier im Museum hatte, dann hatte sie sicher gewusst: Diese beiden Herren alter Schule würden sofort nach unten stürmen und das Museum verteidigen, wenn die Pflicht rief … Da lag es nahe, einen von ihnen vorher aus dem Weg zu räumen – oder den Raub einfach am frühen Abend zu begehen. Klar, die Publikumswirkung war den Verbrechern offenbar wichtig gewesen. Aber ob sie jetzt um 17 Uhr oder 18 Uhr zuschlugen, das machte doch keinen Unterschied … Oder hatten es die Kriminellen gerade deshalb auf die beiden alten Wachleute abgesehen, weil sie eine potenzielle Gefahr gewesen wären? Waren ihnen verdächtige Besucher aufgefallen, die vorher alles ausgekundschaftet hatten? Den drei Ochsen, die gerade in der Zentrale saßen, entging wahrscheinlich jede verdächtige Aktivität. Ansgar würde sich selbst durch die Aufnahmen der Überwachungskameras klicken müssen. Hier halfen ihm leider auch die Datenbanken der Polizei nicht weiter – wenn man nicht wusste, wonach man suchte, halfen nur Gespür und ein gutes Auge für Ungewöhnliches. Aber das würde Zeit kosten, die er gerade nicht hatte. Wenigstens einen ersten Hinweis bräuchte er,

irgendetwas, das ihn auf die richtige Spur führte. Warum hatte sich der Tippgeber an ihn gewandt? Verfügte Ansgar über irgendwelche Erfahrungen, die den Beamten fehlten? War jemand vor Wochen mit seinem Liebhaber durchgebrannt, der etwas mit dem Raub zu tun hatte? Gab es eine Verbindung zu seiner Zeit in München, einen ähnlichen Fall? Ansgar stand auf und streckte sich. Es hatte keinen Zweck, nachzugrübeln, solange er nicht mehr wusste.
Er machte sich zur Nordseite des GNM auf, um das Sprengloch in Augenschein zu nehmen, das auf den Kornmarkt führte. Der Flur, von dem aus man sonst in die Bibliothek gelangte, lag in einem seltsamen, milchig-weißen Licht, wie Mondschein. Er ging ein paar Schritte weiter. Gezackte Steinbrocken lagen umher. Das Loch war doppelt so hoch wie er, dahinter bauschte sich die weiße Zeltplane, die er bereits von außen gesehen hatte. Vor dem Loch saß eine schlanke Frau auf einem Hocker und tippte in ihren Laptop. Sie blickte auf, als Ansgar näher herantrat.
„Noch ein externer Experte?“, fragte sie. „Mit welchen Arten von Sprengung kennen Sie sich aus?“
„Kofferraum.“
„Wie?“
„Das ist die einzige Sprengung, mit der ich mal zu tun hatte. Bierflaschen im Kofferraum vergessen. Es war Januar und acht Grad minus.“
„Bitte sagen Sie nicht, dass Sie Reporter sind. Wenn noch einer von denen hier vorbeispaziert, ist das nächste, was explodiert, meine Wenigkeit.“

Ansgar erklärte ihr, warum er hier war, und sie schien erleichtert. „Schadet nicht, mal mit jemandem zu sprechen, der sich nicht den ganzen Tag mit Sprengmitteln beschäftigt. Kommen Sie."
Sie stand auf und stellte sich an die Stelle, wo früher die Mauer gewesen war. Rohre und Kabel ragten heraus wie Gedärme. Ansgar stellte sich neben sie. „Ziemlich dicke Wand", bemerkte er.
„Ja, diese Quader sind ganz schöne Oschis …"
„Wie viel Sprengstoff braucht man dafür?"
„Etwa 100 Kilo. Beziehungsweise 200 Liter, es war kein Festsprengstoff. Sonst würde hier kiloweise Abfall herumliegen. Wir haben aber nur ein paar von denen hier gefunden." Sie zog ein Plastikbeutelchen aus ihrer Gesäßtasche und reichte es Ansgar. Es enthielt ein tropfenförmiges Gebilde, das ihn an Bleigießen erinnerte. „Schaut aus wie ein Pfropfen."
„Die haben ein paar Löcher gebohrt, schon in der Nacht davor. Anwohner hatten sich über Lärm beschwert, eine Streife hat ein paar Jugendliche mit Subwoofer weggeschickt. Ein Zeuge hat gesagt, er hätte eine Art laute Roboterstimme gehört – wie auch immer. Die Kollegen glauben, jemand hat einfach irgendwelche Teenager aufgegabelt und ihnen Geld dafür gegeben, um die Bohrgeräusche zu übertönen. Am nächsten Tag hat die Bande dann das Gas in die Wand geleitet, die Löcher verschlossen und eine Lunte angezündet."
„Wie bei einer Geldautomatensprengung."
„Richtig. Genauso verheerend, genauso rücksichtslos. Und in diesem Fall so gefährlich, dass man Wahnsinnige dafür braucht." Sie streckte die Hand aus und zog behutsam an

einem Kabel. „Alles schon in die Jahre gekommen, die Elektrik wurde zuletzt in den 80ern erneuert. Kann schon mal vorkommen, dass irgendwo was korrodiert ist, dass eine Ratte ein Kabel angenagt hat.“ Sie deutete auf den oberen Teil der Wand. „Hier geht die Elektrik für die Notbeleuchtung und den Türöffnungsmechanismus durch. Haben Sie schon mal ein Elektro-Feuerzeug auseinandergebaut?“

Ansgar nickte und dachte an seine Schulzeit, wo sie das regelmäßig gemacht hatten. Elektroschocker gebaut, um den Mitschülern den Draht auf den nackten Unterarm zu setzen.

„So in der Größenordnung bewegen sich die Mini-Entladungen, die dann stattfinden“, fuhr die Expertin fort. „Sind auch normalerweise kein Problem, weil alles drumherum feuerfest ist, zumindest bei Gebäuden wie Museen. Aber jetzt überlegen Sie mal, Sie leiten literweise Gas irgendwo rein und alle paar Sekunden macht es da drinnen bzzz …“

„Wie viel Gas ist in den Flaschen, die man an seinen Grill anschließt?“, fragte Ansgar.

„In einer 11-Kilo-Flasche? Etwa 22 Liter.“

„Die haben vorher zehn große Gasflaschen hierher gekarrt? Als was hat sich die Bande getarnt? Als lustige Grillparty, die den sonnigen November für ein Barbecue auf dem Kornmarkt nutzen will?“

„Aktuell gehen wir davon aus, dass sie sich als Familie ausgegeben haben. Ein paar Zeugen haben von einer verdächtigen Großfamilie gesprochen, die am Tag vor dem Raub in der Nähe des GNM unterwegs war und wohl am Kornmarkt eine kleine Rast eingelegt hat.“

„Verdächtige Großfamilie", wiederholte Ansgar. „Das klingt etwas zu auffällig für eine Bande von Kriminellen."
„Yep. Deshalb wissen wir auch nicht, ob die Spur hilfreich ist – aber vielleicht hat die Bande absichtlich Auffälligkeit als Tarnung gewählt."
„Wie auffällig war diese ominöse Familie denn?"
„Offenbar ein Dutzend Leute mit Sack und Pack. Sie haben wohl verwahrlost gewirkt. Kinderwagen mit Löchern im Verdeck, abgeranzte Trolleys, ein Einkaufswagen mit festgezurrtem Zeug drauf …"
„… womit sie alle allzu Neugierigen auf gebührendem Abstand gehalten haben."
„Wenn es wirklich die Bande war. Ich bezweifle aber, dass sie einen ausgeprägten Sinn für Schabernack hat."
Ansgar dachte an den aufgemalten Smiley. „Wer weiß", murmelte er.
Er trat durch die Sprengöffnung hindurch und stand nun vor der Außenwand des Museums. Tat so, als bugsierte er einen Kinderwagen ganz nah an die Mauer heran. Klappte das löchrige Verdeck um und griff nach dem orangefarbenen Schlauch, der an die Gasflasche angeschlossen war. Steckte ihn ins vorgebohrte Loch, schob ihn weiter hinein. Legte die Hand aufs Ventil der Gasflasche. In der Wand machte es vielleicht alle paar Sekunden bzzz, wer wusste das schon … Aber er hatte solche Wut, er musste diese Wand wegsprengen, und wenn er selbst dabei draufging. Er hatte … eine Mission? Ansgar wischte sich den Schweiß von der Stirn, obwohl es unter der Plane zugig war. Von dem un-

wirklichen Licht wurde ihm allmählich schummrig. Wie spät war es überhaupt?

„Und?", fragte die Sprengstoffexpertin.

„Und was?"

„Na, haben Sie jetzt Kontakt mit irgendwelchen Geistern aufgenommen?"

„Wie bitte?"

„Na, wie Sie da so stehen ... Hat man Sie denn nicht als Medium engagiert?"

„Nein, sehe ich so aus?"

„Was weiß denn ich, zu welchen verzweifelten Mitteln die Kollegen mittlerweile greifen."

„Nicht zu Geistersehern, hoffe ich." Er verabschiedete sich und stieg hinab ins Depot, um nach der Papierlandschaft aus der Kanalisation zu schauen.

Als er den Raum betrat, schlug ihm feuchte, übelriechende Luft entgegen. Dafür waren die Dokumente mittlerweile nur noch klamm. Ansgar zog hier und da ein paar umgeknickte Seiten glatt und überflog dabei die Zeilen. Ellenlange Listen mit Namen und Daten. Wie viele Blätter waren das? Vierhundert, sechshundert? Unmöglich, das zu schaffen. Und doch – es musste sein. Irgendwo hier lag vielleicht der eine Hinweis, ein einzelner Name ... Ansgar verdrängte den Gedanken, dass sich gerade im Magen irgendeiner Ratte ein verklumpter Fetzen Papier auflöste, und griff nach seinem Notizblock. Wie alt war der Mann gewesen, den er in der Kanalisation getroffen hatte? Um die vierzig vielleicht, also etwa 1980 geboren. Dann könnte Ansgar alle Unterlagen vor 1996 ignorieren, wenn er davon ausging, dass der ominöse

Mitarbeiter allerfrühestens mit 16 Jahren irgendeinen Job im Museum ergattert hatte … Oder war das zu riskant, wenn Ansgar sich nun verschätzt hatte … Sein Blick wanderte über die Hügel und Täler, die er auf dem Boden geschaffen hatte. Nein, es musste sein. Irgendeine Grenze musste er ziehen. Er ließ sich auf die Knie hinab und ging das erste Blatt durch. Frauennamen konnte er ebenfalls ausschließen, und zu alt durfte der Mitarbeiter bei seiner Entlassung auch nicht sein. Manches war ohnehin so unleserlich, dass Ansgar gar keine andere Wahl hatte, als es auszusortieren.

Er durchforstete das Zeug zwei Stunden und hatte gerade mal drei Namen beisammen. Hätte die Kripo das doch schon früher gesichert! Dann könnte Ansgar sich jetzt die Arbeit sparen und wüsste vielleicht schon, mit wem er es zu tun hatte …

Er stemmte sich hoch und besah sich die Hände: Graue Krümel und bräunliche Fasern hatten sich auf seine Finger gelegt, als trüge er einen besonders widerlichen Handschuh. Marke *Coco Canal.* Ansgar wollte gerade seine Hände an der Hose abwischen, da klingelte sein Handy. „Scheiße", flüsterte er und drückte auf den grünen Hörer. „Camerarius?"

„Ich habe einen Auftrag für Sie." Die Stimme klang tiefer, als es ihr guttat. Offenbar verstellte der Mann sie mit einiger Anstrengung.

Ansgar zögerte. Sein Herz schlug schneller. „Geht es um … Zwetschgenmännla?", fragte er.

„Wie?" Nun klang die Stimme überrascht und etwas höher. „Warum Zwetschgenmännla?"

„Ähm, nichts, schon gut … Was kann ich für Sie tun?"

„Mir ist etwas abhandengekommen."
Ansgar zögerte erneut. Noch vor zwei Tagen hätte er jeden Klienten mit Kusshand genommen, aber jetzt musste er eigentlich alles daransetzen, der Bande auf die Schliche zu kommen. Aber wenn diese ganze seltsame Geschichte hier vorüber war, dann bräuchte er das Geld. „Was haben Sie verloren. Schmuck? Juwelen?"
„Meine Tochter."
„Ein vermisstes Kind ist ein Fall für die Polizei, da rufen Sie am besten gleich ..."
„Nein, nein. Die Polizei kann da nichts tun. Leider."
„Warum? Werden Sie erpresst?"
„Nein. Aber meine Tochter ist siebzehn."
Ansgar runzelte die Stirn. „Und sie ist von zu Hause fortgelaufen?"
„Richtig. Wer weiß, wo sie sich herumtreibt! Sie hat nach Hause zu kommen. Und sich nicht davonzustehlen, bis sie mit achtzehn machen kann, was sie will!"
„Langsam, langsam ... Ich fasse zusammen: Sie fürchten, Ihre Tochter ist weggelaufen und kommt die nächsten Monate nicht nach Hause, richtig?"
„Nicht die nächsten Monate. Den Tag!"
„Den ... Tag?"
„Sie hat morgen Geburtstag." Der Mann hatte mittlerweile aufgehört, seine Stimme tiefer zu machen. Sie klang unangenehm scharf, näselnd.
Ansgar hielt das Handy ein Stückchen weiter weg von seinem Ohr und schielte darauf, als hätte sich ein seltsames Insekt aufs Display gesetzt. „In Ordnung", sagte er. „Es geht um

einen einzigen Tag, ja … Ähm. Ich soll also Ihre Tochter heute noch finden?"
„Exakt. Vor elf Uhr abends. Dann hat Annegret hier zu sein, so war es bisher abgemacht. Und diese letzte Stunde schwänzt sie mir nicht. Verstanden?"
„Jawohl", sagte Ansgar aus Reflex. Klang irgendwie nach pensioniertem Lehrer. „Gibt es Verwandte, bei der Annegret sein könnte?", fragte Ansgar vorsichtig nach. „Eventuell eine Mutter?"
„Nein."
Ansgar verzichtete darauf, nachzubohren. Welches Schicksal auch immer diesen Mann so verbittert hatte, es ging ihn nichts an. „Sie ist vermutlich bei Freunden?"
„Freundinnen, meinen Sie wohl!" bellte der Mann ins Telefon. „Sie hat keine männlichen Bekanntschaften."
„In Ordnung. Nur Freundinnen. Klar."
„Annegret reitet gern, ihr Lieblingspferd heißt Ramondo", sagte der Vater. „Sicher verbringt sie an ihrem Geburtstag Zeit mit ihm. Womöglich hat sie ein paar Freundinnen eingeladen. So hat sie früher schon oft gefeiert, auf dem Reiterhof."
Ansgar versuchte, sich ein Dutzend Siebzehnjährige auszumalen, die Partyhütchen trugen, mit leuchtenden Augen von Ponys schwärmten und Kuchen mit rosa Perlen darauf aßen. Es gelang ihm nicht so recht. Er erkundigte sich trotzdem nach dem Namen des Reiterhofs, nannte das Honorar und fragte nach der Adresse, an die er die Rechnung schicken sollte.
„Keine Rechnung", sagte der Mann.

„Ich muss aber …"
„Für Ihren Aufwand bin ich bereit, Ihr Honorar um fünfhundert zu erhöhen. Kommen wir überein?"
Ansgar seufzte. Schwarzarbeit war nicht so harmlos, wie sich die Leute das vorstellten. Und da gab es diese Finanzbeamtin aus München, die schickte ihm regelmäßig Drohschreiben, zumindest kamen sie Ansgar so vor. Nachträge hier, Prüfungen da, sie hakte ständig auf eine Art nach, als wäre sie insgeheim schon sicher, dass Ansgar Steuerhinterziehung in großem Stil beging. Sogar angerufen hatte sie ihn schon, sie meine es doch nur gut mit ihm und wolle ihm nicht die Steuerfahnder auf den Hals hetzen … Aber er konnte auf diesen Fall hier nicht verzichten. Und es würde sicher nicht lange dauern, die Tochter ausfindig zu machen. In dem Alter pflegte man sich, soweit Ansgar wusste, noch nicht auf die Malediven abzusetzen, wenn man von zu Hause fortlief. „In Ordnung. Bar bei Übergabe der Informationen."
„Sie meinen doch wohl, bei Übergabe meiner Tochter?"
„Das wäre Entführung. Gibt bis zu fünf Jahre."
Der Vater grummelte irgendetwas, gab sich aber schließlich damit zufrieden, dass Ansgar nur ihren Aufenthaltsort herausfinden und die erste Hälfte des Honorars ausgezahlt bekommen würde, wenn er dem Vater die Infos überbrachte, die zweite gäbe es bei erfolgreicher Sicherstellung des verlorenen Kindes.
Kaum hatte Ansgar aufgelegt, piepste sein Handy. Der Klient hatte ihm ein abfotografiertes Bild von Annegret geschickt: schulterlange, braune Zöpfe, eine Zahnspange im lächelnden Mund. Das Foto zeigte sie mit allerhöchstens 13. Das ist

sie, hatte der Vater dazu geschrieben. Als wollte er jeden Zweifel ausräumen, dass seine Tochter mittlerweile ganz anders aussah und eine fast volljährige Frau war.
Ansgar verließ den provisorischen Trockenraum, inmitten der Papiere konnte er sich nicht konzentrieren. Der Flur war besser: graue Wände, keine Ablenkung. Gut. Sein Plan war einfach. Auch, wenn er sich kaum vorstellen konnte, dass Annegret ihren 18. Geburtstag als Ponyparty feiern würde – beim Reiterhof könnte ihr Vater sie gut aufgabeln. Ansgar musste sie nur dorthin lotsen.
Aber erstmal richtig in die Rolle schlüpfen. Er hob den linken Fuß, tat so, als würde er einen Gummistiefel anziehen und verlor kurz das Gleichgewicht, als das Ding nicht gleich passen wollte. Anschließend zog er den imaginären rechten Schuh über, stapfte ein paar Mal auf und ab. Dabei ignorierte er eine Polizistin, die einen möglichst großen Bogen um ihn machte. Dann tat er so, als würde er eine Heugabel von der Wand nehmen. Stach in einen nicht vorhandenen Heuhaufen und füllte einen Trog. „Brav", sagte er und tätschelte die Luft. „Guter Ramondo."
„Hüüüühüühühü", machte Ramondo.
Anschließend wählte Ansgar Annegrets Nummer. „Yeah?", erklang eine heisere Stimme. Das war eindeutig nicht Annegret.
„Hi", sagte er. „Hier ist Björn. Ich rufe wegen Ramondo an. Ist Annegret da?"
„What? Wegen wem rufst du an?"
„Ramondo. Das Pferd, das sie am liebsten reitet. Wir finden sein Lieblingszaumzeug nicht, und das andere mag er nicht.

Er kaut dauernd nur darauf herum, seine Zähne müssen ihm langsam schon weh tun. Jaa, ruhig, mein Guter, ruuuuhig."
Ansgar hörte den jungen Mann gedämpft zu jemandem sprechen. „Hier ist so'n Typ für dich wegen 'nem … keine Ahnung, 'nem Pferd oder so, sagt er."
„Hallo?", meldete sich eine Frauenstimme.
„Moin, hier ist Björn vom Reiterhof. Bin ganz neu hier, wir kennen uns noch nicht. Ich hab nur schnell eine Frage: Wir suchen ein Zaumzeug und du warst die letzte, die es benutzt hat. Da dachte ich …"
„Ihr sucht ein Zaumzeug, das ich benutzt habe?"
„Genau. Erinnerst du dich vielleicht, wo …?"
„Willst du mich verarschen? Ihr sucht ein Zaumzeug, das ich vor, was weiß ich, sieben Jahren benutzt habe?"
„Du … reitest gar nicht mehr?"
„Nein. Wer sind Sie?"
Im Hintergrund fragte der Junge etwas, das Ansgar nicht verstand. „Irgend so ein Creep", antwortete Annegret. „Also. Name. Sonst lasse ich die Nummer zurückverfolgen."
Ansgar sparte sich den Hinweis, dass die Polizei bei seltsamen Anrufern noch lange nicht tätig wurde. Sein Plan war trotzdem dahin. Jetzt musste er sich etwas anderes ausdenken. „Mir wurde nur gesagt, ich soll bei einer Annegret nachfragen, aber jetzt sehe ich – wir haben ja drei Annegrets hier. Da hab ich wohl die falsche erwischt."
„Passiert. Also dann. Machs gut."
„Du könntest deinem alten Reiterhof trotzdem einen Besuch abstatten und uns suchen helfen. Es wurde so viel neu gemacht hier, du würdest staunen."

„Lass mal."
„Dachte ich mir. Junge Leute haben heutzutage Besseres zu tun, als einen Stall auszumisten. Abhängen, feiern gehen. Meine Tochter ist auch ständig in diesen Club gegangen, wie hieß der noch? Fies und frech oder so."
„*Gemein und gefährlich*?"
„Ah ja, genau. Ist das noch angesagt?"
„Keine Ahnung, war nie so meins. Alles klar, ich muss dann …"
„Wo gehen denn junge Leute so hin?", fiel ihr Ansgar rasch ins Wort. „Nur so als Tipp, falls meine Tochter mal wieder in der Stadt ist."
„Die *Granate* ist hammer."
„Wo ist die?"
„Immer irgendwo anders. Ein Pop-Up-Club."
„Sag ich meiner Tochter, wenn sie mal wieder in der Stadt ist. So, jetzt hab ich dich lange genug aufgehalten. Muss auch zurück zu den Pferden."
Einen Moment war es still am anderen Ende. „Geht's Ramondo gut?"
„Klar. Immer noch ein prächtiges Tier."
„Grüß ihn von mir."
„Mach ich. Ich striegle ihn eh gleich." Sie legten auf.
Ansgar schaute online nach, wann die *Granate* öffnete: 23 Uhr. Annegrets Vater könnte seine Tochter sicher noch in der Warteschlange abfangen. Diesen Monat hatte der Club Fabrikräume im Süden in Beschlag genommen, stand auf der Website. Ansgar zückte sein Handy und wählte die Nummer des Klienten. „Ich hab die Infos."

„Tüchtig. Das ging schnell."
Für die Übergabe schlug Ansgar die Lorenzkirche vor. Es würde dem Mann sicher gefallen, wenn der Ort nicht allzu öffentlich war.
Ansgar verließ das GNM und wanderte Richtung St. Lorenz. Der Trubel auf dem Kornmarkt hatte sich kaum gelegt, immer noch schwirrten Reporter und Schaulustige umher. Wie schön wäre es, wenn auch Ansgar sich einfach dort einreihen könnte, als neugieriger Unbeteiligter. Er befühlte das Zwetschgenmännla in seiner Tasche, das ohne das goldene Buch viel leichter war. Hin und wieder war in den letzten Stunden die Hoffnung aufgeflammt, dass doch alles nur ein Zufall war. Es war eine verlockende Vorstellung, einfach alles weitere zu ignorieren, sich taub und blind zu stellen. Aber das brachte Ansgar nicht über sich. Weil es da draußen jemanden gab, der Bescheid wusste. Der seine Hoffnung in Ansgar gesetzt hatte, vielleicht längst seine eigene Sicherheit aufs Spiel gesetzt hatte. Denn wenn jemand von dieser bekloppten Bande herausfand, dass es einen Maulwurf unter ihnen gab, dann würden sie kurzen Prozess mit ihm machen, da war sich Ansgar sicher.
Ansgar war bei der Kirche angekommen, er betrat sie und nahm weit vorn auf einer Bank Platz. Nach ein paar Minuten hörte er Schritte hinter sich.
Ein Mann setzte sich in die Reihe hinter ihn. „Haben Sie die Infos?"
Ansgar nickte.
Papier raschelte. „Dieser Umschlag enthält Ihr Honorar plus fünfhundert. Danke für Ihre Dienste."

Nun drehte sich Ansgar doch zu dem Mann um. Spärliches Haar, rahmenlose Brille. Das Jackett ließ ihn eher wie einen Professor als einen Lehrer aussehen. „Also? Wo steckt sie?", fragte der Mann.

„Sie können Sie heute Abend …" Ansgar zögerte. In den hellblauen Augen des Klienten lag etwas Zwingendes. Er war es eindeutig gewohnt, Befehle zu erteilen. Und das reichte, damit sich in Ansgar Widerstand regte.

„Jetzt sprechen Sie endlich", herrschte der Klient ihn an. „Wo steckt sie?" Die Stimme des Mannes hörte sich jetzt noch näselnder an als am Telefon. Ansgar dachte an Annegret. Ab morgen könnte sie ihrem Vater den Rücken kehren, wenn sie wollte – einfach abhauen, wegziehen. Warum hielt sie diesen letzten Tag ihrer Minderjährigkeit nicht einfach aus und spielte einfach mit? Ansgar seufzte. Weil es vermutlich gar nicht darum ging, vor dem Vater zu flüchten. Sondern ihm die Stirn zu bieten. Und das hier war ihre letzte Chance.

„Was tun Sie da?", fragte der Mann, als Ansgar aufstand.

„Gehen."

„Was? Sie können doch nicht einfach … Wir sind hier noch nicht fertig! Setzen, habe ich gesagt!"

Draußen beeilte sich Ansgar, möglichst rasch Abstand zur Kirche zu gewinnen. „Mist", fluchte er. Hätte der Mann nicht wenigstens ein klein wenig sympathisch erscheinen, ein Fünkchen Fürsorge ausstrahlen können? Dann hätte Ansgar jetzt sein Honorar plus fünfhundert bar auf der Kralle! Er schüttelte den Kopf. Die Arbeit hätte er sich sparen können.

Er zückte noch einmal das Handy und wählte Annegrets Nummer aus der Anrufliste. Drückte auf den grünen Hörer und wartete, bis sie ranging.
„Fuck you“, begrüßte sie ihn.
„Wie bitte?“
„Ich habe beim Hof angerufen. Glaubst du, du kannst mich verarschen?“
Im Hintergrund hörte Ansgar den Jungen von vorhin sprechen. „Digga, wenn ich den find, dem brech ich beide Beine.“
„Also tschau“, sagte Annegret. „Und wenn du Wichser nochmal hier anrufst, dann …“
„Moment!“, sagte Ansgar. „Ich arbeite für deinen Vater.“
„What?“
„Du hast recht, ich habe dich verarsch… veräppelt. Ich bin Privatdetektiv. Dein Vater hat mich beauftragt, dich zu finden.“ Ansgar erklärte ihr in knappen Sätzen, wie die Sache abgelaufen war. Und dass er ihrem Vater beinahe verraten hätte, dass er sie heute Nacht vor der *Granate* abfangen könnte.
„Ok. Und warum erzählst du mir das jetzt? Dass ich einen Idioten als Vater hab, wusste ich schon.“
Im Hintergrund ertönte wieder die Jungenstimme. „Digga, wenn ich dem begegne, dem brech ich …“
„Dein Freund bricht gern Leuten Beine, hab ich das Gefühl“, sagte Ansgar.
„Macht der nicht wirklich.“
„Beruhigend. Also, ich rufe an, weil dein Vater sicher noch jemand anderen anheuert, so verbissen, wie er klang.“
„Schön. Nett von dir, dass du mich warnst. Tschau.“

„Warte! Im Gegenzug hätte ich gern was von dir.“
„Wovon spricht der?“, ertönte es im Hintergrund. Offenbar war Ansgar auf Lautsprecher. „Digga, wenn der jetzt was Falsches sagt, dann …“
„Beine brechen, ich weiß schon“, sagte Ansgar. „Vom Raub im GNM habt ihr gehört, nehme ich an?“
„Klar, warum?“
„In der Nacht davor hat irgendjemand drei Jugendliche angeheuert, um mit einem Subwoofer durch die Gegend zu laufen und komische Musik zu hören. Ich möchte, dass ihr beiden euch umhört. Und mir Bescheid sagt, wenn ihr etwas mitbekommt.“
„Klar. Wir kennen ja auch alle Jugendlichen in Nürnberg. So wie du alle Erwachsenen kennst. Ist ’ne kleine Stadt.“
„Haltet einfach die Ohren offen, ok?“
„Whatever.“ Sie legte auf.
Ansgar atmete tief durch. Es war erst ein paar Jahre her, dass Sophie in derselben Phase gewesen war. Aber das hatte er schon verdrängt.
Er dachte an den Raum, in dem die klamme Papierpampe vor sich hin trocknete. Nein, er könnte seinen Augen keine weitere Minute mit diesen Hieroglyphen zumuten. Also kramte er den Zettel mit der Adresse des entführten Wachmanns aus der Tasche, die ihm der Personaler gegeben hatte. Heinrich Stammer, Planetenring 25 – war das nicht irgendwo beim Rangierbahnhof? Ansgar schaute nach und fluchte leise. War es. Er würde wieder U-Bahn fahren müssen, nicht mal Kurzstrecke … Er trabte Richtung Opernhaus und stieg die Treppe zur U-Bahn hinab. Linker Hand stand

der Fahrkartenautomat, rechts ging es zu den Gleisen … Ansgar zögerte, dann wandte er sich nach rechts. Passierte die Entwertungsstationen, sah den Schriftzug *Zugang nur mit gültigem Fahrausweis* und blickte schnell woandershin. In all der Zeit, in der er in Nürnberg und München gelebt hatte, wurde er wie viele Male kontrolliert? Drei, vielleicht. Es war unwahrscheinlich. Das Geld konnte er sich sparen.
Er fuhr zum Hauptbahnhof und von dort mit der U1 Richtung Langwasser Süd. Er musterte die anderen Fahrgäste: ein Mann im Anzug, Jugendliche in Baggy-Pants. Ein Herr im Polo-Shirt. Sahen alle nicht nach Kontrolleuren aus.
Er lehnte sich zurück. Aufseßplatz, Maffeiplatz … Lief doch ganz gut, so ohne Ticket.
Dann stiegen drei Leute ein. Schwarze Käppis und Bauchtaschen. Zwei Männer, eine Frau. Unscheinbare T-Shirts, Jeans, sie einen knielangen Rock. Ansgar spürte, wie sich in seinem Bauch etwas zusammenzog. Die drei sahen viel zu einheitlich aus. Und viel zu unauffällig. Er stand auf und schätzte die Zeit, bis sie an der nächsten Station ankommen würden, Frankenstraße könnte das sein. Höchstens zwei Minuten. Die würden doch nicht ausgerechnet jetzt …
„Soo, einmal die Fahrkarten, bitte!“, übertönte einer der Männer den Zuglärm. Die drei schwärmten Richtung Türen aus, die Frau steuerte direkt auf Ansgar zu. Er langte in sein Jackett und holte möglichst unauffällig den Besucherausweis hervor, den ihm die Polizei ausgestellt hatte. Dann suchte er Blickkontakt zu der Frau, hielt den Ausweis auf Hüfthöhe und deutete ein Kopfschütteln an. Hoffentlich wirkte er

wichtigtuerisch genug, um ihr zu verstehen zu geben, dass er hier an einem Fall arbeitete.

Sie kam näher.

Ansgar kniff die Lippen zusammen, riss die Augen auf, deutete mit dem Kinn in eine unbestimmte Richtung und hob den Ausweis etwas höher.

„Ihren Fahrschein bitte“, sagte die Kontrolleurin.

„Hören Sie, ich bin mitten in einer Beschattung, ich habe keine Zeit für …“

„Einen Fahrschein brauchen Sie ja dann trotzdem. Ist ja hier nicht gratis für Polizisten.“

Wenigstens hatte sie ihm abgekauft, dass er ein Beamter war. Damit konnte man arbeiten.

Ansgar blickte sich hektisch im Wagon um. „Mist, jetzt ist der weg! Nein, da hinten …“

Er schob sich Richtung Zugende.

„Hey!“, rief einer der Männer ihm hinterher. „Wo will der hin?“

„Wen beschatten“, rief die Frau quer durch den Zug.

„Psss!“, machte Ansgar. „Sie können hier doch nicht die ganze Operation …“

Der Mann kam ihm nach. „Zeigen Sie mir erstmal Ihren Dienstausweis.“

Ansgar kramte in seinen Taschen. „Sie werden noch was von uns hören, das sage ich Ihnen. Machen Sie sich auf was gefasst.“

„Ja, ja, das Übliche. Spazieren hier rein und denken, für Sie gelten keine Regeln, ne? Dienstausweis und Fahrkarte, oder

wir steigen zusammen aus und ich rufe Ihre Kollegen. Die werden sich freuen."
„Meine Kollegen fahren keine Streife, ich bin bei der Kripo."
„Ach, der feine Herr kümmert sich nur um die schweren Fälle. Aber Schwarzfahren ist ein Kavaliersdelikt, oder wie? Jetzt machen Sie mal. Ich will was sehen."
„Ist ja gut!" Ansgar kramte und kramte, so lange, bis sich die Türen öffneten. „Ich find's nicht."
Der Kontrolleur wies nach draußen. „Dann bitteschön, der Herr. Wir zwei steigen hier aus."
„Das machen wir", sagte Ansgar – und rannte los.
„Hey!"
Er sprang aus der U-Bahn und flitzte den Bahnsteig entlang Richtung Treppen. Der Kontrolleur hatte offenbar nicht damit gerechnet, dass Ansgar so schnell war. Mit seinen langen Beinen sprintete er die Treppen hinauf, keuchte und verfluchte sein Pech, aber drehte sich nicht um. Das war das Wichtigste beim Wegrennen: Nicht umdrehen, bis man angekommen war. Nur – wo genau musste er eigentlich hin? Er lief weiter, die Katzwanger Straße nach Süden, Richtung Rangierbahnhof. Kurvte um einen E-Scooter, der mitten auf dem Weg stand, und wich einem Mädchen mit Inlinern aus. Dann bog er nach links ab, sah ein Schild mit Nerzstraße und hatte keine Ahnung, wohin die führte. Trotzdem rannte er weiter, einfach dem Gefühl nach, sah die Haltestelle Hasenbuck – das wäre die nächste gewesen, er war also noch richtig. Die Verlockung, sich umzudrehen, war groß, aber er widerstand ihr. Er folgte der Nerzstraße bis zu einem Parkplatz und war erleichtert, als er die Gleise sah.

Er lief noch ein Stückchen weiter, dann ließ er sich keuchend hinter ein stehendes Auto fallen. Robbte drei Wagen weiter und kroch auf allen vieren darunter. Versuchte, seinen Atem zu beruhigen.
Lauschte.
Schritte, die langsamer wurden. Ansgar lugte nach links: Zwei schwarze Schuhe näherten sich. „Mist", murmelte jemand und verschwand Richtung Gleise.
Ansgar krabbelte wieder hervor, überquerte den Parkplatz und hielt über den Autodächern nach etwaigen Verfolgern Ausschau. Niemand war zu sehen. Er folgte einem Weg, der an abgestellten Güterwaggons vorbeiführte, und gelangte endlich auf einen Pfad zwischen zwei Gleisen, der am Park-and-Ride-Parkplatz an der Bauernfeindstraße endete.
„Uff." Ansgar schleppte sich bis zum Planetenring und ließ sich auf eine Bank beim Skulpturenpark fallen, um zu verschnaufen. Gegenüber spielte eine steinerne Figur Flöte, links machte eine Skulptur einer anderen einen Antrag oder was auch immer es darstellen sollte. Allmählich beruhigte sich Ansgars Atem. So nassgeschwitzt wie er war, konnte er schlecht bei der Frau des Vermissten aufkreuzen, also rubbelte er sich mit der Innenseite seines Sakkos die Haare und blieb noch eine Weile sitzen, bis er sich wieder halbwegs trocken fühlte. Dann suchte er die Nummer 25, die nicht schwer zu finden war: Es war das Hochhaus. Ansgar klingelte und wartete.
„Ja, bitte?", tönte es aus der Gegensprechanlage.
„Hier Camerarius. Ich ermittle im GNM-Raub, hätten Sie ein paar Minuten für mich?"

„13. Stock."
Der Öffner summte und Ansgar betrat das Haus, ging zum Aufzug und stöhnte. Eine Frau im Blaumann kniete davor, den Werkzeugkasten neben sich. „Dauert noch 'ne halbe Stunde." Sie wies mit einem Schraubendreher nach links. „Treppe ist dahinten."
Ansgar trottete die Stufen hinauf. War ja nicht genug Gerenne für einen Tag gewesen. 1. Stock, 2. Stock, 3. Stock … Als er im 13. ankam, war er genauso verschwitzt wie vorher. Hechelnd bog er um die Ecke. Eine Frau lugte bereits aus einer Tür. „Es gibt doch einen Aufzug", sagte sie. „Oder haben S' Angst vor engen Räumen?"
„Wird repariert", japste Ansgar. „Camerarius, angenehm." Er verzichtete darauf, der Dame seine schwitzige Hand zu reichen.
„Kommen S' erst amol nei." Sie führte ihn ins Wohnzimmer und bedeutete ihm, auf dem Sofa Platz zu nehmen. „Wasser?"
Ansgar nickte.
Sie verschwand in der Küche und Ansgar sah sich um. Die Wohnung wirkte sehr gepflegt, auf einer Kommode standen frische Blumen. Daneben ein Foto des vermissten Wachmanns. Ansgar stemmte sich in die Höhe und trat näher an das Bild heran. Der Mann hatte kurzgeschorenes Haar und ein schmales Gesicht. Auf der Nase trug er eine altmodische Nickelbrille. Auf dem Foto blickte er ernst, aber mit etwas gutem Willen konnte man ein feines Lächeln erkennen. Er hielt sich äußerst aufrecht, wirkte steif.
„Das ist er", sagte die Frau hinter ihm. „Ich hoffe, sie finden ihn bald. Er ist nicht gern von zuhause fort, wissen S'."

Ansgar bekundete sein Mitgefühl, anschließend setzten sie sich gegenüber an den Couchtisch. Ansgar erklärte, dass er privater Ermittler ist und die Polizei in dem Fall unterstützt.
„Erzählen Sie mir doch bitte etwas über Ihren Ehemann", sagte Ansgar. „Alles, was Ihnen einfällt. Wie ist er?"
Die Frau lächelte. „Heinrich ist ein ehrlicher, aufrechter Mensch. Er hat nie jemandem etwas zuleide getan. Nach der Schule hatte er genau eine Stelle: als Wachmann im GNM. Das war's."
Ansgar hob die Augenbrauen.
„Ich weiß, was Sie denken", fuhr die Frau fort. „Dass es nach einem langweiligen Leben klingt. Aber, wissen S': Dass jemand so ist und damit zufrieden ist, das ist so ungewöhnlich, das glaubt man gar nicht. Hab nie jemand anderen getroffen, der so ist."
„Also arbeitet Ihr Mann gern beim GNM? Ich kann mir vorstellen, dass es nicht der erfüllendste Job ist, den Besuchern tagein, tagaus zu sagen, bitte das Gemälde nicht berühren ..."
Sie schüttelte den Kopf. „Er nimmt es sehr ernst. Hat gesagt, so eine Einrichtung braucht's doch. Die bewahrt doch die Kultur."
„Hatte er selbst irgendetwas mit Kunst am Hut? Bilder gesammelt, sich für so etwas interessiert?"
Die Frau sah auf ihr Wasserglas. „Nein", sagte sie leise. „Und wenn Sie aus dem Grund fragen, den ich annehme, dann gehen Sie jetzt bitte."
„Ich meinte nicht, dass er etwas mit dem Raub zu tun hatte", stellte Ansgar klar. „Ich kenne dieses Gerücht, gebe aber nicht viel darauf. Ich frage vielmehr, weil er vielleicht Wissen hat,

das jemandem gefährlich werden kann. Würden Sie sagen, Ihr Mann ist aufmerksam?“

Sie lachte kurz auf und es klang tatsächlich amüsiert. „Heinrich bemerkt alles. Einmal hat er die Polizei gerufen, weil ein und dasselbe Auto immer in der Straße hielt, mal eine halbe Stunde, mal eine Stunde. Mir wäre das nie aufgefallen, aber Heinrich schon. Er hat den Polizisten aus dem Gedächtnis gesagt, dass es immer an denselben Tagen und zur selben Zeit auftauchte und dann wieder fuhr. Das Kennzeichen hatte er sich auch gemerkt, ist sogar ab und zu runtergegangen, um sich den Fahrer anzuschauen. Und was stellt sich raus? Der Mann war ein Stalker, der so ein junges Ding im Haus schräg gegenüber belästigt hat. Heinrich gleich als Zeuge vors Gericht, zack, einstweilige Verfügung. Ich sag's Ihnen: Auf meinen Heinrich kann man sich verlassen.“

Ansgar hatte gelauscht und hin und wieder genickt. „Danke. Es war mir wichtig, einen Eindruck von Ihrem Heinrich zu bekommen. Er hat nicht zufällig mal etwas erwähnt von der Arbeit? Dass ihm etwas Merkwürdiges aufgefallen war, wie die Sache mit dem Auto damals?“

Die Frau schüttelte den Kopf. „Er hat nie viel über seine Arbeit gesprochen. Hat pünktlich ein- und ausgestochen, ist mit der U-Bahn hergefahren, die um 17:26 Uhr an der Bauernfeindstraße angekommen ist, und 10 Minuten später war er hier. Jeden Werktag um 17:36 hat er seine Tasche dort hingestellt.“ Sie wies Richtung Flur. „Jeden Tag. Auf die Minute.“ Ihre Mundwinkel zitterten leicht. Offenbar war es jetzt genug.

„Vielen Dank", sagte Ansgar noch einmal und beeilte sich, die Wohnung zu verlassen. Sicher wäre es der Frau unangenehm, vor ihm in Tränen auszubrechen.

Der Aufzug war immer noch defekt, also machte sich Ansgar wieder an den Abstieg. Seine Knie zitterten nach dem ersten Absatz – wann hatte er eigentlich zuletzt etwas gegessen? Er setzte seinen Weg fort und versuchte, die Stockwerke mitzuzählen. Das hier war der 12., das hier der 11., das hier der 9. … Hoppla, wo war denn der 10. hin? Er blieb stehen und starrte die Stufen an, als könnten die ihm eine Antwort liefern. Warum konnte er sich so schlecht konzentrieren? Sein Magen grummelte, ja, aber so schlimm war es nun auch wieder nicht. Etwas getrunken hatte er oben in der Wohnung noch. Aber irgendetwas in seinem Kopf lief nicht so, wie es sollte.

Ansgar war im 5. Stock angekommen, als er verstand, was es war.

Etwas störte ihn.

Und zwar so gewaltig, dass es sämtliche Kapazitäten beanspruchte.

Im 3. Stock, wusste er, was es war, und zerbrach sich darüber den Kopf bis zum Erdgeschoss.

Als er schließlich wieder auf der Straße stand, drehte er sich um und schaute zum 13. Stock hinauf.

Wo eine Ehefrau saß, die wahrscheinlich nie den Dienstplan ihres Mannes zu Gesicht bekommen hatte.

Und deshalb nicht wusste, dass Heinrich längst nur noch Teilzeit gearbeitet hatte.

Und folglich jeden Tag zwischen 16 und 17 Uhr etwas getan hatte, von dem sie nie etwas erfahren hatte.

Ansgar wanderte zurück Richtung Innenstadt. U-Bahn fahren traute er sich heute nicht mehr, auch wenn er sich jedes Mal beherrschen musste, wenn er an einer Haltestelle vorbeikam. Aber für eine zweite Flucht vor den Kontrolleuren würden seine Kräfte nicht mehr reichen, also ging er das Risiko lieber nicht ein.
Als er auf Höhe der Frankenstraße angekommen war, klingelte sein Handy. „Camerarius?"
„Hey."
„Annegret?"
„Richtig."
„Das ging aber schnell."
„Jemand hat mich vorhin angerufen", sagte Annegret. „Angeblich ein Party-Planer, den Freunde engagiert haben sollen."
„Auch nicht schlecht."
„Er wollte wissen, wie so mein Plan bisher ist. Naja. Ich würde gern Papas Gesicht sehen, wenn er heute Abend vorm *gemein und gefährlich* steht und sich wundert, wo ich bleibe …"
„Fies, aber verständlich."
„Danke für die Warnung. Hätt ich allerdings auch so gecheckt. Irgendwie sind Leute in Ihrem Alter alle nicht mehr so ganz fit im Kopf, hab ich das Gefühl. Also, no offense."
Annegrets Stimme klang etwas träge, als hätte sie sich schon ein paar Geburtstagsbierchen gegönnt.

„Und ich hab nochmal nachgedacht“, fuhr sie fort. „Ich kenne jemanden, der vielleicht jemanden kennt, der jemanden kennt …“
Im Hintergrund sagte jemand: „… der jemanden kennt, der jemanden kennt, der jemanden kennt …“
Annegret lachte. „Also, Sie wissen schon. Kann auch sein, dass Sie nachher noch zwanzig andere Leute fragen müssen, vielleicht aber auch nur dreißig. Ne, warte mal, was wollte ich sagen? Vielleicht auch nur fünf, so rum, genau. Eine Freundin von mir hängt viel am Bahnhof rum nachts, die kennt auch alle möglichen Leute. Der könnte ich Sie vorstellen.“
„Gern. Eine Nummer würde mir auch schon reichen.“
„Ne, das will die glaub ich nicht, dass ich alten Männern ihre Nummer gebe. Also, no offense natürlich.“
„Schon klar.“
„Sie ist heute Abend auch in der Granate. Wenn Sie dahin kommen, stelle ich sie Ihnen vor, dann kann sie selbst entscheiden.“
Ansgar malte sich aus, wie er mitten in einer tanzenden Meute einer jungen Dame ins Ohr brüllte, ob sie Leute mit einem Subwoofer kennt. „Könnten wir sie nicht vorher treffen, sagen wir …?“
Im Hintergrund kreischte jemand etwas von Bierpong und einer neuen Tüte. „Ok, ich muss Schluss machen“, sagte Annegret. „Bis später!“
„Aber ich …“
Tuut, tuut, tuut …
Ansgar seufzte. Er sah nach, wo die *Granate* heute aufpoppen würde – relativ nah, Richtung Westen. Aber sie öffnete erst

um 23 Uhr, und er konnte doch jetzt nicht stundenlang herumsitzen und abwarten, dafür war zu viel zu tun. Also trat er den Rückweg zum GNM an, um weiter im Trüben zu stochern.

Der Weg kam ihm noch länger vor als ohnehin schon, und bei jedem weißen U auf blauem Grund wuchs die Verlockung, einfach in die Bahn zu steigen – aber nein, lieber kein Risiko mehr eingehen.

Als er endlich angekommen war und das Museum betrat, fragte er sich, wie lange es wohl dauern mochte, bis wieder Besucher herkommen könnten. Er konnte es kaum abwarten, wenn das hier alles vorbei war – aber bis dahin … Er ging hinunter ins Depot und setzte die Musterung der geretteten Blätter fort. Trug ab und zu einen Namen in sein Notizbuch ein, wischte sich die Hände an der Hose ab und ächzte, wenn er von der Hocke auf die Knie wechselte und andersherum. Nach einer Stunde wünschte er sich, er hätte das Zeug in der Kanalisation liegen gelassen, und nach zweien verfluchte er Reisinger dafür, dass nicht er sich um diese Aufgabe kümmerte. Ansgar blickte auf seine Liste: Etwa ein Dutzend Namen von Menschen, die etwas mit dem Raub zu tun haben könnten oder auch nicht – er würde bald anfangen müssen, ihnen Besuche abzustatten. Vorher natürlich herausfinden, wo sie wohnten, und Termine ausmachen, von denen sicher ein paar platzen würden. Wieder anrufen, neue ausmachen, während sich die Bande schlapp lachte und … ja, und was? Irgendwo hockte und ihr Geld zählte? Oder schon den nächsten Raubzug vorbereitete?

Ansgar machte weiter, bis ihn sein Handywecker hochschrecken ließ: kurz vor 23 Uhr. In diesem Verlies verlor er jedes Gefühl für die Zeit. Er verstaute sein Notizbuch im Jackett, ging zum Archivraum hinauf und sprach den Beamten an, der wieder am Handy war. „Wie läuft's?"
„Schlecht. Hab schon Posse probiert, war falsch. Pisse war's auch nicht."
„Ähm. Wie bitte?"
„Wordle, ein Worträtsel. Hier, man muss das Wort erraten." Er hielt Ansgar das Handy hin. *P_O_ _* war dort zu lesen.
Ansgar schielte auf das Handy. „Was bekomme ich, wenn ich Ihnen die Lösung verrate?"
„Sie glauben, Sie ham's raus?"
„Eine Idee hätte ich."
„Ok. Was wollen Sie?"
Ansgar klopfte seine Taschen ab. „Ich hab kein Kleingeld für die U-Bahn, und ich hantier nicht gern mit meiner Bankkarte an diesen Automaten rum. Sie wissen schon, lauter Leute, die einem zuschauen."
„Ja, und einen dann noch nach 'nem Euro fragen. Sowas nervt."
„Genau. Wo wir schon beim Thema sind. Hätten Sie ein paar Euro parat? Im Gegenzug für die drei Buchstaben. Zahle ich Ihnen natürlich zurück."
Der Beamte langte in die Tasche und holte sein Portemonnaie hervor, kramte drei Euro heraus und reichte sie Ansgar. „Hier. Für jeden Buchstaben einer."
„Danke. Prosa."
„Pro… Yes!"

Ansgar verließ seine Gruft, kaufte sich am Opernhaus ein Ticket und fuhr mit U- und S-Bahn bis Gibitzenhof. Während der Fahrt betrachtete er sich in der Fensterscheibe und fragte sich, was er hier tat. Würden sie ihn mit Sakko und Siebzigtagebart überhaupt einlassen? Oder war das ein Club, wo man nicht so streng war? So oder so – er würde schon einen Weg finden, reinzukommen.
Er brauchte etwa zehn Minuten, bis er vor der *Granate* stand. Er hatte eine lange Schlange erwartet, aber es war ziemlich leer. Bässe pumpten aus dem Gebäude. Ein paar jüngere Menschen lungerten an einem Bretterzaun herum, der das Gelände zur Straße hin abgrenzte. Einer von ihnen kam herüber. „Feuer?"
„Klar." Ansgar reichte ihm ein Feuerzeug, das er immer bei sich trug. Er rauchte zwar nicht, aber man kam gut ins Gespräch.
Der Clubgänger zündete sich die Zigarette an, pustete Rauch in den Nachthimmel und reichte Ansgar das Feuerzeug zurück.
„Gar nicht viel los heute?", fragte Ansgar.
„Noch zu früh. Die meisten Leute kommen gegen ein, zwei Uhr."
„Oh. Im Ernst?"
„Klar. Kommen im Ernst oder in wem sie sonst wollen."
Ansgar zog die Augenbrauen hoch. Da hatte er im Fall der ausgerissenen Annegret tatsächlich einen Fehler gemacht. Schade, dass er dem Vater die Info nicht doch gegeben hatte, wenigstens die Hälfte des Geldes hätte er kassieren können. Andererseits, sein Ruf …

„Zum ersten Mal hier?“, fragte der Mann. Er mochte Mitte dreißig sein.
Ansgar nickte. „Verabredung.“
„Sonst nicht so deine Musik?“
Ansgar lauschte auf die eigentümlichen Geräusche, die aus der *Granate* kamen. „Nein.“
„Eddie“, sagte der Mann und reckte ihm die Hand entgegen.
Ansgar schüttelte ihm die Hand. „Ansgar, angenehm.“
„Und fühlst du dich gut?“
„Ähm, den Umständen entsprechend, ja?“
„Möchtest du dich noch besser fühlen?“
„Möchte ich … ah. Nein, vielen Dank.“
Eddie zwinkerte ihm zu. „Wenn du nachher doch was brauchst, sag einfach Bescheid.“ Er ging zu seinen Kumpels zurück. Während Ansgar am Bretterzaun auf und ab marschierte, behielt er die Straße im Blick. Eine aufgeregte fast Achtzehnjährige mit Gefolge würde er sicher leicht erkennen.
Er wartete eine Stunde.
Zwei Stunden.
Es war kurz vor 1 Uhr, als die ersten Besucher eintrudelten. Ansgar musterte sie: T-Shirts, weite Hosen, enge Hosen, kurze Röcke, schwarz und bunt. Wenigstens gab es keinen Dresscode.
Nachdem er eine Weile gewartet hatte, sah er ein, dass er Annegret nicht sofort erkennen würde. Die Jugend von heute war wohl cooler als damals. Oder er hatte damals nur uncoole Leute gekannt, die immer aufgeregt im Dreieck gesprungen waren, wenn sie mit siebzehn irgendwo reinkommen wollten.
Er zückte sein Handy.

„YEEEEEAHHH!“, empfing Annegret ihn.
„Wo bist du?“
„WAAAAAAAS?“
„WO BIST DU?“
„GRANAAAADEEE! WOOHOOO!“
Ansgar legte auf. Die junge Frau war eindeutig schon drin, und wenn er Pech hatte, hatte sie bereits Bekanntschaft mit Eddie gemacht. Das würde ja was werden.
Ansgar betrachtete die Spitzen seiner Anzugschuhe. Es half nichts – er musste rein und drinnen Ausschau halten. Das hieß: Heute musste er der Coole sein. Der so cool war, dass man ihn in einen angesagten Club einließ. Der Drogen von einem Typen namens Eddie kaufte und auf Techno abfuhr, so einfach war das.
Er schloss die Augen. Ja, so fühlte sich das an.
Es würde zwar niemand anderes auf die Idee kommen, dass Ansgar so einer war. Aber er selbst fühlte es. Und nur darum ging es.
Er reihte sich in die Schlange ein, die sich mittlerweile gebildet hatte. Sie schob sich viel zu langsam nach vorn. Ansgar spürte, wie seine Hände schwitzig wurden. Wenn man ihn nun abwies, was dann? Gab es noch solche Hintereingänge wie früher, wo man eine Weile herumlungern konnte, bis sich die Tür öffnete und ein paar Rausschmeißer mit einem zu emittierenden Subjekt beschäftig waren? Am liebsten wäre er gleich wieder umgekehrt, um sich die Blöße erst gar nicht geben zu müssen, falls man ihn wegschickte …
Als er fast beim Einlass angekommen war, streifte ihn jemand am Arm. „Sehen uns drinnen, Anselm“, sagte Eddie,

zwinkerte ihm zu und strebte zur Tür. Ansgar zögerte nicht, sondern folgte ihm einfach, wie durch eine Gasse, die sich ein Rettungswagen bahnt. Er blieb Eddie gerade dicht genug auf den Fersen, damit sich die Wartenden nicht zwischen sie drängen konnten.

Eddie grüßte hier und dort, und Ansgar tat es ihm gleich, als gehörten sie zusammen. Zwinkerte hier, tätschelte da. Der Türsteher machte Platz, als er sah, wie sie sich näherten. Und schon war Ansgar mit hineingeschlüpft.

Er hatte keine Zeit sich zu orientieren, wurde mitgezogen von den Leuten, die hereinströmten. Die Bässe wummerten so laut, dass ihm schlecht davon wurde. Wie sollte er Annegret in diesem Hexenkessel finden? Alles schwankte und tanzte, er sah Hände zucken und Köpfe rucken, ihm wurde schwindlig.

Ganz natürlich, sagte eine Stimme in seinem Kopf. Einfach ganz natürlich.

Ansgar ließ die Schultern sinken und schlenderte zur Bar. Er hatte noch zehn Euro, die er sich für Notfälle aufgespart hatte. Und das hier war einer.

„Was Starkes!“, brüllte er Richtung Barkeeper.

Der nickte und stellte ihm so schnell ein hohes, schlankes Glas mit einer milchigen Flüssigkeit hin, dass Ansgar gar nicht gucken konnte. Er reichte dem Barkeeper den Schein über die Theke und wartete auf sein Rückgeld, bekam aber keins. Hoffentlich war das Getränk das Geld wert. Er nahm einen Schluck von dem Drink und schüttelte sich. So stark hatte er nun auch wieder nicht gemeint! Er hielt sich die Nase zu, kippte das Zeug herunter und fragte sich im selben

Moment, wann er zuletzt etwas gegessen hatte. Immerhin hörte sich die Musik nun etwas wattiger an, dafür hatte das Rumoren im Bauch zugenommen. Lange würde er es hier drin nicht aushalten. Er musste Annegret finden, und zwar so schnell wie möglich. Er schaute nochmal aufs Handy: drei verpasste Anrufe von ihr. Sie schien ihr Wort halten zu wollen, ihn mit ihrer Freundin bekannt zu machen. Er rief sie zurück.
„JAAAA!", brüllte sie. „KOMM VIP!"
„MACH ICH!"
„WAS?"
„OOOOH-KÄÄÄÄII!" Er legte auf, kämpfte sich durch die Feiernden und ging eine Treppe hinauf, die zu etwas führte, das nach VIP-Bereich aussah. Ein Mann versperrte ihm den Weg.
„Ich gehör zu Eddie", brüllte Ansgar ihm ins Ohr. „Und brauch was von ihm. Also, mehr, weißt scho."
Der Mann winkte ihn durch. Hier oben schien die Musik nicht ganz so laut, auch das Gedränge war weniger dicht. Menschen mit Leuchtbändern ums Handgelenk drückten sich an ihm vorbei. Ansgar suchte mit den Augen den Boden ab, bis er ein heruntergefallenes Bändchen fand, das er sich um den Arm wand, und verzwirbelte die Enden. Fast so, als würde er hierher gehören.
Er schob sich durch die Meute und hielt Ausschau: Wie mochte Annegret mittlerweile aussehen? Nach einer Pferdespange im Haar brauchte er wahrscheinlich nicht zu suchen. Er hoffte einfach, dass sie ihn zuerst bemerkte – sie hatte sicher eine Vorstellung davon, wie alt er ungefähr war.

Ansgar drückte sich an zwei jungen Männern mit nacktem Oberkörper und Sonnenbrillen vorbei, blickte einer Frau prüfend ins Gesicht, die irgendetwas zwischen 18 und 25 sein konnte, dunkel geschminkt …

Dann sah er eine junge Frau, die mit jemandem in seinem Alter redete. Ein Strobo-Effekt setzte ein und ließ die Gestik der Dame unheimlich abgehackt wirken. Das könnte sie sein – dieselben hohen Wangenknochen wie auf dem Foto. War das nicht eine der hochgewachsenen Frauen, die vorhin draußen an ihm vorbeigestöckelt waren – Mist, hätte er doch nur daran gedacht, dass die kleine Annegret ihn mittlerweile überragen konnte.

Ansgar behielt die Szenerie im Auge und versuchte, sich zu ihr durchzuquetschen, aber hier im hinteren Teil ging es gedrängter zu. Ansgar stolperte über eine niedrige Sitzgruppe, jemand warf ihm einen bösen Blick zu, als er gegen ein Knie stieß.

Mit wem sprach Annegret da? War das auch so ein Typ wie Eddie? Der Mann deutete hinter sich und wollte offenbar, dass Annegret ihm folgte. Sie verschränkte die Arme. Der Mann fasste sie am Ellbogen.

„HEY!“, schrie Ansgar, aber natürlich hörte ihn niemand. Er rempelte zwei Leute aus dem Weg, aber er kam kaum weiter. Dafür musste er zusehen, wie der Mann Annegret nun an beiden Armen packte und sie mit sich zog.

„WAS SOLL DENN –“ Ansgar brach ab, die Energie konnte er sich sparen. Er musste zu den beiden kommen, was auch immer sich da gerade abspielte. Und er wusste auch, wie er das schaffte.

Ansgar streifte sein Sakko ab und setzte es sich auf den Kopf wie einen Turban. Knöpfte das Hemd auf und streifte es ab, dann schlüpfte er aus der Hose, verlor dabei das Gleichgewicht und landete auf dem Boden. Egal, hier war es leichter, die Hosenbeine über die Schuhe zu bugsieren. Die ersten Leute waren auf ihn aufmerksam geworden und schauten seinem Treiben zu. Er rappelte sich auf, hob den Arm und wirbelte die Hose über seinem Kopf im Kreis. „PAAARTYY!“, schrie er und drängte sich abermals Richtung Annegret. Er wackelte mit den Schultern, ließ die Hüften kreisen, streckte die Zunge heraus und stellte sich vor, statt der wummernden Bässe würden die Stones aus den Lautsprechern tönen. Dazu schleuderte er den Kopf vor und zurück.
Allmählich machten ihm die Leute Platz.
Er warf einen Blick hinter sich – zwei stämmige Männer hatten ihre Posten am Treppenaufgang verlassen und waren auf dem Weg zu ihm. Offenbar hatten die hier was dagegen, wenn man als mittelalter Mann halbnackt headbangte. Ansgar ließ die Hose weiter wirbeln und strebte der Richtung zu, in die Annegret und der Mann verschwunden waren. Über die Köpfe hinweg konnte er die leuchtend grüne Aufschrift *Exit* erkennen.
Es dauerte nicht lang, bis er am Notausgang angekommen war. Er drückte die Tür auf, die in ein dunkles Treppenhaus führte.
„Lassen Sie – Stopp!“, rief Annegret.
Ansgar sprintete die Stufen hinab und sah, wie der Mann von vorhin versuchte, Annegret den Arm zu verdrehen. Doch die junge Frau überragte den Mann um zwei Köpfe, und

offenbar hatte sie keine Lust, sich von ihm verschleppen zu lassen. Vom oberen Treppenabsatz sah Ansgar, wie ihr Knie in die Höhe zuckte. Klimpernd fiel ein Paar Handschellen zu Boden.

Hinter Ansgar flog die Tür auf – den großen Jungs war es offenbar leichter gefallen, sich durch die Meute zu drängen. Ansgar sprang die Treppe hinab auf Annegret zu, die gerade ihre Kleidung ordnete und sich das Handgelenk rieb. Der Mann lag vor ihr auf dem Boden. Ansgar machte einen Satz über ihn drüber. „Komm!", rief er Annegret zu.

„Was? Spinnen denn jetzt alle?"

„Ich muss mit dir reden!", keuchte er und drückte die Tür nach draußen auf. „Ansgar, angenehm." Die Metalltreppe wackelte schon unter den Schritten der beiden Rausschmeißer. Annegret musterte seine Aufmachung und verdrehte die Augen. „Digga, wenn mich jetzt jemand sieht …"

Aber sie folgte ihm.

Die Luft draußen war eisig. Ansgar lief Richtung Bretterzaun. Hauptsache, sie schüttelten die beiden Verfolger ab, die sicher nicht verstehen würden, dass er gerade nur eine Show abgezogen hatte.

„Was ist hier los?", herrschte eine scharfe Stimme.

Ansgar blickte auf: Vor ihnen stand Annegrets Vater.

Ansgar stoppte, hinter ihm schnappte Annegret nach Luft. Die Tür zum Notausgang flog auf – zwei Schränke und ein Mann kamen heraus, der gekrümmt ging.

„Das", keuchte Ansgar, „ist nicht so gelaufen, wie ich es mir vorgestellt habe."

„Sie sind dieser Detektiv", stellte Annegrets Vater fest.

Ansgar überlegte, wohin sie flüchten könnten. Den Eingang zum Hof versperrte Annegrets Vater, zurück konnten sie auch nicht, da standen die Schränke und überlegten wahrscheinlich, wen sie sich als Erstes zur Brust nehmen sollten. Am Gebäudeeingang standen ihre Kollegen, die auch nicht freundlicher reagieren würden, wenn sie geradewegs zurück in den Club rannten … Aber zwischen den grimmigen Gorillas beim Eingang erspähte Ansgar noch jemand anderen.
„Eddie!“, rief er quer über den Hof.
„Anselm!“, scholl es vom Eingang her zurück. Eddie hatte sich wegen der Kälte eine Lederjacke übergezogen, aus der er jetzt eine Zigarette fischte. Er kam herüber, ignorierte Annegrets Vater und den ganzen Auflauf hinter ihnen. „Ma Feuer?“
Ansgar reichte ihm das Feuerzeug.
„Wusste doch, dass du ne Partymaschine bist, Anselm.“ Er gab Ansgar einen Klaps auf den Po. „Das da deine Kumpels?“
„Nur sie“, sagte Ansgar und nickte Richtung Annegret.
„Und der Rest?“
„Belästigt sie. Beziehungsweise stellt mir nach.“
Eddie wedelte mit der Hand Richtung Türsteher, die sich nach drinnen verzogen. Nur der Mann, der Annegret die Handschellen hatte anlegen wollen, blieb. Er richtete sich langsam wieder auf, langte in seine Hosentasche und fixierte Annegret.
Offenbar bemerkte ihr Vater es nicht. „Mitkommen“, herrschte er seine Tochter an. Er zog einen Umschlag hervor und streckte ihn in Richtung des Mannes. „Ihre Bezahlung.

Die Hälfte, weil Sie den Auftrag nur halb erledigt haben und eine Horde Hornochsen im Schlepptau hatten."

Der Mann ignorierte den Umschlag und zog einen Kabelbinder hervor. „Ich scheiß auf deinen Auftrag. Und nehm die Kleine mit. Mal schauen, was ich so mit ihr mache." Er machte einen Schritt auf Annegret zu.

„Versuchs nochmal, und deine Eier sind Matsch", sagte Annegret.

Der Mann langte in die andere Tasche und zog etwas hervor. Ein Ratschen, dann hielt er ein aufgeklapptes Messer in der Hand.

Ansgar stellte sich vor Annegret. Doch bevor der Mann irgendetwas tun konnte, kam von links oben auf Kopfhöhe ein Schuh angeflogen – mit Bein dran, wie Ansgar überrascht feststellte. Er drehte sich um und sah Eddie, wie er gerade das Bein wieder absetzte.

Der andere Mann lag auf dem Boden und krümmte sich. Eddie kniete sich neben ihn. „Geh lieber nach Hause."

Er erhob sich und legte die Arme um Ansgar und Annegret. „Und ihr zwei kommt ma mit mir. Weil feiern geht anders."

Während Annegrets Vater etwas von Polizei stammelte, ließ sich Ansgar gemeinsam mit Annegret zur Tür führen. Schon waren sie wieder drin, die Musik pumpte durch seinen Körper. Verdammt, hätte er doch nur mehr Geld für Drinks gehabt! Er könnte etwas Betäubung gut gebrauchen …

Eddie führte sie wieder hinauf in den VIP-Bereich und von dort durch einen Vorhang aus bunten Perlen. Eine breitschultrige Frau nickte ihnen zu. Hier war die Musik leiser, Ansgar konnte sogar verstehen, was Eddie sagte. „Machs

dir bequem, Partymaschine, und du auch, Küken." Ansgar und Annegret ließen sich nebeneinander auf eine Ledercouch sinken, Eddie setzte sich ihnen gegenüber. Jemand brachte eine Flasche mit kyrillischer Beschriftung und drei Shot-Gläser. Eddie schenkte ihnen ein. „Prost!"
Ansgar hob stumm das Glas, Annegret rief „Cheers!" und kippte das Zeug weg. Die junge Frau schien kaum mitgenommen von dem, was geschehen war – dabei hatte ihr eigener Vater versucht, sie entführen zu lassen!
Während Annegret und Eddie sich unterhielten, als wäre nichts gewesen, blickte Ansgar auf seine nackten Knie. Mittlerweile drehte sich alles, weil Eddie ihm dauernd einen neuen Vodka vor die Nase setzte. Ansgar musste endlich hier raus.
„Wo ist deine Freundin?", fragte er Annegret, die nicht erfreut über die Ablenkung schien. „Ach ja. Hm …" Sie zückte ihr Handy und tippte herum, dann wedelte sie mit der Hand Richtung Eddie. „Lass mal Vicki hier rein."
Eddie salutierte. „Zu Befehl, Küken. Wer auch immer das ist."
„Steht an der Treppe, ist doppelt so groß wie du und hat halb so viel an."
Kurz darauf kam er mit einer jungen Dame im Schlepptau zurück, die ebenfalls ziemlich angetrunken wirkte. Sie blickte sich mit geweiteten Augen um und fiel dann Annegret in die Arme.
„Das hier ist der Typ", sagte sie und zeigte auf Ansgar. Vicki ließ den Blick über seinen fast nackten Körper wandern. „Ähm …"

„Der hat normalerweise mehr an“, sagte Annegret. „Also, denke ich zumindest.“
„Ansgar, angenehm“ brüllte er. „Annegret hier sagte, du kennst Leute, die ihre Abende gern am Bahnhof verbringen?“
„Was wird das hier?“, fragte Eddie. „Ein Verhör? Prost!“
„Cheers!“, rief Annegret.
„Cheerio!“, kreischte die Freundin.
„Prost“, nuschelte Ansgar und zwang sich das Glas rein. Wenn er jetzt schlapp machte, würde sich das Gespräch die nächste Stunde darum drehen, warum er seinen Ruf als Partymaschine nicht verteidigte oder ob alte Menschen keinen Alkohol vertrugen oder was auch immer die drei sich in ihren benebelten Gehirnen sonst zusammendenken würden … Benebelt, gutes Stichwort, was hatte er eigentlich gerade gewollt? Ach ja, Bahnhof …
„Die hängen immer da ab“, sagte Vicki gerade. „Wir können hin, wenn ihr wollt?“
„Wie, jetzt gleich?“, fragte Ansgar. Er war nicht sicher, ob er den Weg noch schaffen würde, und Geld hatte er auch keins.
„Klingt spannend“, sagte Eddie. „Machen wir so.“
„Wir?“, fragte Ansgar. Er hatte das Gefühl, die Situation verselbständigte sich gerade sehr schnell.
„Ich fahr euch“, sagte Eddie und stand auf. Er torkelte leicht. „Kommt.“
„Ich glaube nicht, dass du in deinem Zustand …“
„Aufi!“, sagte Annegret und zog Vicki mit sich. „Nächster Halt: Baaaaaahnhooof! Tuut, tuuut!“
Ansgar folgte den dreien Richtung Hinterausgang. Kurz bevor sie draußen waren, winkte Eddie einem Barkeeper.

Ansgar musste sich neben ihn stellen, Eddie sah sie abwechselnd prüfend an. „Passt." Der Barkeeper sah ihn verwirrt an, als Eddie erst auf die Hose, dann auf Ansgar zeigte. „Der Mann braucht Kleidung. Er ist nämlich Geheimagent und auf wichtiger Mission."
Der Barkeeper zögerte. „Auf wichtiger Mission", wiederholte Eddie. „Die andere Leute ihren Job kosten könnte, wenn sie ihm nicht helfen."
Einen Augenblick später hielt Ansgar das Outfit des Barkeepers in den Armen. „Ich muss raus", keuchte er. Das wurde ihm hier alles zu viel.
Draußen inhalierte er gierig die kühle Nachtluft. Er hatte kaum Zeit, in die neuen Kleider zu schlüpfen, da ging es schon weiter.
„Hier drüben!", rief Eddie und führte sie zu einem schwarzen Audi Q8. „Eine neue Runde, eine neue Fahrt, weiter geht der wilde Ritt …"
„Nääääächster Haaaaaalt: Haaaaauptbaaahnhooooof! Tschuuuu, tschuuu!", dröhnte Annegret und klang dabei nicht nach Lokführerin, sondern nach Box-Kommentatorin. Sie stieg vorn ein, Ansgar nahm mit Vicki auf der Rückbank Platz. Das Auto roch neu.
Eddie parkte erstaunlich sicher aus und rollte langsam über den Parkplatz. Erst als er auf die Straße bog, gab er Gas. Das Auto machte einen Satz nach vorn, Ansgar wurde in die Lehne gepresst und suchte nach Halt.
„Hey!", herrschte Vicki ihn an. Ansgar ließ ihre Hand los. „Sorry."

Eddie drückte einen Knopf, sofort wummerten Bässe durch Ansgars Bauch. Toll, jetzt raste er in einem Club auf Rädern durch die Stadt. Wenn Cordula ihn so sehen könnte, die würde sich auch denken, jetzt ist's passiert, jetzt hat ihr Gärchen komplett die Kontrolle verloren.
Während der Fahrt hörte er mit halbem Ohr zu, worüber sich die anderen brüllend unterhielten. Eddie protzte vor Annegret damit, dass er ein Kickbox-Studio betrieb, und jammerte, dass es schlecht lief und die Leute heutzutage alle viel zu verweichlicht waren, also vor allem die Männer, die Frauen dürften ruhig so sein. Die nächste Viertelstunde bestand daraus, dass Annegret empört auf Eddie einredete. Ansgar starrte die Kopflehne vor sich an und konzentrierte sich, damit er sich nicht übergab.
Sie sausten so schnell ins Parkhaus am Bahnhof, dass Ansgars Magen einen Hüpfer machte. Er krallte sich noch ein letztes Mal im Sitz fest, als sie mit quietschenden Reifen auf ein leeres Deck kurvten und hielten. Mit wackeligen Knien stieg er aus.
„What now?“, fragte Eddie und sah sich um, als könnte hinter der nächsten Betonsäule neue Unterhaltung lauern.
„Jetzt gehen wir zu Vickys Freunden, ich rede kurz mit ihnen, Ende der Geschichte“, sagte Ansgar so bestimmt, wie er konnte.
„Ende der Geschichte“, äffte Annegret ihn nach. Er beeilte sich, dem Trio voran Richtung Ausgang zu gehen, damit sie nicht auf dumme Gedanken kamen.
Es dauerte nicht lange, bis sie in die Königstorpassage einbogen. Wieder dröhnten Bässe. Bestand die ganze Welt

denn heute Nacht nur aus Lärm? Oder war das mittlerweile immer so und Ansgar war nur lange nicht mehr an solchen Orten unterwegs gewesen? Seine Klienten bevorzugten stilvolle Hotels mit schweigsamen Portiers. In die Club- und Partyszene hatte ihn bisher noch kein Auftrag geführt, und er hätte gern darauf verzichtet. „Sind sie das?", fragte er und zeigte auf eine Gruppe Jugendlicher, die ineinander zu verschwimmen schienen. Vielleicht die Wirkung des Vodkas – nein, sie trugen alle schwarz und tanzten, das war es. Wie eine wabernde Wolke.

„Yeah", sagte Vicky. „Das da ist Timo. Ich hol ihn her." Sie ging hin und kam mit einem jungen Mann zurück, dem schwarze Fetzen um die Knie flatterten. Auf Hüfthöhe waren schwarze Boxershorts zu erkennen. Ansgar blinzelte – hatte er gerade eine Ratte übers Knie des Jungen huschen sehen? Timo sah sie der Reihe nach an, sein Blick blieb an Ansgar hängen. „Krass, ihr habt euren eigenen Barkeeper dabei?"

„Richtig", sagte Ansgar. „Und der Barkeeper sucht einen alten Freund. Kann sein, dass er euch begegnet ist." Er zeigte auf den Subwoofer. „Und euch Geld dafür geboten hat, mit diesem Ding durch die Gegend zu laufen."

Timo hob die Schultern. „Machen wir immer so, dafür muss uns keiner Geld geben. Bist du von der Polizei?"

„Eben dachtest du noch, ich bin Barkeeper."

„Aber du fragst so komisch." An Timos Jackenkragen erschienen zwei kleine Pfötchen, dann eine Schnauze, die schnupperte.

„Auf dir krabbelt eine Ratte herum", stellte Ansgar fest.

„Yeah. Er heißt Carl, mit C."

„Also – war jemand hier und hat euch beauftragt?"
Timo sah sich um. „Vielleicht. Bist du undercover?"
Ansgar klopfte seine Taschen ab und fand eine halbvolle Schachtel Zigaretten. Er bot sie Timo an. Der junge Mann beäugte sie irritiert. „Hä? Wer raucht denn heute noch?"
„Ok, was willst du?"
„Dass du mich nicht bei deinen Kollegen verpfeifst und ihr uns in Zukunft in Ruhe lasst."
„Alles klar. Du hast mich durchschaut. Ich bin ein Polizist, der sich als Barkeeper verkleidet hat und sich dann in einem Club einen zwielichtigen Kampfzwerg und zwei äußerst leicht bekleidete Damen als Begleitung besorgt hat. Damit er unauffälliger wirkt."
„Hat der gerade gesagt, wir sehen nutt…", setzte Annegret an, aber Ansgar unterbrach sie.
„Also, wer ist hier aufgetaucht und hat gesagt, ihr sollt mit irgendeinem Roboter-Lied durch die Gegend ziehen?"
„Ist n bisschen neblig, meine Erinnerung. Der Typ war eher groß, hat sich irgendwie unheimlich bewegt. Gut, kann auch an mir gelegen haben, dass ich etwas paranoid war, bei manchen Badesalzen kann man echt nicht sagen, wie die vorher wirken …" Ansgar sparte sich die Nachfrage, welche Substanz Timo mit Badesalzen meinte. Und hoffte einfach, dass der junge Mann nicht den Badezimmerschrank seiner Mutter leerschnupfte.
„Hatte er sonst irgendwelche Merkmale?", bohrte Ansgar nach. „Was trug er?"
„Hm, so ne Kappe."
„Basecap?"

Timo nickte. Die Beschreibung deckte sich mit der seltsamen Erscheinung, der Ansgar fast in der Kanalisation in die Arme gelaufen wäre.
„Wir ham das Tape noch“, sagte Timo.
„Kann ich es sehen?“
Timo trottete zurück zur Gruppe und kam kurz darauf mit einer Kassette zurück. „Hier. Kannst du haben, wir fandens scheiße.“ In die Plastikhülle war ein Smiley eingeritzt. Offenbar hatte der Tippgeber wahllos Hinweise verstreut, um Ansgar zu ermutigen, wann immer er auf der richtigen Spur war. Als würde jemand beim Topfschlagen sagen: warm, wärmer … Aber was sollte er mit diesem Band anfangen? Er wendete es in den Fingern, wurde aber nicht schlauer. Er würde es sich anhören, sobald er ein Gerät aufgetrieben hatte, das noch Kassetten abspielen konnte „Alles klar. Danke euch allen.“
„Dann ziehen wir mal weiter“, sagte Eddie und fasste Ansgar am Arm.
„Nein, für mich ist Schluss.“ Er sah auf die Uhr – bald 3.
„Partymaschine! Was ist los? Wenn's hilft, zieh dich halt wieder aus. Ist schon ok, wenn du das brauchst, um in Fahrt zu kommen.“
„Nein, ich muss arbeiten.“
„Wie? *Jetzt*?“
„Der Fluch des Freiberuflers. Macht's gut!“ Er trat die Flucht Richtung Königstraße an, bevor jemand ihn aufhalten konnte – aber Eddie war wohl schon mit etwas anderem beschäftigt. Ansgar hörte noch, wie er sagte: „Soo, und du interessierst dich also für Badesalz, ich hätte da was …“

Mit der Kassette in der Tasche eilte er nach Hause. Heute würde er gar nichts mehr machen, Hauptsache, er bekam etwas Schlaf, bevor es morgen weiterging. Vielleicht war der turbulente Tag schuld, aber Ansgar spürte eine wachsende Unruhe. Dabei stand ja gar nicht fest, dass die Bande ein zweites Mal zuschlagen würde. Und doch – etwas sagte ihm, dass er nicht mehr viel Zeit hatte, diesen Irren auf die Schliche zu kommen.

KAPITEL 3

Am nächsten Morgen rief er Katrin an und fragte, ob sie noch einen Kassettenspieler besaß.
„Musst du nicht gerade ermitteln? Oder denkst du, es hilft dir, wenn du deine Lieblingskassette hörst? Lass mich raten: Cat Stevens."
„Nein, es geht um ..."
„Ok, ok, sag nichts. Udo Lindenberg."
Ansgar erzählte ihr von dem Tape.
„Oha. Du kannst vorbeikommen, ich bin zu Hause. In der Redaktion kommt man gerade zu nichts, und die nächste Podcast-Folge muss fertig werden – geht natürlich um einen Kunstdieb." Sie nannte ihm ihre Adresse in Schoppershof und Ansgar schlüpfte in sein Kellner-Outfit. Irgendwann würde er seine alten Sachen in der Granate abholen müssen, aber er hatte wenig Lust, dort nochmal aufzukreuzen. Am Ende würde er wieder Eddie in die Arme laufen und der würde ihn nötigen, mit ihm um die Häuser zu ziehen.
Er trat ins düstere Treppenhaus und atmete automatisch flacher – ein Reflex, der sich schon am dritten Tag in dieser Absteige eingestellt hatte. Er ging hinunter in den Flur, an den Briefkästen vorbei ... und stockte.

Auf seinem Briefkasten stand ein Gebilde. Ansgar zückte das Handy und leuchtete.
„Oh nein“, flüsterte er. „Bitte nicht.“
Dem Zwetschgenmännla wuchsen zwei Flügel aus dem Rücken, so ausladend, dass es nicht durch den Schlitz gepasst hatte. Offenbar stellte dieses hier einen Engel da, allerdings waren seine Schwingen seltsam aus der Form geraten. Zudem wirkte es, als würde die Figur ihm zuwinken.
Und natürlich grinste sie.
Ansgar starrte das Ding eine Weile an, dann packte er es und versuchte, es in die Hosentasche zu stopfen – was nicht funktionierte. Also steckte er es sich unters Hemd wie ein Ladendieb, der einen wertvollen Flakon mitgehen lassen wollte. Anschließend stapfte er nach draußen. Er wusste gar nicht, auf wen er wütender war: Auf die rücksichtslose Diebesbande oder diesen Feigling, der von allem wusste, aber nicht zur Polizei ging, sondern einen arglosen Privatdetektiv in die Sache hineinzog – mit absurden Hinweisen, auf die sich niemand einen Reim machen konnte!
Er lief zu Fuß nach Schoppershof, um die angestaute Energie loszuwerden. Sollte er zu Reisinger gehen und ihm von dem Hinweis berichten? Nein, der Kripo-Chef würde ihn nur für noch unfähiger halten, wenn Ansgar dort als Bittsteller auftauchte und ihm ein paar Dörrpflaumen vor die Nase hielt. Ohnehin würde Reisinger nichts unternehmen, denn ominöse Indizien waren nicht sein Ding, so wie Ansgar ihn einschätzte.
Er wälzte Gedanken, bis er bei Katrins Wohnung angekommen war und klingelte. „Ganz nach oben“, ertönte ihre

Stimme aus der Gegensprechanlage. Der Türöffner summte und Ansgar trat ein. Altbau, gefliester Boden mit Mosaik – das hier war ein Haus, um das sich jemand gut kümmerte. Er ließ eine Hand über das gedrechselte Geländer gleiten, als er hinaufstieg.

Katrin erwartete ihn an der Tür und wollte ihn zur Begrüßung umarmen, aber Ansgar stürmte an ihr vorbei. „Alles in Ordnung?“, fragte sie mit Blick auf den Arm, den er an seinen Bauch gepresst hatte. „Tut was weh?“

„Ja, ich habe … Ähm, wo ist denn das Bad?“

„Zweite Tür rechts.“

Kaum hatte er die Tür geschlossen, ließ er sich schwer auf den Badewannenrand fallen und holte das Zwetschgenmännla hervor. Dieses Grinsen war kaum auszuhalten. Höhnisch wirkte es. Die goldenen Flügel des Männleins schimmerten. Bestimmt waren sie um die 600 Euro wert. Wenn das so weiterging, brauchte Ansgar keine anderen Fälle mehr. Er tippte der Figur gegen die Brust. „Aber es geht nicht so weiter“, murmelte er. Wenn er den Hinweis nicht rechtzeitig verstand, würde die Bande ihren nächsten Raub begehen. Ob sie irgendwelche Goldschätze zusammenraffte, war ihm im Grunde egal. Er war weder Polizist noch Museumsdirektor, und ihm lag nichts an Kunst. Aber dass Menschen starben und verschwanden, war ihm nicht egal. Und er würde nicht zulassen, dass es noch einmal geschah.

Er atmete tief durch. Beruhigen, runterkommen.

Er kehrte zu Katrin ins Wohnzimmer zurück und stellte das Zwetschgenmännla auf den Tisch.

Sie hob die Augenbrauen. „Das ist ja ein … interessantes Gastgeschenk."
Ansgar ließ sich auf die Couch sinken. „Ist nicht für dich. Du musst wissen … Mir ist was Seltsames passiert."
„So?"
Er berichtete von dem ersten Zwetschgenmännla und dem Buch aus Feingold.
„Hast du das auch dabei? Kann ich's sehen?"
„Äh …" Ansgar räusperte sich und schaute auf seine Schuhe.
Katrin runzelte die Stirn. „Ernsthaft? Deshalb hattest du plötzlich wieder neue Sachen?"
„Was sollte ich denn machen? Es hat alles nach Abflussrohr gerochen …" Er erzählte von seinem Ausflug in die Kanalisation und von dem seltsamen Mann.
„Wow. Du bist ja umtriebig. Und jetzt das hier." Sie nickte Richtung Engelsfigur.
„Behalt's für dich, ja? Ich habe ja gesagt, es springen gute Infos für dich raus, wenn du mit mir arbeitest. Tada."
Sie nahm das Zwetschgenmännla in die Hand und untersuchte es. „Nichts Besonderes."
„Außer das viele Gold." Er zog sein Handy heraus und googelte, ob es berühmte Engelsskulpturen mit viel Glitzer im GNM gab – Fehlanzeige.
„Scheiße", sagte Katrin. „Das ist kein Engel. Das ist das Christkind."
Ansgar betrachtete das Gewand und die Flügel. Katrin hatte Recht – das war das Christkind! Und das hieß … Er sprang auf. „Ich brauche ein Telefon."
„Da vorn …"

„Nein, nein, ein öffentliches, mit anonymer Nummer. Schnell.“ Er wollte schon aus der Wohnungstür herausstürzen, doch stoppte mitten im Lauf. Schnappte sich das Zwetschgenmännla vom Tisch und zupfte ihm die goldenen Flügel ab. Katrin sah ihn vorwurfsvoll an. „Das ist ein Beweisstück“, sagte sie.
„Wenn ich dieser Bande einen Schritt voraus sein will, muss ich alle Ressourcen nutzen, an die ich kommen kann. Und Geld gehört dazu.“
Während sie die Treppen hinunterliefen, sagte Katrin außer Atem: „Ich verstehe trotzdem nicht, was ein Kunsträuber mit dem Christkind will.“
„Entführen? Geld erpressen? Oder es steckt doch etwas anderes dahinter, etwas Symbolisches und es geht um Gold. Oder ums Christentum?“
„Oder irgendein Mädchen wollte damals gern die Rolle haben und hat es nie geschafft, und jetzt rächt sie sich an der ganzen Welt.“
„Würde zu diesen Bekloppten passen.“
Sie mussten ein paar Straßen rennen, bis sie eine Telefonsäule fanden. Ansgar nahm den Hörer ab und stockte. „Hier muss man mit Karte zahlen“, sagte Ansgar. „Was soll das denn? Soll ich denen gleich Name und Adresse nennen?“
„Dann ruf halt nicht beim Präsidium an, sondern wähl den Notruf.“
„Die werden mir was erzählen.“ Ansgar wählte den Notruf.
„Polizeinotruf, was kann ich für Sie tun?“
„Jemand hat einen Anschlag auf das Christkind vor.“

„So, wir versuchen das jetzt nochmal. Das hier ist der Polizeinotruf. Sie wissen, dass Sie sich strafbar machen, wenn Sie hier zum Spaß anrufen?"
„Es ist kein Scherz, es ist ein Notfall! Jemand will das Christkind entführen, hier in Nürnberg."
„Aha. Eine geheime Verschwörung gegen das Christkind, ja?"
„Nicht *das* Christkind. Sondern die junge Frau, die das Christkind am Christkindlesmarkt darstellen wird. Die den Prolog aufsagt."
„Und wie haben Sie von dieser Drohung erfahren?"
„Bei … bei einem Gespräch. Jemand sprach davon, dass das Christkind … dass es womöglich jemand auf das Mädchen abgesehen hat. Nichts Näheres. Sie müssen den Hinweis weiterleiten, jemand muss zu ihr und sie schützen. Jetzt gleich!"
„Den Hinweis weiterleiten, natürlich", sagte der Mann. „Mach ich."
„Danke."
„Eine Frage hätte ich noch", sagte der Mann.
„Ja?"
„Ist der Weihnachtsmann auch in Gefahr?"
Ansgar knallte den Hörer auf die Gabel.
„Und?", fragte Katrin.
Ansgar schüttelte den Kopf und zückte das Handy. „Er hat's nicht ernst genommen. Dann warnen wir sie eben selbst. Das Christkind hat doch schon vor dem Prolog allerhand Termine, oder?"
„In der Vorweihnachtszeit, aber jetzt noch nicht. Glaube ich. Bin keine Christkindexpertin."

Ansgar scrollte durch eine Pressemeldung der Stadt. Noch war kein öffentlicher Auftritt angekündigt. Aber das Christkind hatte offenbar ein Dutzend Hobbies und war in zig Vereinen aktiv – irgendwo war die junge Frau sicher gerade unterwegs. Er telefonierte zwei Orchester, das Tierheim und ein Altenheim ab, bis er endlich Erfolg hatte. „Kämmerer hier", log er. „Stadt Nürnberg. Also, nicht der Kämmerer der Stadt, Sie verstehen schon, sondern das ist mein Name, hahaha."
Ansgar bemerkte Katrins Blick, aber ignorierte ihn. Dumme Witze brachen das Eis und ließen einen harmlos wirken. Kämmerer war die Übersetzung von Camerarius, denn irgendein Vorfahr war vor Jahrhunderten einer Mode gefolgt und hatte seinen Namen latinisiert, weil das schicker klang. Deshalb war Kämmerer Ansgars gängiges Pseudonym – je inniger eine Lüge mit der Wahrheit kuschelte, desto glaubhafter konnte man sie erzählen. „Ist Frau Yilmaz gerade bei Ihnen?", fragte er. „Wir glauben, wir haben etwas mit den Terminen durcheinandergebracht. Es ist nicht ihre Schuld, aber sie sollte eigentlich hier im Historischen Rathaussaal sein, die Pressevertreter warten bereits …"
„Oh je! Warten Sie, ich sage ihr sofort Bescheid …"
Ansgar legte auf und lächelte. „Wir haben einen Termin mit dem Christkind. Wenn du noch Zeit hast."
Katrin nickte. „Du bist offenbar mein wichtigster Informant. Mit direktem Draht zu Schwerkriminellen."
„So würde ich das nicht sehen. Komm, nicht dass das Christkind schneller als wir zum Rathaus fliegt."
Sie nahmen die U-Bahn und Ansgar warf sein letztes Geld in den Automaten. Wenigstens das wäre nun kein Problem

mehr, sobald er die Engelsflügel versetzt hätte. Sie fuhren bis Lorenzkirche und trabten zum Rathausplatz. Mit einem Kaffee setzten sie sich auf die Stufen vor dem Bratwursthäusle.
„Der Wirt lässt sich Kunden entgehen", sagte Katrin mit Blick auf die leere Außenfläche.
Ansgar nickte. „Hat wahrscheinlich nicht damit gerechnet, dass der Sommer im November zurückkehrt. Wird alles immer verrückter."
Sie schwiegen eine Weile und hielten den Rathauseingang im Blick.
„Was genau hat dich nochmal hierher verschlagen?", fragte Katrin dann. „Du bist doch damals nach München mit Cordula."
Ansgar fühlte, wie schlechtes Gewissen in seinem Bauch wühlte. Dass sie sich noch so gut an ihn erinnerte, sich sogar gemerkt hatte, wie seine Frau hieß … Und er hatte Schwierigkeiten gehabt, sich an Katrins Namen zu erinnern. Sie hatten sich damals ein paar Mal zu dritt getroffen, eine Art Lerngruppe gehabt. Ansgar kramte im Gedächtnis. Katrin hatte ihn damals gefragt, ob sie den Stoff nochmal durchgehen wollten, sie hatten etwas verabredet … Wie war noch gleich Cordula dazugekommen? Sie war mit Katrin befreundet gewesen, und Ansgar hatte sie gefragt, ob sie nicht auch mitmachen wolle …
Er räusperte sich. „Mit Cordula ist es gerade etwas schwierig."
„Du musst es nicht erzählen, wenn es dir unangenehm ist."
„Nein, nein. Es ist nur … Kennst du das, wenn dir alles über den Kopf wächst?"
„Da fragst du die Richtige."

„Bei mir war einfach viel los in letzter Zeit. Knifflige Fälle, schwierige Klienten. Da bleibt halt mal a weng liegen, ganz normal. Das hat Cordula gestört."
Katrin sah ihn von der Seite an. „Das klingt eher nach einer Lappalie."
„Sag ich ja! Nichts, worüber man sich derart aufregen muss. Und ich kann ja nichts dafür, dass diese Frau vom Finanzamt, und überhaupt, dieses ganze Geschmarre mit Steuer und Fristen und Finanzen und Verwaltung, dafür bin ich einfach nicht gemacht."
„Nebensächlich, solange der Laden läuft. Finde ich auch."
Ansgar sah auf seine Schuhspitzen. „Es lief nicht ganz so gut in letzter Zeit. Die vielen Termine, da verliert man eben mal den Überblick."
„Du meinst, auch bei den Klienten?"
„Naja", murmelte Ansgar. „Das ein oder andere Treffen ist geplatzt. Und die Mahnungen wurden auch immer kostspieliger, das ist doch auch alles zu viel."
Katrin schwieg mittlerweile.
„Wir haben uns gestritten", sagte Ansgar dann. „Weil Cordula allen Ernstes vorgeschlagen hat, ich solle mir Hilfe suchen. Dass irgendetwas falsch verdrahtet ist und ich nicht mehr allein zurechtkomme." Er machte eine Pause, Katrin legte ihm die Hand auf die Schulter. Er räusperte sich wieder. „Und dann kam eins zum anderen, wie das so ist … Naja. Ich hab dann meine Sachen gepackt und bin weg, ich brauchte einfach mal einen klaren Kopf, das war mir alles zu viel … Und meine Mutter lebt ja auch hier, das war auch ein Grund. Ja. Sie braucht jemanden, der nach ihr guckt."

„Hm. Und das machst du jetzt noch zusätzlich?“
„Jemand muss es machen.“
„Könnt ihr nicht eine Pflege organisieren? Jemanden, der zu ihr geht?“
„Es ist ein bisschen vertrackt. Manchmal kommt jemand. Eduardo. Ein freundlicher Pfleger aus Costa Rica.“
„Oh. Das klingt doch gut. So einen findet man bestimmt nicht überall.“
„Ja, ungewöhnlich …“
„Und macht er seine Arbeit gut?“
„Hinterher sitzt ihre Frisur perfekt, die Wohnung ist aufgeräumt …“
„Klingt doch toll.“
„Er kommt aber nur selten. Alle paar Monate.“
„Oh, das ist natürlich zu selten.“
„Wie man's sieht.“ Ansgar fuhr sich mit der Hand durchs Gesicht. Es war schwer, manche Sachen auszusprechen, als würden sie dadurch noch schlimmer werden. „Ich habe nämlich ein großes Problem mit Eduardo aus Costa Rica.“
„Und zwar?“
„Es gibt ihn gar nicht.“
„Du meinst, deine Mutter bildet ihn sich ein?“
„Ja, aber sag das mal einer gestandenen Frau, die sonst immer wusste, was lief … Oh. Da ist das Mädchen!“ Er leerte seinen Kaffee und lief los, damit ihm das Christkind nicht davonflatterte. „Frau Yilmaz!“, rief er. „Einen Moment, bitte!“
Die junge Frau wandte sich um: hellbraunes Haar, eine dezente Brille. „Ja?“
„Wir müssen reden.“

Das Christkind runzelte die Stirn. „Worüber? Ich habe einen Termin."
„Ich … Es könnte sein, dass es einen Hinweis gab, dass … Ähm. Wie soll ich sagen. Vielleicht sind Sie in Gefahr."
„Wer sind Sie?"
„Passen Sie einfach auf, ja? Gehen Sie abends nicht allein nach Hause, lassen Sie sich nicht von Fremden ansprechen."
Sie wich einen Schritt zurück. „Guter Tipp."
„Wenn Ihnen etwas Ungewöhnliches auffällt, gehen Sie sofort zur Polizei, ja?"
„Ja. Am besten jetzt gleich." Sie wandte sich um und wollte davonrauschen.
„Moment!", sagte Ansgar und griff nach ihrem Ärmel. „Du verstehst nicht, ich meine es ernst. Die Polizei hört nicht auf mich, aber Leute haben es auf dich abgesehen, Killer!"
„Was zum …!" Sie riss sich los und rannte ins Rathaus. Ansgar trat eilig den Rückzug Richtung Hauptmarkt an. Katrin holte ihn nach kurzer Zeit ein. „Sah eher so aus, als hätte das arme Kind Angst vor dir gehabt statt vor irgendeinem ominösen Gangster."
„Es musste sein, wenigstens ist sie jetzt auf der Hut." Sie gingen am Schönen Brunnen vorbei Richtung Fleischbrücke. „Hast du übrigens schon gesehen?", fragte Katrin und kramte eine BILD-Zeitung aus ihrer Tasche. Eine fette Überschrift lautete: *Angriff der Klima-Killer*! Ansgar seufzte. Was hatte er nur angerichtet? Er überflog den Artikel. … *Die Polizei vermutet, dass die Terroristen aus dem Umfeld radikaler Klimaaktivisten stammen. Dies habe ein hochrangiger Museumsmitarbeiter, der namentlich nicht genannt werden möchte, aus*

Ermittlerkreisen erfahren. Laut dem Mitarbeiter geht es vor allem um die Symbolwirkung: „Man nimmt Kulturschätze und schafft sie durch die Kanalisation weg. Oder anders gesagt: Man wirft unser Gold in die Scheiße!"
„Blödsinn", sagte Ansgar. „Wie kann man denn nur solchen Vermutungen glauben, die irgendein verwirrter Bibliothekar sich zusammenspinnt?"
„Klimaaktivisten gehen immer", sagte Katrin. „Und wenn das nicht zieht, verdächtigt man einfach eine Bande aus Osteuropa. Oder einen arabischen Clan."
„Auf jeden Fall ist es eine Gruppe, die sich uneins ist", sagte Ansgar. „Sonst würde mich keiner warnen. Vielleicht hockt irgendwo jemand, dem langsam mulmig wird, und deshalb lässt er mir diese Hinweise zukommen. Obwohl ich nicht verstehe, warum er mir nicht einfach einen Brief schreibt."
„Vielleicht könnte er das nicht mit seinem Gewissen vereinbaren? Und so kann er sich wenigstens einreden, dass er dir nur Figürchen schenkt, und wenn du zufällig den Hinweis auf den nächsten Anschlag verstehst, ist es eher dein Verdienst als seine Schuld?"
„Klingt schräg, aber durchaus möglich." Ansgar war oft überrascht, wie verstrickt das Gewissen mancher Menschen funktionierte. Wie die Leute an ein Dutzend Wünsche und Ängste gekettet waren, die sie irgendwie in Einklang zu bringen versuchten. Er hatte schon Klienten gehabt, die nach der perfekten Affäre für ihren Partner gesucht und beide miteinander bekannt gemacht haben, nur damit sie einen offensichtlichen Grund hätten, sich endlich scheiden lassen zu dürfen.

„Und es muss jemand sein, der einigermaßen gut verdient“, fuhr Ansgar fort. „Sonst hätte er mir kaum Gold in den Briefkasten geworfen.“ Sie schlenderten die Königstraße hinab und waren schon fast bei der Lorenzkirche angekommen, als es einen gewaltigen Knall tat. Etwas flog durch die Luft auf sie zu, Ansgar duckte sich. „Runter!“ Er zog Katrin mit nach unten. Wieder rumste es, Leute schrien und warfen sich auf den Boden, als es Splitter regnete. Ansgar und Katrin flüchteten sich in eine Arkade, gemeinsam mit einem Dutzend anderer Passanten. Ein hohes Pfeifen ertönte in Ansgars Ohren. Katrin schrie irgendetwas, das er nicht verstand.
Er drängte sich ein Stück nach vorn, um einen besseren Blick auf die Lorenzkirche zu haben. Dicke Rauschschwaden stiegen auf, überall lagen Glassplitter und Steinbrocken. Er rempelte sich einen Weg durch die Leute und trat auf die Straße. In der Ferne erscholl die erste Sirene.
„Ansgar?“, hörte er Katrin merkwürdig gedämpft hinter sich rufen, aber er achtete nicht darauf. Mit wackeligen Knien lief er Richtung Kirche. Dort, wo sich eigentlich die Fensterrose befinden sollte, klaffte ein riesiges, gezacktes Loch. Als hätte jemand einem Zyklopen mit einem gigantischen Pfahl das Auge ausgestochen. Alles war menschenleer, die Leute waren in die umliegenden Straßen geflüchtet und drängten sich in den Eingängen der Geschäfte.
Das Hauptportal stand ein Stück offen, vielleicht hatte die Wucht der Explosion es aufgedrückt. Ansgar schlüpfte hindurch und betrat die Kirche. Im Innern war es stickig, Staub schwebte durchs weite Kirchenschiff und senkte sich langsam auf die Sitzreihen. Er musste so stark husten, dass

ihm Tränen in die Augen traten. Er wischte sie beiseite und versuchte, etwas in dem trüben Nebel zu erkennen. Direkt vor ihm lag ein schiefes Trumm auf dem Boden – es war die Feyerglocke, die es von ihrem Sockel gehauen hatte.
Ansgar wagte ein paar Schritte weiter hinein und drückte sich an eine Säule. Im Chor standen mehrere Gestalten, sie blickten nach oben, wo … Ansgar rieb sich mit dem Ärmel über die Augen. Doch, etwas schwebte zu ihnen herab, zwei hochgewachsene Figuren, die in einer Art Ring standen … Er duckte sich und kroch hinter den Bänken näher an die Gruppe heran, die den Engelsgruß in Empfang nehmen wollte. „Schneller!", schrie jemand. „Macht schon da oben!" Ein Funkgerät knisterte, aber Ansgar konnte nicht verstehen, was gesagt wurde. „Ist mir egal!", schrie der Mann daraufhin. „Nein, wir sollten wirklich …", setzte eine Frauenstimme an, aber plötzlich gab es ein peitschendes Geräusch. Etwas krachte, eine Frau schrie auf.
„Fuck!", schrie der Mann. „Einsammeln, los!"
Ansgar spähte hinter der Bank hervor. Die Bande lud drei große Teile auf Sackkarren und verzurrte sie mit Spanngurten. Die Frau schrie wieder. Ansgar rutschte ein Stückchen aus seiner Deckung, bis er sie sehen konnte. Sie hielt sich den blutenden Fuß, aber die anderen beachteten sie nicht, bis sie mit ihrer Arbeit fertig waren. Dann kniete sich eine lange, hagere Gestalt mit Schirmmütze neben sie. Sie hatte Ansgar den Rücken zugekehrt, aber er war sich sicher, dass es der Mann aus der Kanalisation war.

„Wenn du etwas erzählst, kommen wir dich holen“, zischte er. „Und nicht nur dich.“ Ansgar sah das verängstigte Gesicht der Frau. Sie nickte mehrmals stumm.

„Abflug!“, herrschte der Mann die anderen an. Sie nahmen die Sackkarren und verschwanden Richtung Ostseite. Lautes Sirenengeheul kündigte an, dass schon Rettungskräfte unterwegs waren. Wie wollte die Bande ihr Diebesgut hier rausschaffen, ohne einer Horde Polizisten in die Arme zu laufen?

Ansgar verließ seine Deckung und robbte zur Frau hinüber. Sie versuchte gerade, ihren Schal um den blutenden Fuß zu wickeln.

„Geben Sie her“, sagte er und riss ihr das Stoffstück aus den Händen.

„Was tun Sie denn noch hier? Wir haben den Leuten doch gesagt, dass hier eine Bombe …“

„Pscht!“, machte er. Erst jetzt fiel ihm auf, dass er die Sirene nicht mehr hörte. Dafür andere, die viel weiter weg klangen. Und eigentlich war die erste, die er gehört hatte, auch viel zu früh erklungen, in den ersten Schocksekunden hatte doch niemand daran gedacht, den Notruf zu wählen …

Ansgar betrachtete die Diebin. Braune Locken umrahmten ihr Gesicht, sie war höchstens dreißig. Und sah nicht aus wie jemand, der für einen Kunstraub über Leichen ging.

Ansgar schnaubte. „Deine Leute haben dich hier zurückgelassen. Ich schlage dir was vor: Ich helfe dir, hier rauszukommen, und dafür gibst du mir Informationen. Deal?“

Sie schwieg immer noch, aber Ansgar konnte sehen, wie es in ihr arbeitete. „Keine Polizei?“, fragte sie.

Ansgar schüttelte den Kopf. „Nur du und ich."
„In Ordnung."
Er half ihr hoch. „Wie heißt du?"
„Saskia."
„Ok. Wir haben uns hier getroffen, weil du einen Auftrag für mich hattest. Denk dir was aus, entlaufener Liebhaber, verlorenes Erbstück. Du bist nicht dazu gekommen, es mir zu erzählen, weil vorher die Bombe hochging. Verstanden?"
„Und du bist …?"
„Ansgar Camerarius, Privatdetektiv."
„Das kaufen die uns nie ab."
Er sah sie von der Seite an. „Das bin ich wirklich."
„Oh."
Als sie durchs Portal humpelten, ließ Ansgar seinem Hustenreiz freien Lauf. Nichts wirkte so erbärmlich wie ein Mensch, der sich die Seele aus dem Leib hustete. Und er hatte es dringend nötig, diesen Eindruck zu erwecken. In Anbetracht der Maschinenpistolen, die direkt auf ihn gerichtet waren.

Die Beamten fragten Ansgar fast drei Stunden aus. Wenigstens hatte man ihm einen Teller mit Butterbrezen vor die Nase gesetzt. Zusammen mit dem unaufhörlichen Kaffeenachschub, den man ihm brachte, sparte er sich so immerhin eine Mahlzeit – ein angemessener Lohn dafür, dass er den Polizisten Rede und Antwort stand. Dumm nur, dass man ihn so hartnäckig in die Mangel nahm – als wäre er derjenige, der etwas verbrochen hatte.
„Und die Bombe ging ganz plötzlich hoch?", hakte der Beamte nach.

„Nein. Es gab vorher eine Warnung."
„Warum haben Sie die Kirche dann nicht verlassen?"
Ansgar zuckte mit den Schultern. „Ich habe es nicht ernst genommen."
„Auch nicht, als alle anderen Leute panisch geflüchtet sind?"
„Wenn alle aus dem Fenster springen, würden Sie dann auch springen?", fragte Ansgar.
Der Beamte lehnte sich zurück. „Wenn eine Bombe im Raum ist, allerdings. Oder sind Sie vielleicht ein besonders tougher Typ, so als Kaufhausdetektiv? Wirft Ihnen täglich jemand eine Bombe vor die Füße? Unzufriedene Kunden, zum Beispiel?"
Ansgar lächelte. „Ich sagte bereits, dass ich nicht im Kaufhaus arbeite. Und auch, dass ich zum GNM-Raub hinzugezogen worden bin. Also ja, ich habe bereits einige Erfahrung mit brenzligen Situationen. Und ich habe die Warnung für einen schlechten Scherz gehalten und war froh über die Gelegenheit, in Ruhe mit einer potenziellen Klientin reden zu können. Meist geht es ja um delikate Angelegenheiten. Kirchen sind ohnehin gute Orte für solche Treffen, dorthin verirren sich höchstens ein paar Touristen. Und wenn die dann auch noch panisch hinausrennen – umso besser, würde ich sagen."
„Wie genau hörte sich die Warnung an?"
„Wie … wie sollte sie sich schon anhören? Eine Warnung eben."
„Männliche oder weibliche Stimme? Ängstlich oder befehlend?"

„Ähm …“ Mist. Das hätte er Saskia fragen müssen. „Es klang … irgendwie verzerrt. Schwer zu beschreiben. Vielleicht durch ein Megafon gesprochen? Vielleicht war aber auch nur der Schall verzerrt, der vom Gewölbe zurückgeworfen wurde. Sie wissen ja, diese Deckenhöhe in St. Lorenz, das sind doch mindestens …“

„Andere Zeugen haben berichtet, es war eine Frauenstimme. Und sie klang hoch und klar.“

„Für mich wirkte es anders“, beharrte Ansgar. Eine Regel des Lügens lautete: Niemals, wirklich niemals von dem abweichen, was man anfangs behauptet hat. „Das ist in Kirchen manchmal so“, schwadronierte Ansgar munter weiter. „Haben Sie St. Lorenz schon mal während der Blauen Nacht besucht? Je nachdem, wo man steht, klingt die Klanginstallation dort dann ganz unterschiedlich, manchmal fast unheimlich … Ich schätze, nicht mal die besten Künstler können was gegen diesen Effekt tun. Der hat doch auch einen Namen, wie hieß der noch gleich …“

„Ja, ja.“ Der Beamte notierte sich etwas auf seinem Block. „Und dann hat die Explosion Sie und Ihre Klientin umgeworfen und Sie haben hinter einer Säule ausgeharrt, bis alles ruhig war?“

„Wie ich es Ihnen schon hundertmal geschildert habe. Das war dann alles?“, fragte Ansgar.

Der Mann nickte. „Wir melden uns wieder bei Ihnen.“

Ansgar nickte, steckte drei Butterbrezen ein und ging hinaus. Draußen wandte er sich nach rechts Richtung Ehekarussell, das er mit Saskia als Treffpunkt ausgemacht hatte. Dort ließ er den Blick über den Platz schweifen, aber Saskia war

nirgends zu sehen. Also setzte er sich auf den Brunnenrand und fischte das Handy aus der Tasche. Katrin hatte ihm ein Dutzend Nachrichten geschrieben:
Alles in Ordnung?
Wo bist du?
Sorry wegen der Christkind-Idee, aber wie sollten wir denn bitte auf den Englischen Gruß kommen?
Geht's dir gut?
Wenn du wüsstest, was gerade bei uns los ist …
Meld dich, sobald du kannst, ja?
Ansgar schrieb, dass bei ihm soweit alles in Ordnung war, und erkundigte sich, ob es Verletzte gab. Es dauerte nicht lange, bis Katrin antwortete: *Dutzende von Splittern getroffen. Und bei ihrer Flucht hat die Bande die Lorenzkantorin niedergeschlagen. Liegt im Krankenhaus.*
Ansgar atmete tief durch und versuchte, sich zu beruhigen. Es gelang ihm nicht. Warum zur Hölle hatte ihm jemand diese absurden Figürchen geschickt, und warum waren die Hinweise so vage gewesen? Er rief sich das Bild des goldenen Engels in Erinnerung. Die Flügel waren nicht einfach scheps gewesen, wie er gedacht hatte. Sondern sie hatten die Gewänder von Maria und dem Erzengel Gabriel nachgebildet, die in der Rückansicht wie krumme Schwingen aussahen – mit viel Fantasie. Immerhin verstand Ansgar jetzt besser, wie sein Hinweisgeber tickte. Nämlich nebulös.
Er schreckte aus seinen Gedanken, als sich jemand neben ihn plumpsen ließ. „Wie lief's?“, fragte Saskia und lehnte zwei Krücken gegen den Brunnenrand.
„Es ging so. Wie habt ihr die Leute vor der Bombe gewarnt?“

„Per Megafondurchsage."
„Puh. Glück gehabt. Also dann, schieß los. Erzähl mir alles über die Bande. Wie die Mitglieder heißen, wie sie arbeiten."
„Ich, ähm …" Sie sah auf ihre Schuhe. „Eigentlich …"
„Bitte sag nicht, dass du neu dabei bist."
„Um ehrlich zu sein … Das war die erste Aktion, bei der ich mitgemacht habe."
„Was weißt du bisher über die Gruppe?"
„Naja, die sind … ähm … eine Bande, die … Sachen klaut?"
Ansgar stand auf. „Du hast überhaupt keine Ahnung! Und ich Trottel liefere dir ein Alibi!"
„Nicht so laut!"
„Aber du kennst jemanden von der Bande?"
Sie schüttelte den Kopf. „Es lief über eine Telegram-Gruppe."
„Wer hat dich eingeladen?"
„Jemand hat mir den Link per Mail geschickt."
„Du hast also auf irgendeinen Link geklickt, den dir jemand geschickt hat? Ernsthaft?"
„Nein, es waren ein paar Zeilen dazugeschrieben. Über … darüber, dass …" Sie brach ab und kniff die Lippen zusammen. Dann fing sie sich offenbar wieder. „Er hat geschrieben, dass er eine Möglichkeit kennt, viel Geld zu verdienen. In kurzer Zeit."
Ansgar setzte sich wieder. „Und du hast gedacht, du machst einfach mal mit. Weil Leute, die einem viel Geld versprechen, ja so vertrauenswürdig sind."
„Es war überzeugend, ok?"
„Hm." Sie verschwieg ihm etwas, aber das spielte für den Moment keine Rolle. Hauptsache, er fand mehr über diese

Bande heraus. „Wo habt ihr euch getroffen, bevor ihr in die Lorenzkirche gegangen seid?“
„Ich bin erst dort dazugekommen. Er hat mir eine Liste geschickt mit benötigter Kleidung und so weiter.“
„Die Sirene gleich nach dem Knall – war das jemand von euch?“
Saskia nickte. „Der Plan war, den Engelsgruß in einem Krankenwagen wegzuschaffen, weil die Stadt ohnehin davon wimmeln würde.“
„Wie hieß dein Kontakt?“
„Bodo.“
Ansgar lachte so laut auf, dass ein paar Passanten ihn irritiert ansahen. Aber er konnte nicht anders. Die ganze Anspannung, die Eindrücke des Vormittags, alles, was sich aufgestaut hatte, entlud sich auf einmal. Saskia rückte ein Stück von ihm weg. „Bodo?“, japste Ansgar schließlich. „Der Kerl, der hinter diesem Rauben und Morden steckt, nennt sich Bodo? Was soll das denn für ein Name sein? Ist er ein Dackel?“
„Ich glaube, er heißt wirklich so. Die anderen haben einen Spitznamen für ihn. Hirno.“
„Weil er das Superhirn der Bande ist? Das klingt alles absurd, das sind die letzten Amateure. Oder was war dein Eindruck, ist das eine professionelle Bande? Oder einfach ein paar Leute, die besonders skrupellos sind?“
„Hm ... Skrupellos auf jeden Fall.“ Sie deutete auf ihr Bein, das in einer Schiene steckte. „Ich meine, die hat es einen Scheiß interessiert, was mit mir passiert. Auch davor war der Ton in der Gruppe autoritär gewesen. Oder, nein.“ Sie

überlegte. „Fanatisch. Wie in einer Sekte, wo niemand Widerworte geben darf, wenn der große Guru etwas verkündet."
„Bodo, der Guru. Das wird ja immer besser. Und die anderen kannten sich schon? Du bist der Neuzugang?"
Sie nickte. „*War* der Neuzugang."
„Warum? Du musst weitermachen."
„Warum sollte ich?"
„Ich brauche jemanden, der mir Informationen beschafft."
„Diese Drecksäcke haben mich einfach liegen lassen!"
„Dann sieh es als Rache. Bist du noch in der Telegram-Gruppe?"
Sie schaute auf ihr Handy. „Ja, ich wurde nicht entfernt."
„Na also. Sag, du hättest der Polizei nichts verraten und wolltest nach wie vor dabei sein."
„Nein. Ich bin raus. Das Ganze war eine dumme Idee."
Ansgars Handy vibrierte. Katrin hatte noch eine Nachricht geschickt: *Kantorin verstorben.*
„Sie haben die Lorenzkantorin erschlagen", sagte Ansgar.
Wieder kniff Saskia den Mund zusammen.
„Vielleicht hatte sie einen Mann", fuhr er fort. Er wollte sie zwar nicht unnötig quälen, aber das hier war kein Spaß.
„Vielleicht hatte sie Kinder", fügte er hinzu.
Saskias Kiefer mahlte.
„Hilf mir und wir halten sie auf", sagte er. „Mach deinen Fehler wieder gut."
„Welchen Fehler? Ich habe nichts verbrochen. Die Bombe hat jemand anders platziert."
„Dein Fehler war, nicht zur Polizei zu gehen. Hättest du jemanden vorgewarnt, wäre die Kantorin noch am Leben."

„Ich … Das ist … Ich konnte ja vorher nicht wissen …“
Er musterte Saskia. Sie sah wirklich nicht so aus, als wäre sie kaltblütig oder gierig. Bei ihr musste etwas anderes dahinterstecken, und Ansgar würde schon noch herausfinden, was es war. Und doch: Sie hatte sich sehenden Auges einer Diebesbande angeschlossen, von der sie wusste, dass sie bereit war, über Leichen … Moment. Ansgar stoppte seinen Gedankenlauf.
„Der Anschlag im GNM“, sagte er.
„Was ist damit?“
„Dir ist schon bewusst, dass das dieselben Leute waren?“
Saskias Mund öffnete und schloss sich wieder. „Fuck“, hauchte sie dann. Eine ihrer Krücken rutschte vom Brunnenrand und fiel klappernd zu Boden. Ansgar beugte sich vor und hob sie wieder auf. „Dann bist du also dabei?“
Sie starrte eine Weile ins Leere, dann nickte sie. Ansgar reichte ihr seine Karte. „Meld dich, wenn es etwas Neues gibt. Ich werde derweil …“ Er stockte. Beinahe hätte er „warten“ gesagt. Aber nein – er würde sich nicht abhängig machen von irgendwelchen Hinweisen, die ihm jemand zuspielte. Er würde vorher herausfinden, was das nächste Ziel der Bande war. Sie hatte es auf Gold abgesehen, so viel stand fest. Bevorzugt christlicher Kontext. Große Publikumswirkung. Und die Täter hatten eine Verbindung zum GNM, sonst wären sie nicht an irgendetwas interessiert, das im dortigen Hausarchiv lagerte. „Ich muss los“, sagte er und klopfte zum Abschied auf eine der Krücken. „Frohes Schaffen. Und gute Besserung.“

Er brach Richtung Stadtbibliothek auf, kam dabei am GNM und der Lorenzkirche vorbei. Immer noch waren die Tatorte abgesperrt, aber der allgemeine Rummel hatte sich nach St. Lorenz verlegt. Es waren sogar noch mehr Schaulustige gekommen als beim Museum, vielleicht lag es am Ausmaß der Zerstörung. Ansgar blieb stehen und betrachtete noch einmal das gezackte, weit klaffende Loch. Ein solches Ausmaß an Verwüstung hatte er bisher nur auf Fotos gesehen, die Nürnberg im Jahr 1945 zeigten. Warum hatte die Bande derartigen Schaden angerichtet? Ansgar kannte sich nicht mit Sprengstoff aus, aber sie mussten gewaltige Mengen rangeschafft haben. Wozu? Nur für die Ablenkung? Da hätte doch weniger gereicht … Nein, es musste Wut dahinterstecken. Der Drang, Dinge zu zerstören. Ansgar dachte an das Gespräch, das er mit dem Bibliotheksleiter geführt hatte. Die Symbolwirkung hatte Ansgar nur aufs Geratewohl erwähnt, aber vielleicht hatte er damit gar nicht so falsch gelegen. Jemand hasste das Christentum oder die Kirche. Gut – da gab es einige Gründe für. Aber warum hätten die Täter das GNM gleich mitbestrafen sollen, bei der Auswahl an Kirchen, die es in der Stadt gab …

Er war mittlerweile bei der Bibliothek angekommen und drückte auf den Schalter, um die Tür zum Rückgaberaum zu öffnen. Durch die Drehtür zu gehen, hätte nur unnötig Zeit gekostet – sie war viel zu langsam für Ansgars Geschmack. Er ging die Treppe hinauf und fragte sich zur Abteilung Kunstgeschichte durch. Ein Mitarbeiter zeigte ihm, wo er etwas über den Englischen Gruß erfahren konnte. Bisher hatte Ansgar nur gewusst, dass das Kunstwerk von Veit Stoß stammte und Maria mit dem Erzengel Gabriel zeigte. Aber es steckte offenbar voller Anspielungen und Bezüge auf das Leben der Muttergottes, die es in den Mittelpunkt der Anbetung rückte. Was auch der Grund war, warum man es verhüllt hatte, als Nürnberg im Jahr 1525 protestantisch wurde. Ansgar seufzte und schlug die Bücher zu. Das half ihm alles nicht weiter. Interessant war nur, dass sich der reine Materialwert des Engelsgrußes in Grenzen hielt. Was hieß: Wenn die Bande damit Geld machen konnte, dann nur, weil ihnen jemand dieses Trumm aus Sammelleidenschaft abkaufte. Vielleicht war es mit dem Codex aureus auch so gewesen? Aber den konnte man wenigstens noch in einer Vitrine präsentieren. Für den Engelsgruß hingegen brauchte man schon sehr hohe Zimmerdecken ... Der Anführer der Bande hatte panisch gewirkt, als das Kunstwerk auf den Boden gekracht war. Zerlegen und weiterverwerten wollte er es also nicht – was gut war, weil der Engelsgruß nun als Ganzes in irgendeiner Halle lagern musste.

Ansgar räumte die Bücher wieder ein und verließ die Bibliothek, um Katrin anzurufen.

„Wo bist du?“, fragte sie. „Geht's dir gut?“

Ansgar schilderte, was geschehen war.

„Warum bist du in die Kirche gelaufen? Die hätten dich umbringen können!“

„Ich war vorsichtig. Treffen wir uns nachher?“

„Vorsichtig, du bist gut ... Gern. Ich bin zuhause.“

Von der Bibliothek ging Ansgar geradewegs zum Pfandleiher, der sich abermals die Lupe vors Auge klemmte. „Äußerst rein“, stellte er fest.

„Natürlich“, murmelte Ansgar. Er bekam 700 Euro für die ausladenden Goldflügel und machte sich in Gedanken eine Notiz, als er das Geld einsteckte. Er würde es seinem Tippgeber auf den Cent zurückzahlen. Es war ein Vorschuss, mehr nicht. Ansgar brauchte keine Almosen. Neue Kleidung allerdings schon.
Er ging auf Einkaufstour und anschließend zurück ins Präsidium, diesmal wieder als Consultant und nicht als Verdächtiger. Er ließ sich wieder zu einem der Computer geleiten und klickte sich bis zu einer Datenbank durch, die Einsatzfahrten erfasste. Tag und Uhrzeit … Wache … Welche Wache war zuständig für St. Lorenz? Er klickte sich durch, bis er alle Informationen beisammenhatte. Offiziell war kein Fahrzeug so kurz nach der Explosion ausgerückt. Aber er konnte schlecht sämtliche Wachen abklappern und das Kameramaterial auswerten … Er öffnete EASy und klickte sich durch die Unmengen an Zeugenaussagen, die bereits eingepflegt worden waren. Tippte „Krankenwagen“ ins Suchfenster und erhielt hunderte Treffer, weil so viele Leute wegen ihrer Verletzungen behandelt worden waren und in ihrer Aussage einen Krankenwagen erwähnt hatten … Puh. Das würde viel Arbeit werden. Er schrieb Saskia, ob sie bereits etwas erreicht hatte – Fehlanzeige. Noch keiner aus der Bande hatte auf ihre Nachricht reagiert.
Ansgar versuchte es mit Datenbank-Anfragen, die den Namen „Bodo“ und „Germanisches Nationalmuseum“ enthielten, aber auch das förderte nichts zutage. Seine einzige Spur war dieser pflichtbewusste Wachmann, der sich anscheinend nie etwas zuschulden hatte kommen lassen. Mittlerweile hatte

das Opfer einen eigenen Ordner im System und Ansgar ließ sich ein Foto von ihm raus. Mit dem Bild im Gepäck brach er Richtung Färberplatz auf. Ließ das Färbertor links liegen und spazierte die Frauentormauer hinab. Er war hier noch nie gewesen, nicht mal früher aus Neugier. Tagsüber zeigte sich die Rotlichtmeile eher nüchtern. In den Fenstern langweilten sich Frauen, eine winkte Ansgar zu. Er winkte zurück und betrat das Gebäude, an dem *Haus 98* stand. Hinten im Flur saß ein Mann auf einem Barhocker, der ihm kaum Beachtung schenkte. Rechts erschien die Frau, die ihm zugewinkt hatte. „Dann komm mal mit."
„Moment", sagte Ansgar. „Ich bin nicht deswegen hier."
Der Mann erhob sich vom Hocker.
„Ich brauche nur eine Information", fuhr Ansgar schnell fort – viel Zeit blieb ihm bestimmt nicht. Er zog den Ausdruck mit Heinrichs Foto aus der Tasche. „Ich möchte etwas über diesen Mann erfahren."
„Raus", sagte der Mann vom Hocker.
„Aber ich muss wirklich …"
„Ist mir egal. Entweder du bist Kunde und zahlst, oder du gehst."
„Schön. In Ordnung. Dann bin ich Kunde." Er folgte der Frau in ein Zimmer. Sie drehte sich zu ihm um. Minirock, schwarze Netzstrumpfhose, knappes Oberteil, aus dem der BH blitzte. Sie musterte Ansgar. „Also?"
„Dieser Mann. Haben Sie ihn hier gesehen? In diesem Haus, in der Straße?"
Sie betrachtete das Foto. „Warum fragst du?"

„Weil er sich vielleicht jemandem anvertraut hatte, mit dem er hier … Umgang hatte. Seine Frau hält ihn für einen Heiligen."
Die Dame lächelte. „Das denken sie immer."
„Wenn er jemandem etwas gebeichtet hätte, dann eher jemand Fremdem. Wenn man das so nennen kann."
Die Frau setzte sich und streckte die Beine von sich. Offenbar hatte sie es nicht eilig und genoss es, eine Pause zu haben. „Stimmt schon, die Männer erzählen uns mehr. Einige kommen nur zum Reden her. Also, nur wenige, aber es gibt sie. Diesen Mann da", fügte sie hinzu und nickte Richtung Foto, „habe ich hier allerdings nie gesehen. Nicht in diesem Haus, nicht in der Straße."
„Mist", murmelte Ansgar und stand auf.
„Das wären dann 200."
„Was?"
„Du kannst natürlich auch noch etwas bleiben, falls es sich für dich dann mehr lohnt."
„Ich kann doch nicht … Das sind …"
Die Frau klopfte gegen die Wand, sofort erschien der Mann vom Hocker in der Tür. „Probleme?"
„Nein, nein", sagte Ansgar und zückte das Portemonnaie. So wurde man sein Geld auch los. Ob er das als Spesen bei Reisinger einreichen konnte? *Ganz kurzer Besuch im Bordell, 200 €, bitte von Nachfragen abzusehen* … Draußen schnaufte Ansgar durch. Er war sich so sicher gewesen, dass der treue Heinrich nach Dienstschluss hier eine schöne Stunde verbracht hatte. Was mochte er stattdessen getrieben haben?
Sein Handy klingelte, er nahm ab. „Camerarius?"

„Saskia hier. Ich darf bleiben. Sie planen was Größeres für nächste Woche, glaube ich. Fragen zumindest ab, wer wann Zeit hat und so weiter."
„Nächste Woche … Gut." Ansgar setzte sich in Bewegung. „Unser Bodo wird nämlich eine kleine Spezialoperation zwischenschieben."
„Aha?"
„Ein lohnenswertes Ziel, von dem er Wind bekommen wird."
„Ok, und das weißt du, weil …?"
„Du kennst einfach jemanden, der jemanden kennt, der bei einem Juwelier arbeitet. Und der euch Zutritt verschaffen kann. Kaum Risiko, schneller Erfolg. Kleine Finanzspritze für die große Sache nächste Woche. Denkst du, du kannst ihm das so verkaufen?"
Saskia schwieg eine Weile. „Kann's versuchen."
„Perfekt. Ich kümmere mich um den Rest und melde mich wieder." Er legte auf und machte, dass er nach Hause kam. Vor einigen Jahren hatte er einem Münchner Juwelier den Allerwertesten gerettet, als zwei Erbschleicher ein Schließfach hatten ausräumen wollen. Dabei hatte die kluge Erblasserin sogar ein ganz normales Bankschließfach gehabt und eigens ein zweites beim Juwelier gemietet, aber auch das hatten die beiden Enkel aufgestöbert. Sie hatten alle nötigen Papiere gefälscht, darunter sogar den Totenschein ihrer eigenen Tante … Der Mann war Ansgar damals unendlich dankbar gewesen – Ansgar hatte zwar im Auftrag der Tante gearbeitet, aber der Ruf des Juweliers wäre dahin gewesen, wenn Ansgar den Betrügern nicht auf die Schliche gekommen wäre. Der

Juwelier hatte ihm versprochen, dass er sich revanchieren würde. Jetzt war die Zeit gekommen.
Der Mann meldete sich nach dem zweiten Läuten. „Ja, bitte?"
„Camerarius hier."
„Was kann ich für Sie … Ah! Der Detektiv! Wie geht's, wie steht's?"
„Kommt darauf an. Ich arbeite an einem vertrackten Fall und möchte auf Ihr Angebot zurückkommen. Von damals, Sie wissen noch?"
„Selbstverständlich. Schießen Sie los."
Ansgar schilderte, was er vorhatte. Es war ein waghalsiger Plan, das wusste er selbst.
Daraufhin schwieg der Juwelier eine Weile. „Das ist Ihr Ernst, nehme ich an."
„Natürlich. Und ich weiß um den Aufwand."
„Und um das Risiko."
„Auch das. Aber es kann nichts schieflaufen."
„Ich weiß nicht …"
„Ganz theoretisch gesprochen: Kennen Sie einen Kollegen in Nürnberg, der in Frage käme?"
„Sicher, sicher, daran liegt es nicht … aber … Wer würde das Risiko tragen?"
„Gibt es da nicht eine Versicherung für?"
„Hm … Wir könnten versuchen … hm … wir sprechen rein hypothetisch, ja?"
„Gewiss."
„Angenommen, das Geschäft müsste kurzzeitig geräumt werden. Sagen wir, wegen Ungeziefer. Dann wäre ein versicherter Transport nötig, um die Valoren zwecks einer

zeitweisen Unterbringung in andere Räumlichkeiten zu verbringen. Würde sich dann herausstellen, dass das Schädlingsproblem doch kleiner ist als angenommen, könnte sich der Transporter gleich wieder auf den Rückweg machen."

„Wenn zum Beispiel nur eine einzige Ratte im Geschäft gefunden werden würde."

„Richtig."

„Die auch jemand dort ausgesetzt haben könnte, was natürlich absurd wäre, denn warum sollte jemand eine Ratte in einem Juweliergeschäft aussetzen?"

„Exakt."

„Wann, glauben Sie, wäre Ihr Kollege wohl bereit, sich an die Schädlingsbekämpfung zu machen?"

„Eilt es denn?"

„Sehr. Wir reden von morgen."

„Ich sehe, was ich tun kann." Der Juwelier legte auf. Das war doch gut gelaufen. Fehlte nur noch die Ratte. Ansgar tippte auf Annegrets Kontakt. Er musste lange klingeln lassen, bis sie ranging.

„Hmmpfff?", murrte sie.

„Tut mir leid, hier Camerarius. Ansgar."

„Hmmpfff."

„Gute Nacht hinter dir?"

„Hmmpfff."

„Ok, verstehe. Ich würde dich gern deinen Rausch ausschlafen lassen, aber ich müsste nochmal deine Köpa-Bekanntschaften aktivieren."

„Hmmpfff."

„Ich gehe nachher zum Bahnhof und halte Ausschau nach ihnen. Nur damit du Bescheid weißt und dich nicht wunderst, wenn Vicki sich nachher beschwert, dass du einen penetranten Schnüffler angeschleppt hast."
Annegret legte auf.
„Gutes Gespräch", resümierte Ansgar in die Stille des Besetztzeichens hinein. Er textete Saskia, dass sie sich bereithalten solle, und trabte dann ins GNM, um weiter in den getrockneten Dokumenten zu wühlen.
Nach etwa zwei Stunden rief der Juwelier zurück. „Ein Kollege macht's. Er ist in der Königstraße ansässig."
„Was möchte er im Gegenzug für diesen Gefallen?"
„Noch nichts, ich bin ihm einfach etwas schuldig. Wir kennen uns schon lange, es wird sich etwas ergeben. Informationen über Händler und Preisentwicklungen sind in unserem Metier Gold wert, wenn man das so sagen kann. Lassen Sie das ruhig meine Sorge sein."
Ansgar bedankte sich und betonte, dass sie nach dieser Sache quitt wären. Anschließend ging er über den Frauentorgraben zum Bahnhof und musste nur der Musik folgen, um die Jugendlichen ausfindig zu machen. Sie hatten sich neben der Köpa an der Mauer platziert, drinnen war ihnen tagsüber offenbar zu viel los.
Der Junge mit der Ratte saß an die Mauer gelehnt und schien dem Tier etwas zuzuflüstern. „Tach", sagte Ansgar.
„Hm? Du schon wieder. Du hast gesagt, du lässt uns ab sofort in Ruhe."
„Bin sofort wieder weg, wenn du willst – aber ich möchte dir einen Deal anbieten."

„Der wäre?"
„Würdest du mir Carl leihen? Ich bräuchte ihn nur für ein paar Minuten."
Timo sah Ansgar an, als wäre der komplett irre. „Ich soll dir Carl leihen? Alter, das ist kein scheiß Feuerzeug oder so! Du kannst mir doch nicht meine Ratte klauen, das ist Polizeigewalt. Leute! Dieser Typ hier …"
„Nein, nein", beschwichtigte Ansgar. „Ich will ihn dir nicht wegnehmen. Wirklich nur ein paar Minuten spazieren tragen, in deiner Sichtweite."
„Warum?"
„Ist meine Sache."
„Was bekommen wir dafür?"
„Geld für Carls Futter."
Der Junge sah der Ratte in die Augen. „Machen wir das?"
Die Ratte blinzelte. „Ok, Carl findet's gut."
„Perfekt. Dann auf."
Sie gingen gemeinsam Richtung Museumsbrücke und bezogen vor dem Juweliergeschäft Posten. Timo setzte Carl vorsichtig in Ansgars Tasche. „Pass gut auf. Das ist ein sensibles Tier."
„Versprochen." Ansgar ging hinein und hielt dabei den Oberkörper steif, damit Carl nicht zu sehr durchgerüttelt wurde. Drinnen war nur wenig Kundschaft unterwegs. Er nickte dem Mann am Verkaufstresen zu und trat näher heran. „Ich soll Ihnen schöne Grüße von einem Münchner Kollegen ausrichten."
„Ah, Sie. Danke. Und ich nehme an, Sie haben …"

Ansgar fasste in seine Tasche und schloss die Hand sanft um Carls Fell. Dann hob er das Tier hinaus und tat so, als hätte er etwas fallen gelassen. „Ich Schussel." Er kniete sich hin und setzte die Ratte unter den Tresen. Carl sah sich mit zuckenden Schnurrhaaren um, offenbar hielt er nach etwas zum Nagen Ausschau. Ansgar richtete sich wieder auf und nickte dem Juwelier zu. Der holte sein Handy heraus, bückte sich und machte ein Foto. „Scheint so, als hätten wir eine Plage. Igitt."

„Dann bis später", sagte Ansgar und las Carl behutsam wieder auf, der sich schon daran gemacht hatte, die metallenen Standfüße anzunagen.

Doch als sich Ansgars Hand etwa auf Kniehöhe befand, flitzte Carl los, geradewegs auf eine Kundin zu. Die schrie auf und hob den Fuß, um nach ihm zu treten.

„Halt!", schrie Ansgar und meinte Ratte und Mensch, „nicht berühren! Sie ist giftig!" Aus welcher Ecke von seinem Gehirn dieser Unsinn auch immer hervorgekrochen war, er wirkte. Die Frau machte einen Satz zurück. Ansgar pirschte sich langsam an Carl heran, ging in die Knie. „Wir dürfen sie nicht verletzen", murmelte Ansgar. „Ihr Blut ist vermutlich verseucht. Die Ratten hier in Nürnberg sind ziemlich infiziert mit allem Möglichen. Das machen die vielen unterirdischen Stollen, da sammelt sich so einiges an mit den Jahrhunderten …" Ansgar spann weiter Unsinn, während er Carl wieder einfing und ihn diesmal zur Sicherheit mit beiden Händen umschloss. Bevor sich jemand Gedanken darüber machen konnte, ob das, was Ansgar da brabbelte, auch nur halbwegs Sinn ergab, war er schon wieder draußen auf der Straße.

Der Junge hüpfte ihm aufgeregt entgegen. „Das hat aber gedauert."

Ansgar setzte ihm das Tier in die Tasche und zückte sein Portemonnaie. Nach dem unerfreulichen Ausflug ins Rotlichtviertel war nicht mehr viel übrig. Er drückte Carls Herrchen ein paar Scheine in die Hand. „Reicht das?"

„Für richtig lang! Danke, Mann!" Timo zog mit Carl im Gepäck ab. Ansgar schnaufte durch. Lief doch alles ganz gut. Jetzt mussten sie nur noch den kompletten Laden ausräumen, alles in einem gesicherten Transporter verstauen und Attrappen bereitstellen … Das würde Arbeit werden, aber vorerst wurde er hier nicht gebraucht. Also textete er Katrin und fragte, ob sie sich nun um die Kassette kümmern könnten.

Bin immer noch da, komm vorbei!

Diesmal nahm er die U-Bahn nach Schoppershof und stieg dann abermals zu ihrer Wohnung hinauf.

Katrin empfing ihn in Jogginghose und Schlabberpulli. Sie sah übermüdet aus und hatte leichte Augenringe. Ein glänzender Film unterm Lid deutete darauf hin, dass sie kürzlich irgendeine Hautcreme benutzt hatte, von der sie vermutlich gehofft hatte, sie würde sie weniger müde erscheinen lassen.

„Du kommst gerade auch nicht zur Ruhe", sagte Ansgar.

„Alle drehen durch, ist ja auch verständlich."

„Was macht Reisinger eigentlich?"

Sie zuckte mit den Schultern, ging ihm voraus ins Wohnzimmer und setzte sich an ihren Laptop. „Der antwortet immer nur knapp, dass sie nicht weiterkommen. Gerade werten sie alle möglichen Zeugenaussagen aus, aber das

ist wie immer wenig brauchbar. Jemand will sogar gesehen haben, dass die Bande in einem Helikopter geflohen ist."
Auf einer Kommode entdeckte Ansgar eine Anlage, die CDs und Kassetten abspielte. Er nahm das Band, legte es ein und spulte zum Anfang zurück. Dann drückte er auf Play.
Dingel-dangel-dangel-dang – das klang wie eine verzerrte Maultrommel. *Wir laden unsere Batterie, jetzt sind wir voller Energie* … Dann kam ein Teil auf Russisch.
„Kraftwerk", meinte Katrin.
„Die Roboter", murmelte Ansgar. „Du sprichst nicht zufällig Russisch?"
„Nein, frag Google."
Er brauchte nicht lange zu suchen, bis er herausgefunden hatte, wie die russische Stelle übersetzt lautete: „Ich bin dein Diener, ich bin dein Angestellter". War das der Hinweis? Ein Diener, ein Angestellter? Hatten sie es auf ein Hotel abgesehen?
Ansgar ging ins Bad, schloss ab und spritzte sich Wasser ins Gesicht. Warum musste dieser Tippgeber auch mit derart verklausulierten Hinweisen um die Ecke kommen? Ansgar lehnte sich mit dem Rücken gegen die Tür. Sah sich aus Gewohnheit im Bad um. Das tat er gern in fremden Wohnungen, eine Marotte, die er niemandem verriet. Creepy, würde Annegret wahrscheinlich sagen. Aber es war einfach zu aufschlussreich, sich das Waschbecken anzuschauen – eine Zahnbürste oder zwei? Männerdeo im Schrank, zweites Shampoo auf dem Badewannenrand? Ansgar entdeckte nur eine Flasche für natürliches oder coloriertes Haar.

Er kehrte zurück ins Wohnzimmer, wo das Band noch vor sich hinkrächzte und hindängelte. Er ließ es nochmal und nochmal laufen, bis er das Wort „Roboter" nicht mehr hören konnte. Es klang schon gar nicht mehr nach „Roboter", die verzerrte Stimme schien mittlerweile „Robrttrr" zu sagen. Ansgar schüttelte den Kopf. „Ich muss das mal ganz kurz …" Bis jetzt hatte er die Lautstärke gering gehalten, um Katrin weniger zu stören. Nun drehte er den Regler auf und hielt den Kopf ganz nahe an die Boxen, wie damals, wenn er Musik gehört hatte und seine Mutter ihm prophezeit hatte, er würde mal taub enden.
Wir sind die Robritter … Wir sind die Roboter …
„Das ist doch bescheuert", murmelte er vor sich hin und drückte auf Stopp.
„Was?", fragte Katrin.
„Ich hör schon Sachen, die nicht da sind."
„Hol ihn unters Dach."
„Wie bitte?"
„Bei Pink Floyd's *Another Brick in the Wall* ist angeblich eine gruselige Botschaft versteckt, die wie ‚Hol ihn unters Dach' klingt und mit dem Selbstmord eines deutschen Tontechnikers zu tun haben soll. Wenn man's weiß, kann man es nicht mehr nicht hören."
„Ok. Und hörst du hier auch so etwas wie ‚Raubritter'? Jetzt, wo du's weißt?" Er drückte auf Play.
Katrin wiegte den Kopf. „Schon. Ist mir noch nie aufgefallen, aber jetzt, wo du's sagst … Warte mal." Sie öffnete YouTube und spielte das Lied ab.
„Das Original klingt anders", stellte Ansgar fest.

„Yep. Keine Robritter. Nur Roboter."
„Aber ich bitte dich, Raubritter? Wie hätten wir denn bitteschön von Raubritter auf den Engelsgruß … oh." Wer auch immer diesen Hinweis versteckt hatte, er hatte geahnt, dass Ansgar ihn nicht rechtzeitig vor dem zweiten Raubzug knacken würde. Und war gleich dazu übergegangen, ihm etwas über den dritten zu verraten.
Sein Telefon klingelte, es war der Juwelier aus München.
„Wir wären dann so weit. Mein Kontakt braucht Hilfe bei den Vorbereitungen."
„Alles klar, ich komme zum Einpacken. Geben Sie mir eine halbe Stunde, ich muss noch etwas erledigen."
„In Ordnung. Und ich glaube, er hat etwas anderes für Sie in petto als Einpacken", sagte der Juwelier. „Aber arbeiten werden Sie auf jeden Fall."
„Wer war das?", fragte Katrin, als Ansgar aufgelegt hatte. Er zögerte. Sollte er sie einweihen? Sie wusste ohnehin schon einiges. Andererseits – nein, je weniger Leute seinen Plan kannten, desto sicherer war er.
„Ein Bekannter, der vielleicht etwas über die Bande weiß."
„So?" Sie drehte sich auf ihrem Schreibtischstuhl zu ihm um. „Dann immer her damit."
„Wie gesagt, vielleicht. Ich schaue bei ihm vorbei und höre, was er zu sagen hat."
„Mach das. Wenn ich eine freie Minute habe, sehe ich mal, ob ich was Spannendes über Eppelein und seine Raubritter-Konsorten herausfinden kann."
„Musst du nicht, ich recherchiere nachher in der Stadtbibliothek."

„Ich übernehm das schon. Vertrau mir."
„Vier Augen sehen mehr als zwei."
„Wenn du meinst …"
Er drehte sich zum Gehen um, Katrin rief ihm nach: „Wenn das alles hier vorbei ist, kommst du nochmal auf einen Kaffee vorbei, ja? Ohne seltsame Figuren und uralte Kassettenbänder."
„Mach ich!", rief Ansgar aus dem Flur zurück und wetzte die Treppen hinunter. Wenn alles vorbei war, würde er liebend gern nochmal herkommen. Katrin hatte selbst in ihrem Schlabberlook umwerfend ausgesehen.
Er nahm die U-Bahn zurück in die Innenstadt und wäre am liebsten gleich zum Juwelier gelaufen, aber zuerst musste er bei Henriette vorbeischauen. Er besorgte ein paar Lebensmittel, hastete zu ihrer Wohnung und schloss auf.
„Ich bin's!", rief er nach oben.
Keine Antwort.
Nur ein klägliches Miauen von Molly.
„Mama?", rief er lauter.
Von oben kam ein dumpfes Stöhnen.
Ansgar sprintete die Treppe hoch und ignorierte seine schmerzenden Beine. „Mama!"
Henriette lag vor der Couch und versuchte, sich aufzurichten. Molly strich um sie herum und war offenbar verwirrt, was ihr Frauchen da tat. Ansgar fasste seine Mutter am Arm und zog sie in die Höhe. Es ging viel zu leicht – wie wenig wog sie mittlerweile eigentlich?
„Es geht schon", sagte sie. „Ich habe nur … doddn was gesucht." Sie wies unters Sofa. „Puzzleteil, weißt scho."

Ansgar blickte sich um, aber weit und breit war kein Puzzle zu sehen. „Du bist gestürzt“, sagte er, während er Henriette zu ihrem Platz am Fenster geleitete.
„Unsinn“, herrschte sie ihn an. „Bin halt net wieder hochgekommen.“
„Mama.“
„Ja?“
„Sei ehrlich.“
„Ich bin net gestürzt!“
Ansgar schwieg und blickte hinab auf die Pegnitz. Träge floss sie. Es gab dieses Sprichwort, dass man niemals zweimal in denselben Fluss steigen konnte. In die Pegnitz schon.
Er seufzte und schüttelte den Kopf. „Irgendwann fällst du hin und ich bin nicht da.“
„Dann steh ich halt allein wieder auf. Hab ich bisher ja auch immer gut konnt.“
„Du brauchst jemanden, der sich kümmert. Schau mal, das Spital ist fast gegenüber. Ob du jetzt von hier auf den Fluss guckst oder von dort. Ist doch gleich.“
„Ich komme ganz gut allein zurecht.“
Ansgar schwieg. Wenn sie es nicht einsah, wie sollte er ihr dann helfen? Die Leute mussten von selbst draufkommen, sonst hatte es keinen Zweck.
„Brauchst du sonst etwas?“
Sie schüttelte den Kopf.
Ansgar räumte die Einkäufe in den Kühlschrank und warf eine vergammelte Banane weg, die im Deckel der Kaffeemaschine klemmte, als hätte Henriette versucht, sich eine Art Koffein-Smoothie zuzubereiten.

„Ich muss weiter“, sagte er. „Viel zu tun.“
„Läuft das Geschäft gut?“
„Ja, Mama. Das Geschäft läuft gut.“
„Sag Lenchen, sie muss die Bücher besser prüfen. Sie ist nicht mehr auf der Mädchenschule beim Matheunterricht, das hier ist das richtige Leben.“
„Richte ich aus.“ Ansgar trottete die Treppen wieder hinunter und ließ die Tür lauter hinter sich ins Schloss fallen, als er beabsichtigt hatte. Wieder stoppte er an der Spitalbrücke und blickte an der Fassade des Seniorenstifts hinauf. Wenn Henriette irgendwann so schlimm stürzte, dass sie ins Krankenhaus musste, würde er einfach ein Zimmer für sie buchen. Alles aus ihrem jetzigen dorthin schaffen, Gerüche inklusive, und ihr sagen, dass alles wäre wie immer.
Nein, das würde er natürlich nicht machen, sie würde bei der nächsten Gelegenheit ausbüxen, das wäre noch gefährlicher. Er musste sie irgendwie überzeugen, aber bis dahin konnte er nichts weiter tun als sie im Blick zu haben – wenn nicht gerade etwas noch Wichtigeres dazwischen kam …
Er besorgte sich eine Verkleidung, die er morgen brauchen würde, und eilte dann zum Juweliersgeschäft. Ein *geschlossen*-Schild hing mittlerweile in der Tür, vor den Schaufenstern standen Stellwände aus Papier. Das Sicherheitsgitter war herabgelassen. Ansgar streckte einen Arm hindurch und klopfte.
Der Juwelier schloss auf und winkte ihn herein. „Kommen Sie, jetzt sind Sie an der Reihe. Mein Kollege sagte, Sie hätten ein gutes Auge.“
„Passabel“, meinte Ansgar.

Der Mann führte ihn hinter die Theke an einen Arbeitsplatz. Dort lagen eine Klemmlupe, eine dicke Mappe und quadratische Glasklötze in weiß, rot und grün. „Hier finden Sie Fotos der Specimina. Sämtlich Steine, die wir hier vorhalten.“ Er schlug die Mappe auf. Bilder der verschiedensten Edelsteine funkelten Ansgar entgegen. Dann griff der Juwelier in eine Schublade und nahm etwas heraus, das nach Zahnarzt aussah. „Mit diesem Bohrer können Sie das Glas in Form bringen. Es muss nicht perfekt sein, sollte aber auf den ersten Blick zum Mitnehmen einladen.“
Ansgar nickte, rückte den Stuhl an den Tisch, knipste eine kleine Lampe an und klemmte sich die Lupe vors Auge. „Wie viel Zeit habe ich?“
„Die ganze Nacht. Die werden Sie auch brauchen.“ Der Juwelier fuhr fort, mithilfe zweier Mitarbeiter den echten Schmuck in gepolsterte Kisten zu betten. Ansgar zückte das Handy und versorgte Saskia mit allen nötigen Informationen. *Haltet euch für morgen bereit.*

Am nächsten Morgen war Ansgar sofort hellwach, auch wenn er nur zwei oder drei Stunden geschlafen hatte. Er spürte, wie sein Magen kribbelte. Wenn alles glatt lief, würde ihnen dieser Bodo heute in die Falle gehen. Ganz egal, wer Ansgar diese ominösen Tipps gegeben hatte, er brauchte sie jetzt nicht mehr. Und das war das Beste an der Sache. Nicht mithilfe irgendeines Feiglings, der ihm nebulöse Hinweise gab, würde er diese Bande stoppen, sondern aus eigener Kraft, mit einem eigenen Plan.

Er tappte hinüber zur Kaffeemaschine, machte sich einen Kaffee und merkte erst nach dem Trinken, dass er darauf hätte verzichten sollen. Sein Herz schlug nun noch schneller und er verspürte den starken Drang, auf die Toilette zu müssen. Auch, nachdem er schon zweimal gegangen war.
Er lief in seiner Wohnung auf und ab und wartete auf den Anruf des Juweliers.
Der meldete sich gegen 9 Uhr. „Wir sind fertig. Wann rücken Sie an?"
„Sagen wir drei viertel zehn."
Als nächstes rief Ansgar bei der Kripo an und beharrte darauf, Reisinger zu sprechen. Es bedurfte einer Viertelstunde und aller Überredungskünste, bis Ansgar den Chef am Apparat hatte.
„Die Bande hat *was* vor?", fragte Reisinger. „Woher wissen Sie davon?"
„Ich habe meine Kontakte."
„Zu Kriminellen?"
„Zu jemandem, der jemanden kennt, der jemanden kennt."
„Ich sag's Ihnen, Calamitatius, wenn Ihre Info nicht stimmt … Ihnen ist schon klar, dass wir mit einem Großaufgebot anrücken?"
„Camerarius. Ist mir klar, und die Info stimmt. Sie schnappen heute mindestens ein paar Mitglieder der Bande, wenn nicht den Chef selbst."
„Na, wenn Sie das sagen", brummte Reisinger.
Zur Sicherheit gab Ansgar ihm noch einmal Uhrzeit und Nummernschild durch. Reisinger grummelte etwas und legte auf.

Gleich darauf schickte Ansgar Saskia eine Nachricht: *Transport startet um 9:45 Uhr. Macht euch bereit.*
Ok, kam zurück.
Er schlüpfte in die dunkle Uniform, die er auf seinem Bett bereitgelegt hatte, und stapfte dann mit seinen schweren Stiefeln aus der Wohnung.
Den Transporter hatte er weit nach Mitternacht bei einem 24/7-Autoverleih zu einem völlig überteuerten Preis geliehen und ein paar Straßen weiter geparkt. Als sich Ansgar ihm näherte, fiel ihm zunächst das Zettelchen auf, das unterm Scheibenwischer klemmte. Nur mit *Anwohnerparkausweis*, bla, bla, bla … Ansgar stopfte den Wisch in seine Hosentasche.
Der Motor sprang an, das Vehikel ruckelte und setzte sich schwerfällig in Bewegung. Wann war Ansgar zuletzt so einen Transporter gefahren? Zu Studienzeiten bei einem Umzug, vermutlich. Er kurvte durch die engen Altstadtgassen und bog dann in die Kaiserstraße ein. Er hatte zwar keine entsprechende Berechtigung in der Windschutzscheibe kleben, aber bestimmt würde ihn in so einer Handwerkerkutsche niemand aufhalten.
Im Schritttempo fuhr er beim Juwelier vor und parkte so, dass man einen möglichst schlechten Blick auf den Eingang hatte. Der Juwelier empfing ihn, mittlerweile war er sichtlich nervös. Mit einem Stofftaschentuch wischte er sich über die Stirn. „Und es kann nichts schiefgehen, ja?“
„Für Sie nicht“, antwortete Ansgar. „Der einzige, dem es an den Kragen gehen kann, bin ich. Falls die Polizei nicht schnell genug da ist und die Bande sich entschließt, den

Wachmann kurzerhand aus dem Weg zu räumen. Bisher hat alles geklappt?“
Der Mann nickte. „Alles übers Nachbarhaus rausgegangen, Hinterausgang. Unauffälliger Transporter, wie Sie es gesagt haben. Die echten Schmuckstücke sind in Sicherheit. Wer’s nicht weiß, ahnt nichts.“
„Perfekt. Dann beginnen wir mit dem Einladen.“
Gemeinsam verluden sie die Duplikate, die Ansgar in der Nacht gefertigt hatte: geschliffenes Glas, versehen mit Pseudo-Fassungen und billigen Kettchen. Alles fein säuberlich verpackt in Kisten, nur für den Fall, dass die Bande sich mit einem schnellen Blick vergewissern wollte, ob sie auch den richtigen Transporter ausräumte.
Als alles drin war, gab Ansgar dem Juwelier die Hand. „Sie haben mir, der Polizei und der ganzen Stadt soeben einen großen Gefallen getan. Sie werden sehen.“
„Ich hoffe es.“
Der Mann schien froh, als Ansgar auf den Fahrersitz stieg und davonrollte. Ansgar vermied es, sich umzuschauen. Er vertraute darauf, dass Saskias Leute ihn bereits beobachteten, dass Bodo höchstpersönlich vielleicht schon eine Anweisung gab, wer dichter auffahren sollte …
Verdächtige Autos konnte Ansgar nirgends bemerken, was ihn beruhigte. Hätte er Reisingers hochroten Glatzkopf aus irgendeinem BMW blitzen sehen, hätte das eher wenig für die Undercover-Fähigkeiten der Kripo gesprochen.
Ansgar verließ die Stadt gen Süden und fuhr dann Richtung Plärrer, ordnete sich ein – schwupps, nein, eine weiter nach rechts musste er – Neutorgraben, weiter nach Norden, zum

Gewerbegebiet Nordostpark, wo sein fiktives Ziel lag. Er hatte bereits den Friedrich-Ebert-Platz passiert – wo blieben die denn? Saskia hatte Bodo doch extra stecken sollen, dass die Transportroute kurz war, dass wenig Zeit für einen Überfall blieb …

Ein dunkler BMW überholte ihn, Ansgar riskierte einen Blick hinein: Zwei Männer mit kurzgeschorenem Haar, die angestrengt geradeaus starrten. Immerhin war die Verstärkung da. Ob Bodo und seine Leute die Lunte gerochen hatten? Nein, so auffällig waren ernst dreinblickende Männer in Autos nun auch wieder nicht … Er rutschte auf dem Sitz hin und her, bog nach rechts in den Nordring ein.

Es blieb nicht mehr viel Zeit. „Nun macht schon“, murmelte er. Er blinkte nach links, fädelte auf die entsprechende Spur ein. Das Ziel war ein großer Parkplatz, für den Fall, dass die Bande erst zuschlagen würde, wenn der Transporter angehalten hatte.

Ansgar suchte sich eine Bucht nahe am Nachbargebäude, damit es so aussah, als würde er die Ware dorthin bringen wollen. Er stellte den Motor ab und zog den Schlüssel. Atmete tief durch und stieg aus.

Blickte sich um.

In einiger Entfernung stand ein VW Polo, in dem zwei Frauen saßen. Sie schauten auf ihre Handys. In der Einfahrt des Parkplatzes erschien der BMW von vorhin, er parkte gleich vor der Werkstatt. Die Beamten blieben sitzen. Was sollte er denn jetzt tun? Vielleicht ins Gebäude nebenan gehen, so tun, als wäre er dort mit dem Empfänger verabredet …

Und plötzlich ging alles ganz schnell.

Motoren starteten und röhrten, die Frauen im Polo sahen von ihren Handys auf, setzten sich ein Blaulicht aufs Dach – und rasten vom Parkplatz!
Zwei weitere Fahrzeuge düsten davon, darunter der BMW. Auf der Straße ertönten Martinshörner.
Auf einmal fühlte Ansgar sich sehr allein. Er duckte sich hinter den Transporter, spähte zur Werkstatt hinüber, zum Nebengebäude, zur Straße. Hatte die Bande eine Ablenkung gestartet, damit der Transporter schutzlos war? Oder hatte sie am Ende seinen Coup als Ablenkung genutzt und die eigentliche Aktion vorgezogen, die erst für nächste Woche geplant war? Aber dann hätte Saskia doch etwas gesagt, hätte ihn gewarnt …
Sein Handy piepste. Er musste den Text zweimal lesen, bis er verstand. Saskia hatte ihm nur ein einziges Wort geschickt.
Sorry.

Ansgar saß zusammengesunken im Verhörraum. Vor ihm hatte es sich Reisinger bequem gemacht. Bei ihrem ersten Gespräch im GNM hatte der kleine Mann zwar cholerisch gewirkt, aber nicht besonders bedrohlich. Als wäre das Schlimmste, was man von ihm zu befürchten hatte, eine deftige Watschn. Hier aber, inmitten des kahlen Raumes mit Aktenschränken im Hintergrund, machte er Ansgar Angst. Weil Reisinger hier eher wie ein scharfsinniger Ermittler wirkte, der jedem Verdacht nachging – und gerade fiel der leider auf Ansgar. Er hatte nicht nur seinen Besucherausweis fürs Präsidium abgeben müssen, sondern der Kripo-Chef hatte ihn auch schon eine Stunde in die Mangel genommen.

„Sie können also nichts preisgeben", wiederholte Reisinger. „Aber geben zu, dass Sie Kontakt zu einem Mitglied der Bande hatten?"
„Nein", log Ansgar. „Ich hatte Kontakt zu jemandem, der wiederum behauptet hat, er habe Kontakt zu jemandem aus der Bande. Das ist ein Unterschied."
„Allerdings. Weil dieser Informant verdammt nochmal für den Arsch war!" Reisinger fegte mit der Hand einen Stapel Akten vom Schreibtisch. „Nochmal: Wie erklären Sie es sich, dass die Bande den richtigen Transporter erwischt hat?"
„Die haben wohl Wind davon bekommen, dass der Juwelier eine Ablenkung losschickt. Und irgendwie herausbekommen, wo sich der echte Transporter befindet."
„Und wie zum Teufel haben Sie von dieser Ungezieferplage erfahren?"
„Kontakte", sagte Ansgar und lehnte sich zurück. „Ich tausche mich regelmäßig mit Juwelieren aus. Das mit der Plage habe ich zufällig mitbekommen, eins ergab das andere …"
So ging es noch etwa drei Stunden weiter, bis Reisinger schließlich seine E-Zigarette hervorholte und Dampf in die Luft blies, der nach Wassermelone roch. „Caminarius, ich sag Ihnen eins."
„Camerarius", murmelte Ansgsar.
„Wenn Sie mir irgendetwas verschweigen, dann krieg ich Sie dran. Ich weiß doch, was Sie denken. Der kleine Kerl mit den Wutanfällen kriegt nichts hin. Denken die vom LKA auch. Aber schauen Sie mal genau hin." Er starrte Ansgar in die Augen. „Ich kann nicht nur wütend. Ich kann auch was anderes, und das können nur wenige. Und zwar

durchhalten. Ich mache so lange weiter, bis ich habe, was ich will. Verstehen Sie das? Wir reden nicht darüber, *ob* ich Sie drankriege. Sondern *wann*."
„Vorausgesetzt, ich habe mir etwas zuschulden kommen lassen."
„Ganz genau. Das vorausgesetzt."
Ansgar rutschte auf seinem Stuhl herum. Das Beste wäre, er hielte jetzt einfach seinen Mund. Zischte kleinlaut ab und hielt sich fortan aus allem heraus, damit man nicht anfing, sein Handy abzuhören und ihn beschatten zu lassen. Aber dieser Hinweis mit den Raubrittern, irgendwem musste er doch davon erzählen … „Da wäre noch etwas", sagte Ansgar und machte sich auf einen weiteren Wutausbruch gefasst. Reisinger sagte nichts, sondern zog nur die Augenbrauen hoch und blies etwas Melonendunst in Ansgars Richtung.
„Ich glaube, die Bande versteht sich als moderne Raubritter."
„Aha."
„Oder spielt Robin Hood. Wenn ich also etwas raten darf. Könnten Sie im Blick behalten, ob es in nächster Zeit größere Spenden an wohltätige …"
„Raus!", bellte Reisinger. „Sie verschwenden meine Zeit nicht mehr mit ihren beschissenen Tipps, die keine sind! Raubritter und Robin Hood, etz langt's aber!"
Ansgar machte, dass er rauskam. Draußen sah er noch einmal nach, ob Saskia ihm geschrieben hatte – Fehlanzeige. Ihr *sorry* war die letzte Nachricht gewesen, und Ansgar musste nicht nachfragen, um zu wissen, wofür sie sich entschuldigt hatte. Aber was hatte zu diesem Sinneswandel geführt? Er rief Katrin an und teilte ihr mit, dass er raus war.

„Wie, raus?"
„Sie brauchen meine Dienste nicht mehr." Er schilderte, was geschehen war.
„Sie hat dich wirklich verraten? Das klingt nach einer krassen Geschichte …"
„Denk nicht mal dran!"
„Ok, ok … Ich hab mich mal wegen der Raubritter schlau gemacht. Eppelein hat die Handelswege um Nürnberg unsicher gemacht, am Ende wurde er in Neumarkt aufs Rad gebunden und seinen Handlangern wurden die Köpfe abgeschlagen."
„Kein gutes Vorbild für eine Raubritterbande."
„Nein, aber ihm ist die Flucht aus der Kaiserburg gelungen. Der Legende nach ist er auf seinem Pferd über den Burggraben gesprungen."
„Hm … Kaiserburg, Graben …"
„Es gibt zurzeit eine Ausstellung da oben."
„Über Raubritter?"
„Auch. Vor allem über die mittelalterliche Gerichtsbarkeit. Sie zeigen eine Leihgabe, ein goldenes Richtschwert."
„Das hat Reisinger aber auf dem Schirm, oder? Ich meine, Gold, Museum …"
„Sie haben die Beamten in der ganzen Stadt verstärkt, denen geht nichts mehr durch die Lappen. Ob auf der Burg oder sonst wo."
„Er sollte sich trotzdem auf die Burg konzentrieren. Du hast doch einen guten Draht zu Reisinger, oder?"
Katrin schwieg einen Moment. „Eigentlich schon. Er hat viel zu tun gerade, und …"

„Ja?"
„Naja, ich könnte mir vorstellen, nach diesem Fiasko findet er es nicht so toll, dass ich dich ihm empfohlen habe. Wir schauen einfach mal. Ich sag's ihm, wenn ich das nächste Mal mit ihm rede."
„Danke." Sie legten auf und Ansgar wurde das Gefühl nicht los, dass das goldene Richtschwert auf der Burg nicht so sicher war, wie Katrin glaubte. Wenn Reisinger tatsächlich die ganze Stadt bewachen ließ, dann verteilten sich die Kräfte auf Banken und Museen, Kirchen, Juweliere ... Wenn die Bande geballt auf der Burg zuschlug, dann würden ein paar Streifenpolizisten diesen Irren nichts entgegenzusetzen haben. Wenn er nur vorher mehr über diesen Bodo herausfinden könnte, dann würde er es Katrin stecken und sie könnte es Reisinger erzählen – so interessiert, wie er an ihr gewirkt hatte, würde er sicher nicht einfach so den Kontakt abbrechen. Blieb nur eins: Er musste die Liste mit ehemaligen Mitarbeitern fertigstellen, die in Frage kamen. Dafür brauchte er Zugang zu den Dokumenten im GNM-Keller, und bestimmt hatte Reisinger noch nicht verlautbaren lassen, dass Ansgar geschasst war. Aber das konnte morgen schon ganz anders aussehen, wenn sich die Beamten zur Besprechung getroffen hatten. Was hieß, dass Ansgar bis dahin fertig sein musste. Er lief geradewegs hinüber zum GNM und betrat es gewohnt selbstbewusst. Seinen Ausweis hatte er schon die letzten Male nicht mehr vorzeigen müssen, mittlerweile kannte man ihn hier. Der Polizist am Eingang nickte ihm zu und Ansgar beeilte sich, hinab in den Keller zu kommen. Er betrat den

Raum mit den getrockneten Papieren, holte seinen Notizblock hervor und machte sich auf eine lange Nacht gefasst.

Gegen sechs Uhr früh tränten seine Augen, seine Hand zitterte beim Schreiben. Er legte das letzte Blatt zurück – fertig. Rund zwanzig Namen hatte er nun beisammen, das war die dürftige Ausbeute der stundenlangen Arbeit. Aber immerhin hatte er etwas, womit er weitermachen konnte. Er öffnete die Tür und trat hinaus in den Flur. Das schummrige, grüne Licht der Notbeleuchtung wirkte unheimlich. Es waren doch noch Beamte hier, oder? Das Loch ein Stockwerk weiter oben war mittlerweile verschlossen worden, um es nicht rund um die Uhr bewachen zu müssen, deshalb brauchte man im Tiefdepot keine Wachposten mehr. Ansgar widerstand dem Drang, laut „Hallo?" zu rufen, setzte seinen Weg nach oben fort und war froh, als er in den Klostergarten trat. Von hier ging er weiter zur improvisierten Sicherheitszentrale, denn wahrscheinlich war das die letzte Gelegenheit, um mit den Wachleuten zu reden.
Vor den Bildschirmen saß einer der Männer, mit denen er bereits gesprochen hatte. Er drehte sich um und wirkte erstaunt. „So früh schon auf den Beinen?"
„Noch", sagte Ansgar und näherte sich Heinrichs Arbeitsplatz. Als seine Frau ihn vermisst gemeldet hatte, hatten die Beamten sich nicht darum gekümmert, und nach dem Raub hatten sie gleich gewusst, wer dafür verantwortlich war. Niemand hatte sich gefragt, ob noch etwas anderes dahintersteckte, weil niemandem aufgefallen war, dass der brave Heinrich sich jeden Tag eine Stunde irgendwo herum-

getrieben hatte. Im Bordell war er nicht gewesen, blieb nur noch eine Affäre, mit der er sich getroffen hatte. Und wer über Jahre eine so enge Beziehung pflegte, der bewahrte vielleicht etwas von seiner Angebeteten auf. Natürlich nicht zu Hause, wo es gefährlich werden konnte, sondern versteckt im Schreibtisch, um es verstohlen in der Mittagspause hervorzuholen und an die Liebste zu denken ... Ansgar arbeitete sich durch die Schubladen. In der obersten lag, fein säuberlich zusammengelegt, Heinrichs Dienstausweis. Ansgar ließ ihn unauffällig in die Tasche gleiten – man wusste nie, wofür der noch gut sein würde.

„Neue Spuren?", fragte der Wachmann.

„M-hm", machte Ansgar. „Wir suchen einen Drohbrief, den die Bande ihm geschrieben haben könnte, aber in seiner Wohnung war keiner."

„Hab ihn hier nie was lesen sehen."

Ansgar ignorierte den Mann und suchte weiter: Nach einem Kärtchen, das nach Parfum duftete und im besten Fall die Initialen der Angebeteten enthielt; nach einem Schmuckstück mit Gravur; selbst mit einem simplen Stofftaschentuch hätte er sich zufrieden gegeben ... Nichts. Nur Kompendien zur Gebäudesicherheit, Richtlinien, Inhalte der Sachkundeprüfung nach Paragraf 34a. Ansgar erhob sich, doch dann ließ er sich noch einmal auf die Knie herab und tastete unter dem Tisch. Seine Finger stießen an eine kleine Erhebung. Er schaute nach: Etwas war mit Klebeband dort befestigt.

„Was gefunden?", fragte der Wachmann, der ihn offenbar die ganze Zeit beobachtet hatte.

„M-hm“, murmelte Ansgar. Er löste das Ding von der Platte – ein Schlüssel!
„Das dürfte den Kollegen gefallen“, sagte Ansgar, als er unter dem Tisch hervorkam.
„Was ist es?“
Er ließ den Schlüssel in der Tasche verschwinden. „Der Brief, den wir gesucht haben.“
Der Wachmann erhob sich. „Das sah aber nicht nach einem Brief aus. Du kannst hier nicht einfach Sachen mitnehmen. Vielleicht ist das was von ’nem anderen Kollegen.“
„An Heinrichs Platz?“
„Zeig mal her.“ Der Mann machte einen Schritt nach links und stand nun zwischen Ansgar und dem Ausgang. Ansgar wich zurück. Vielleicht war der Mann nur neugierig, vielleicht gefiel es ihm nicht, dass Ansgar mehr wissen durfte als er. Aber vielleicht wollte er auch etwas verheimlichen, was Heinrich betraf.
„Gehen Sie mir aus dem Weg“, sagte Ansgar und begann, den Tisch zu umrunden.
„Entspann dich. Zeig mir einfach, was du da hast. Will’s nur sehen.“
„Warum?“ Ansgar wägte ab, welche Chancen er hatte. Der Wachmann war stärker als er, so viel stand fest. Schneller? Vielleicht bei einem kurzen Sprint. Dort, wo Ansgar gerade stand, war er eindeutig im Nachteil, der Mann müsste nur nach vorn hechten und hätte ihn.
„Will nur sichergehen, dass es nichts von uns ist“, sagte der Mann.
„Warum solltet ihr Sachen unter eure Tische kleben?“

„Was weiß ich, was die anderen so machen. Zeig's mir einfach."
„Ok, ok. Ist ja gut." Er griff in seine Tasche und kam um den Tisch herum. Jetzt stand er näher am Ausgang. Er zog sein Handy hervor. „Das hatte er festgeklebt. Vielleicht sein Zweithandy."
„Zweithandy? Warum soll er so eins gebraucht haben?"
„Das werden wir rausfinden."
„Und wenn's nicht sein Handy ist, sondern jemand anders gehört? Gib mal her."
Ansgar legte den Kopf schief und deutete auf einen der Bildschirme. „Ist das normal, soll er das machen?"
Der Wachmann drehte sich um und Ansgar sprintete los, hinaus aus dem Wachraum, zwei Treppen hinab, um ein paar Ecken, dann Richtung Ausgang. „Asthmaspray vergessen!", keuchte er dem Beamten an der Tür entgegen. „Schnell aufmachen!"
Der verdutzte Beamte öffnete ihm die Tür, Ansgar rauschte hindurch und drehte sich nicht um, sondern rannte weiter, die Straße der Menschenrechte hinauf, weil der Kornmarkt zu wenig Verstecke bot.
Erst nach ein paar Minuten ließ er sich gegen eine Hauswand sinken und schnappte nach Luft – er hatte den Mann abgehängt. „Asthma", keuchte er leise und gluckste. „Als würde da jemand losrennen." Er musste wirklich müde sein. Er schaute sich noch einmal um, dann kramte er den Schlüssel hervor. Er war klein, der Bart sah unkompliziert aus. An der einen Unterseite war MyPlace eingraviert – der Schlüssel gehörte zu einem Lagerraum! Laut Google be-

fand er sich in der Nähe des Stadtparks. Am liebsten wäre Ansgar gleich hingedüst, aber er brauchte dringend Schlaf, wenigstens ein paar Stunden. Der Schock über Saskias Verrat saß ihm immer noch in den Knochen, und nach dem stundenlangen Wühlen in den Dokumenten tränten seine Augen. Also schleppte er sich zurück nach Hause und ließ sich, wie er war, ins Bett fallen.

Als wenige Stunden später der Wecker klingelte, fuhr Ansgar hoch. Wirre Träume hatte er gehabt, Wasser in der Kanalisation, dicke Papierklumpen mit Augen, die ihn anstarrten ... Er spritzte sich etwas Wasser ins Gesicht, dann machte er sich auf den Weg zur nächsten U-Bahn-Station und rief unterwegs Katrin an. „Ich habe eine neue Spur, was den entführten Wachmann angeht. Hast du Zeit?"
„Dafür auf jeden Fall", sagte sie.
„Dann triff mich bei MyPlace, ist ganz bei dir in der Nähe. So ein Lagerraum, wo man Platz mieten kann."
„Geht klar. Bis nachher."
In Schoppershof zwängte Ansgar sich durch die U-Bahn-Tür, noch ehe sie ganz geöffnet war. Er rannte die Treppen hinauf und lief die Welserstraße entlang, bis er an der Äußeren Bayreuther Straße angelangt war. Katrin wartete bereits. Heute trug sie einen weiten Parka, einen Rucksack und eine Mütze und sah aus, als wollte sie zur Not ins Gebäude einsteigen. Sie drückte Ansgar kurz, ihr Haar roch nach Zitrus-Shampoo.

„Du meinst, wir finden den Wachmann?“, fragte sie und ihre Hand zuckte zum Rucksack, wo sie bestimmt ihre Kamera verstaut hatte.
Ansgar schüttelte den Kopf. „Aber das hier habe ich an seinem Arbeitsplatz gefunden.“ Er zeigte ihr den Schlüssel und erzählte von der abenteuerlichen Stunde, die Heinrich jeden Tag erlebt hatte. „Ich weiß ja nicht, wofür man solche Räume alles nutzen kann“, fuhr Ansgar fort. „Aber ich könnte mir vorstellen, wir finden ein gemütliches Sofa und dimmbare Lampen.“ Sie traten ein. Rechter Hand war der Empfang, wo eine junge Dame lustlos die Hand aufhielt. Ansgar ließ den Schlüssel hineinfallen. „Ausweis“, sagte sie. Ansgar hielt ihr Heinrichs Mitarbeiterausweis aus dem GNM hin.
„Der reicht nicht“, sagte die Frau.
„Ach so, kein Problem“, sagte Ansgar. „Warten Sie kurz …“ Er angelte sein Portemonnaie aus der Jacke und begann, Karten herauszukramen und auf dem Tresen auszubreiten. „Nürnberger Versicherung“, murmelte er dabei. „ADAC, Blutspendeausweis, Mensch, da müsst ich auch mal wieder hin, denen gehen die Reserven aus, habe ich gehört, da spenden immer weniger Leute. Spenden Sie?“
Die Frau am Schalter schüttelte den Kopf.
„Sollten Sie“, sagte Ansgar. „Da erfährt man auch immer gleich, ob die Werte stimmen, Blutdruck, Eisen, ist für mich als Vegetarier nicht ganz uninteressant, dann weiß ich immer gleich, ob ich mich noch ausgewogen ernähre – essen Sie Fleisch?“
Die Frau am Schalter schüttelte den Kopf und seufzte.

„Ja, machen die jungen Leute ja auch immer weniger heutzutage oder sind sogar Veganer, aber das wär nichts für mich, dafür mag ich Käse zu gern … So, wo war ich, ah ja, Blutspendeausweis, hier sind noch ein paar Rabattkarten, Mensch, die sind ja fast abgelaufen, brauchen Sie zufällig solche Rossmann-Kärtla? Hopperla, die sind aber rutschig."
Die Frau schüttelte den Kopf und klaubte die Coupons wieder auf, die sich auf ihrer Computertastatur verteilt hatten.
„Heinrich", zischte Katrin. „Es ist jedes Mal dasselbe. Halt besser Ordnung, sag ich dir immer. Es ist peinlich. Wie lange soll die Dame denn noch warten? Wir gehen jetzt nach Hause, dann kannst du in Ruhe suchen, und dann kommen wir wieder, wenn du alles parat hast."
„Nein, nein, ich bin gleich fertig, bitte …", sagte Ansgar kleinlaut.
Die Frau am Schalter hatte den Wortwechsel verfolgt und bedachte Ansgar mit einem mitleidigen Blick. „Kann ich den Mitarbeiterausweis nochmal sehen?"
Ansgar schob ihn ihr rüber, sie musterte das Kärtchen. „Ist ja auch ein offizielles Dokument. Passt schon."
„Danke", sagte Ansgar und sammelte seine Karten wieder ein. „Welche Nummer war das noch gleich?"
„Siebzehn."
Er trippelte hinter Katrin her, die bereits Richtung Lagerparzellen verschwunden war. Erst, als die Empfangsfrau sicher außer Hörweite war, sagte er: „Chapeau."
Katrin grinste nur.
Sie gingen durch Flure mit einem Lagerabteil neben dem anderen, vorbei an blauen Türen mit kleinen Vorhänge-

schlössern davor. Ansgar hob den Blick: Alles per Video überwacht, seine – beziehungsweise Heinrichs – persönlichen Daten waren sicher auch erfasst worden. Vor der Nummer 17 stoppte Ansgar. Er steckte den Schlüssel ins Schloss, hielt die Luft an und drehte.

Er hatte ein Liebesnest erwartet oder wenigstens eine Matratze auf dem Boden. Doch was er hier sah, war noch viel besser.

„Ach du Scheiße", sagte Katrin.

Ansgar machte einen Schritt in das kleine Abteil. Die Wände waren zugepflastert mit Notizzetteln. Es gab ein paar Zeitungsartikel und ein Korkbrett, in dem haufenweise bunte Plastikpins steckten. Ansgars erster Gedanke war, dass Heinrich ein Stalker war, doch die Notizzettel lasen sich eher wie Stichpunkte zu einem Fall. Sie standen mitten in einer skurrilen Einsatzzentrale, und der Fall, um den sich das alles drehte, lautete … „Jesus", sagte Ansgar. „Hier steht überall Jesus."

„Eine Statue", ergänzte Katrin, die einen Zeitungsausschnitt betrachtete. „Hier geht es um eine Statue, die entwendet wurde."

„Von wann ist der Artikel?"

„1997."

„Uff. Heinrich versucht seit knapp dreißig Jahren herauszufinden, wer eine Jesusstatue aus dem GNM entwendet hat? Seine Frau hat mir erzählt, dass er seinen Job ernst genommen hat, aber *das* …"

„Der war regelrecht besessen", stellte Katrin fest. „Auf manchen Zetteln steht dreimal derselbe Name, als hätte Heinrich

sich selbst davon überzeugen wollen, dass er dem Richtigen auf der Spur war …"
Ansgar trat neben sie und betrachtete das Stück Papier. „Volker Grunemann."
„Vielleicht ist das unser Bodo?"
„Hab ich auch erst gedacht. Aber Bodo wäre so ein bescheuerter Deckname, den sucht man sich doch nicht freiwillig aus. Und er hat schon eine Art Deckname, seine Leute nennen ihn Hirno, weil er das Hirn der Bande ist."
„Auch bescheuert."
Ansgar zuckte mit den Schultern. „Die ticken alle nicht ganz richtig."
Er ging hinüber zur Pinnwand und versuchte, daraus schlau zu werden. Heinrich hatte einige Pins mit einem roten Faden verbunden, wie es die Leute vom FBI im Fernsehen taten.
„Oh", sagte Ansgar.
„Was?"
„Du hattest recht damit, dass er besessen ist. Und ich fürchte, er ist außerdem verrückt."
„Wieso?"
„Guck mal. Das hier ist ein Kantinen-Speiseplan. Heinrich hat die Anfangsbuchstaben der Hauptgerichte eingekreist." An den Rand hatte er *Code?* geschrieben.
Katrin fuhr mit dem Finger über einen längeren Bericht. „Der scheint's ziemlich übertrieben zu haben. Hier geht's um den 11. September. Und hier darum, dass die Corona-Regeln der Beginn einer Gesundheitsdiktatur sind."
Ansgar drehte sich einmal um die eigene Achse und ließ den Anblick des Sammelsuriums auf sich wirken. „Wir halten

fest, dass Heinrich spinnt. Aber das mit der gestohlenen Statue …"

Katrin hatte begonnen, die Sammlung abzufotografieren. „Sollen wir Reisinger davon erzählen?"

„Bloß nicht. Dann will er wissen, wie ich den Schlüssel hierzu bekommen habe. Der traut mir nicht mehr. Vielleicht kannst du ihm was ausrichten, wenn ich mir sicherer bin. Aber erstmal …" Er holte seinen Notizblock hervor und schlug die Übersicht auf. „Grunemann, Grunemann …" Irgendetwas klingelte bei diesem Namen, aber Ansgar konnte beim besten Willen nicht sagen, wo er ihn schon einmal gehört hatte. Vielleicht im Zusammenhang mit einem anderen Fall?

„Hier!", rief Ansgar. „Er stand im Verzeichnis. Volker Grunemann hat am 28. Juli 1997 gekündigt."

„Einen Tag, nachdem die Statue gestohlen worden war."

Ansgar betrachtete noch einmal den Zettel, auf dem Grunemanns Name gleich dreimal stand. Vielleicht war Heinrich schon immer krank gewesen und hatte sich einfach auf etwas versteift, hat in einem Zufall einen Fall gesehen und sich hineingesteigert. Aber dass die Bande ausgerechnet den Wachmann gekidnappt hatte, den ein jahrzehntealter Fall nicht losließ, und dann versucht hatte, die alten Verzeichnisse die Kloake hinabschwimmen zu lassen – das war einfach zu verdächtig.

„Ich finde mehr über ihn heraus", beschloss Ansgar. „Immer noch besser, als ins Blaue hinein die anderen zwanzig Leute auf meiner Liste aufzuspüren. Was machst du?"

„Naja …" Ihre Augen schweiften durch den Raum.

„Du schreibst was über Heinrich?"

Sie zuckte mit den Schultern. „Wir haben eine Seite Drei darüber geplant. Alle wissen, dass jemand verschwunden ist, und das interessiert die Leute halt."
„Seine Frau wird sich freuen."
„Ich halte es so sachlich wie möglich."
„Hast du schon mit ihr gesprochen?"
„Nein, steht später noch an."
„Wenigstens kann sie dann in der Zeitung lesen, dass ihr Heinrich ein ehrenhafter, pflichtbewusster Mann war. Ist, meine ich natürlich."
„Glaubst du wirklich, dass …?"
„Schwer zu sagen. Wenn sie etwas von ihm wollten, dass sie für ihren GNM-Raubzug brauchten … Dann würde ich sagen, er lebt jetzt nicht mehr. Egal, ob er es ihnen gegeben hat oder nicht."
„Hoffen wir, dass Heinrich noch für etwas anderes wichtig ist."
Sie verließen das Lagergebäude und verabschiedeten sich.
„Den Kaffee hab ich übrigens nicht vergessen", sagte Ansgar. „Wenn das hier vorbei ist, lad ich dich ein."
„Eigentlich hatten wir ausgemacht, du kommst dafür zu mir."
„Ich wollte nur nicht so unverschämt sein zu sagen, dass du mir einen Kaffee versprochen hast und ich bald vorbeikomme."
„Nett von dir, aber überflüssig. Schließ den Fall ab und tanz an."
„Wird gemacht." Er brach Richtung Stadtarchiv auf. Vielleicht war Grunemann in Vereinen aktiv oder war mal in der Zeitung gestanden, weil er einen Wettbewerb im

Schäufele-Essen gewonnen hatte, man wusste ja nie. Und mit ein paar Hintergrundinfos in der Hand konnte man sich meist ganz gut bei wildfremden Leuten melden und ein paar Nachfragen stellen.
Ansgar betrat das graue Gebäude am Marientorgraben und legte sich einen Grund zurecht, um nach Grunemann zu suchen. Für rein privates Interesse standen einem die Findemittel nicht zur Verfügung, also würde Ansgar einfach wieder so tun, als wäre er von der Zeitung. Doch er kam nicht dazu, seine Geschichte vorzutragen.
Am Schalter spielte sich ein kleines Drama ab. Ein älterer Archivar fuchtelte mit einem Aktenstoß herum, während ein Mann auf ihn einredete. Er trug Locks mit Perlen darin, ein buntes Haarband und zerschlissene Jeans. Trotz der kühlen Temperaturen trug der Mann ein T-Shirt, der gesamte Unterarm war von Festival-Bändchen bedeckt. Aber die Körperhaltung wirkte irgendwie zu wenig jugendlich, um zum Gesamtbild zu passen, und auch die Haut schien von etlichen Sommern gebräunt. Aber etwas anderes fesselte Ansgars Aufmerksamkeit: Der Mann kam ihm bekannt vor. Ansgar trat einen Schritt näher heran, um zu hören, worüber die beiden stritten.
„Bier!“, rief der Mann.
„Absurd!“, rief der Archivar.
„Gar nicht! Und deshalb ist es ein ernsthaftes Forschungsanliegen. Kein Scherz!“
„Veräppeln kann ich mich selbst! Jetzt sagen Sie gefälligst, was Sie möchten!“

„Glauben Sie mir! 300 Kilometer lang, die längste Zapfanlage der Welt! Von Prag nach Nürnberg sollte das Bier fließen! Es gab schon Hobbyforscher, die sich damit beschäftigt haben. Ich setze ihr Werk fort.“
„Vielleicht sollten Sie diese Hobbyforscher erst einmal fragen, ob das nicht vielleicht ein Aprilscherz war.“
„Päh“, machte der Mann. Ansgar tippte ihm auf die Schulter, der drehte sich um. „Was ist? Möchte denn jetzt jeder hier den Beweis, dass es eine Bier... Ansgar?“
„Johnny!“
Johnny zog ihn in seine Arme und drückte fest zu. Ansgar roch ungewaschenes Haar, Moschus und eine starke Prise Tabak mit einer deutlichen Note Gras.
„Lange her“, sagte Johnny, nachdem er losgelassen hatte. „Seit wann bist du wieder hier?“
„Seit ein paar Monaten. Ich hab versucht, dich anzurufen, aber hab keine Nummer gefunden. Die alte gibt's nicht mehr.“
Johnny wedelte mit der Hand. „Ich hab kein Telefon mehr, die Dinger machen einen kaputt. Macht kaputt, was euch kaputt macht, sag ich immer!“ Er drehte sich zum Archivar um. „I'll be back.“ Dann setzte er sich seine Sonnenbrille auf und schob Ansgar aus dem Archiv.
„Du, ich würde gern ...“, setzte Ansgar an, doch Johnny unterbrach ihn: „Egal, was du vorhast, es ist nicht so wichtig, wie alte Freunde zu treffen.“
„Naja, eigentlich schon, ich ...“

„Nää, fang gar nicht an." Johnny führte ihn über den Gewerbemuseumsplatz Richtung Pegnitz. „Ich muss immer am Fluss sein, um im Fluss zu sein."

„Immer noch Surfer?"

Johnny spreizte den Daumen und den kleinen Finger ab und wackelte mit der Hand. „Yeah." Er bugsierte Ansgar ins *Indochine* und bestellte zwei Caipirinha.

„Nein danke", sagte Ansgar. „Ich bin gerade ..."

„Chill, Garry. Chill."

Ansgar und er waren in der Schule befreundet gewesen, aber hatten sich bald nach dem Abi aus den Augen verloren, weil Johnny eine ausgedehnte Weltenbummelei begonnen hatte. Statt wie früher sporadisch Surf-Urlaub am Atlantik zu machen, hatte Johnny sämtliche Küsten bereist, die für ihre günstigen Wellen bekannt waren. Hin und wieder hatte Ansgar ihn angerufen und gefragt, was er so trieb. Da war Johnny entweder auf einer Farm gewesen und hatte sich schnaufend über die Plackerei beschwert oder die Mailbox war rangegangen, weil er auf dem Surfbrett stand. Ansgar hätte so ein Leben nicht führen wollen, aber interessant war es allemal gewesen.

„Worüber hast du mit dem Archivar vorhin gestritten?", fragte er.

Johnny winkte ab. „Ach, das. Ich forsche zu einer historischen Bier-Pipeline. Ein paar Leute haben das ausgegraben, also, im wahrsten Sinne des Wortes. Haben Überreste gefunden. Von Prag nach Nürnberg sollte der Gerstensaft fließen."

„Klingt nach Aprilscherz."

„Haben die Entdecker dann nachher auch behauptet."

„Aber du glaubst …?“
„Das haben sie doch nur gesagt, weil man sie sonst für Spinner erklärt hätte. Die sind halt eingeknickt, denen war die Sache dann doch zu heiß. Die Pipeline gabs wirklich, und ich werde es beweisen.“
„Wie lange bist du in Nürnberg?“, fragte Ansgar.
„Für immer.“
„Ach? Hätte nicht gedacht, dass du nochmal sesshaft wirst.“
Johnny breitete die Arme aus. „Die Liebe ist schuld, Mann.“
„Die Liebe zu Nürnberg?“
„Quatsch. Zu einer Frau, wie es keine zweite gibt.“
„Klingt gut. Wie heißt sie?“
„Keine Ahnung.“
„Was?“
Johnny zuckte mit den Schultern. „Ich hab sie nicht mehr fragen können. Das Meer hat uns zusammengebracht, der Wind und die Wellen … Ich hab sie beim Surfen vor Portugal gesehen. Wer sich da aufs Brett traut, der hat Eier in der Hose. Also, sie jetzt nicht, denke ich mal, aber du weißt schon, was ich meine … Ich hab sie von weitem auf dem Wasser gesehen, bin zu ihr hin, sie hat mich angelächelt, ich wollte gerade etwas sagen – da bricht die Welle und ich muss machen, dass ich wegkomme. Bin zum Strand, dann schnell zum Parkplatz, da habe ich noch ihren Bus davonfahren sehen – Nürnberger Kennzeichen, der Ruf in die Heimat!“
„Und sie hat dich auf dem Surfbrett sicher angelächelt, ja?“
„Hundert Pro.“
„Aber nachher nicht auf dich gewartet?“

„So spielt das Leben. Vielleicht ist ihre Oma gestorben und sie musste schnell weg. Oder war mal unglücklich verliebt und hat sich geschworen, nie wieder auf einen Mann zu warten."
„Du bist noch derselbe Optimist wie früher."
„Noch besser, ich bin Träumer."
„So könnte man es auch nennen. Ich würde gern noch mehr mit dir quatschen, aber ich bin an einem Fall dran."
„Wichtig?"
„Ziemlich."
„Wenn du damit fertig bist, darf ich dich dann anheuern?"
„Klar. Um deine Traumfrau zu finden?"
Johnny nickte. „Ich hab echt alles versucht. Mich in jede Bar gehockt, die ich kenne. Erst abends, dann auch nachmittags. Dann morgens."
„Das ist vielleicht nicht die beste Art, um jemanden aufzuspüren."
„Das Schicksal hat seine Wege."
„Und trotzdem soll ich sie für dich finden."
„Yeah. Vielleicht hat das Schicksal auch *uns* heute zusammengeführt."
„Natürlich", sagte Ansgar und verabschiedete sich. Johnny war immer schon ein Freigeist gewesen und manchmal war es anstrengend, ihm zu folgen. Aber erfrischend war seine positive Haltung zum Leben schon.
Ansgar kehrte ins Archiv zurück. Der Mann am Empfang wirkte immer noch aufgebracht. „Was wollen Sie denn jetzt wieder? Auch was wegen der Bier-Pipeline?"
„Nein, keine Sorge. Ich bin Journalist und suche alte Zeitungsartikel über Volker Grunemann."

„Wen?"
„Ach, den kennen Sie nicht? Der hat sich in allen möglichen Vereinen engagiert", log Ansgar. „Hat sich richtig verdient gemacht, hat's aber nie an die große Glocke gehängt. Wir planen eine Artikelreihe über solche Menschen. Geheime Helden der Gesellschaft. Klingt gut, oder?"
Der Archivar zuckte mit den Schultern. „Ist auf jeden Fall ein wichtiges Thema. Presseausweis?"
Ansgar zeigte einen von der fiktiven *Fränkischen Post*, den er sich irgendwann mal gebastelt hatte. In München hatte eh kein Mensch gewusst, welche Zeitungen es in Franken gab, und selbst hier in Franken nahm man ihm ab, dass es das kleine Dorfblatt gab – warum auch nicht, klang ja gut.
„Kommen Sie", sagte der Archivar und führte ihn zu einem Computerarbeitsplatz. „Mit unseren Findemitteln kennen Sie sich aus?"
Ansgar ließ sich erklären, wie er das Archiv durchsuchen konnte, und legte los. Volker Grunemann tauchte weder in den Siegerlisten des Schützenvereins auf, noch war er je als Feuerwehrmann geehrt worden. Ansgar recherchierte zwei Stunden lang, förderte aber nichts zutage. Er versuchte es probehalber noch mit Bodo Grunemann, aber auch der tauchte nirgends auf. Pech gehabt.
Er schaute auf die Uhr, fast sechs – Besuchszeit.
Ansgar überquerte Heu- und Spitalbrücke, ließ das Seniorenstift links liegen und schloss Henriettes Wohnung auf. Aus dem Wohnzimmer ertönte Gesang. Ansgar ging hinein und sah Henriette am Fenster sitzen. Sie sang aus voller Kehle, als wäre sie eine Operndiva und die Fische in der Pegnitz

das Publikum. Henriette sang etwas, das sehr entfernt an die Arie der Königin der Nacht aus der *Zauberflöte* erinnerte.
„Toll, oder?", fragte Henriette, als sie geendet hatte.
„Ja, Mama."
„Ich war mal bei einer Aufführung. Das einzige Mal, dass ich in der Oper war. Aber ich erinnere mich, als wäre es gestern. Hach. Die Zeit."
Danach sagte sie nichts mehr, während Ansgar das Chaos beseitigte, das sie innerhalb der letzten zwei Tage angerichtet hatte. Ihren zweiten Hausschuh musste er lange suchen, bis er ihn schließlich im Bad fand, eingeklemmt zwischen Klobrille und Schüssel. Er wischte ihn mit einem Tuch ab und stellte ihn ins Schlafzimmer zum anderen.
Dann kehrte er ins Wohnzimmer zurück und nahm seiner Mutter gegenüber Platz. „Hast du noch eine Minute? Oder bist du zu müde?"
Sie wiegte den Kopf wie zu Musik, die nur sie hören konnte. „Worum geht's? Ums Lager? Die Bestände muss ich nachher noch durchgehen, aber wir stehen gut da dieses Jahr."
„Ich glaube, du bist hier nicht mehr gut aufgehoben. Sieh dich doch mal um. Wir müssen was tun."
Sie löste ihren Blick vom Fluss und schaute Ansgar in die Augen. „Ich komme zurecht. Siehst du doch."
„Sehe ich eben nicht. Es ist nur eine Frage der Zeit, bis du hier alles abfackelst. Schon zweimal war der Herd an. Einmal war nichts drauf, das andere Mal lag ein Topflappen auf der Fläche, der schon angekokelt war."
„Gut, dass die Pegnitz so nah ist. Kann man schnell löschen. Bring das nächste Mal einen Eimer an einem Seil mit."

„Mama, das ist doch kein Spaß. Du brauchst Hilfe. Jemand muss sich um dich kümmern."
„Du kümmerst dich um mich. Danke, Gärchen."
„Aber ich kann nicht rund um die Uhr hier sein!"
„Warum nicht?"
Ansgar seufzte. Ja, warum eigentlich nicht? Henriette bekam eine gute Rente, sie hatte genug Geld für sie beide. Er könnte hier einziehen und sich um sie kümmern. Es würde reichen, wenn er ab und an einen Fall löste, um etwas dazuzuverdienen. „Bis morgen", sagte er. Er hatte schon ein paar Mal darüber nachgedacht und die Vorstellung zu abschreckend gefunden, mit Ende vierzig wieder bei seiner Mutter einzuziehen. Aber wenn das Altenheim für sie keine Option war und sie es allein nicht mehr schaffte, was sollte er tun? Eine Vollzeit-Pflegekraft konnte sie sich nicht leisten, dafür reichte es nun auch wieder nicht. Er musste darüber nachdenken.
Er schlappte zurück zu seiner Wohnung, schloss auf und war so in Gedanken, dass er es fast übersehen hätte.
Auf seinem Briefkasten stand ein Zwetschgenmännla. Die Figur war nicht besonders groß, aber sie hielt ein Schwert in den Händen, das sie um ein Vielfaches überragte. Die untere Hälfte der Waffe war goldfarben, die obere war rot, als ob jemand Blut darauf geschmiert hätte. Ansgar nahm das Männlein mit hinauf in die Wohnung.
Die Bande hatte es eindeutig auf das Richtschwert auf der Kaiserburg abgesehen, klarer konnte der Hinweis nicht sein. Ansgar wog die Figur in der Hand, etwas machte ihn stutzig. Sie war leichter als die anderen. Er entwand ihr das

Schwert – und schrie auf. Ungläubig betrachtete er seine Hand. Blut strömte über den Handrücken, tropfte die Finger hinab. Zwischen Zeige- und Mittelfinger schaute eine goldene Spitze hervor. Zitternd zog er seine Hand zurück und stellte das Männlein auf dem Tisch ab. Offenbar hatte er einen Mechanismus ausgelöst, der das Schwert in die Höhe schnellen ließ, wenn sich jemand daran zu schaffen machte. Er klemmte seine Juwelierslupe vors Auge und sah genauer hin: Ein kleiner, schwarzer Bolzen war in den Händen des Männleins versteckt. Vielleicht befand sich eine Feder darin, vielleicht funktionierte die Falle pneumatisch. Ansgar nahm einen Kugelschreiber und versuchte, das Schwert wieder reinzudrücken, aber es gelang ihm nicht. Die Vorrichtung übte zu viel Druck aus. Er betrachtete seine blutende Hand. Ein Glück, dass die Klinge sich genau zwischen zwei Finger gebohrt hatte. Wäre die Handfläche im Weg gewesen, hätte das Schwert sich einfach hindurchgebohrt.

Ansgar schluckte.

Das hier war kein Hinweis.

Das hier war eine Warnung.

KAPITEL 4

„Erzähl's Reisinger", sagte Katrin. „Zeig ihm das Männlein und alles."
„Der will nichts mehr von mir hören. Und wenn, was hätte ich ihm anzubieten? Merkwürdige Zwetschgenmännla mit Gold in den Händen? Noch einen Tipp, bei dem wir falsch liegen können? Vielleicht ist das mit der Burg nur ein Ablenkungsmanöver. Jetzt weiß die Bande, dass sie mich für so was nutzen kann. Ich Depp sappe einfach in ihre Fallen."
„Es geht nicht darum, was du ihm anbieten kannst, sondern er dir! Du brauchst Schutz, Ansgar. Du brauchst seine Hilfe."
„Unsinn. Wenn mich jemand aus dem Weg räumen wollte, hätte er das längst getan."
„*Noch* will dich offenbar niemand aus dem Weg räumen. Das ist der Sinn einer Warnung. Also, entweder du hörst auf oder du holst dir Hilfe. Aber wenn du allein weitermachst, wird das böse enden. Wir wissen beide, wozu diese Bande fähig ist."
Ansgar lief in Katrins Wohnung auf und ab. Sie hatte damit recht, dass es immer gefährlicher wurde. Aber Reisingers Hilfe brauchte er nicht, er musste sich nur vorsehen. Diese Kriminellen wussten, wo Ansgar wohnte. Beschatteten

sie ihn womöglich? Hatten sie ihn zu Katrins Wohnung gehen sehen, zu der seiner Mutter? Er hoffte, dass sie noch keinen Grund dafür gehabt hatten, ihm durch die Stadt zu folgen. Vielleicht dachten sie, ein händedurchbohrendes Zwetschgenmännla als Warnung reicht. Aber wenn Ansgar weitermachte, würden sie sicher rabiater werden. Was hieß, dass er aufpassen musste. Umwege nehmen, sich unterwegs verkleiden … aufwändig, aber machbar. Die einzigen notwendigen Besuche waren die bei seiner Mutter, auf alle anderen würde er verzichten.

„Ich muss los", sagte er zu Katrin. „Und ich werde mich hier nicht mehr blicken lassen, bis wir die Bande geschnappt haben."

Katrin schüttelte den Kopf. „Du bist verrückt. Zieh dich einfach raus und lass die Kripo das erledigen."

„Ich kann nicht. Aus irgendeinem Grund hat mich jemand ausgesucht, um diesen Fall zu lösen. Und ich werde herausfinden, warum."

Sie kam auf ihn zu und drückte ihn fest an sich. „Mach nichts Dummes, ja? Bei unserem Kaffee hätte ich dich gern in einem Stück."

„Ich merk's mir."

Als er unten auf der Straße war, steuerte er zielstrebig die U-Bahn-Station an, ohne sich umzuschauen. Falls die Bande ihn doch schon beschattete, sollte sie ruhig glauben, dass er noch nichts davon bemerkt hatte. Er wusste bereits, was er als nächstes vorhatte: Die Rettungswachen abklappern, von denen aus der Krankenwagen aufgebrochen sein konnte. Die Sirene hatte sich aus dem Süden genähert. Das Risiko,

bei einer außerplanmäßigen Fahrt erwischt zu werden, war höher, umso länger man durch die Stadt gurkte. Vermutlich war der Wagen auf direktem Weg zum Tatort gedüst, hatte das Diebesgut irgendwo in der Nähe abgeladen und war dann mit dem eigentlichen Schwung Rettungswagen zurück zur Lorenzkirche gefahren. Beginnen würde Ansgar deshalb mit der Rettungswache des Arbeiter-Samariter-Bundes im Südosten, die am nächsten lag, anschließend kämen die Malteser im Südwesten dran. Dann das BRK im Osten und die Johanniter im Norden als letztes.
Er fuhr mit der S7 bis zur Wodanstraße und wandte sich nach links. Das Gebäude, in dem der ASB untergebracht war, sah grau und trist aus. An der Frontseite befanden sich drei ausgeblichene Rolltore mit Sichtfenstern darin. Rechts davon ragte ein kleines Wachhäuschen hervor, hinter dem Fenster regte sich etwas. Ansgar hielt einen Moment inne und überlegte sich, wie er es am besten angehen sollte. Ohne den Besucherausweis fürs Präsidium war es schwierig, sich als Consultant vorzustellen. Einen Detektivausweis hatte er nicht, im Gegensatz zu einigen Kollegen – die Plastikkärtchen waren eine Spielerei, die man sich im Internet herunterladen konnte. Als privater Ermittler hatte man ohnehin keine Sonderrechte, warum also mit einem Ausweis herumwedeln, der die Autorität im schlimmsten Fall untergrub? Wenn sich jemand auch nur ein bisschen im Sicherheitsgewerbe auskannte, erkannte er solche lächerlichen Anmaßungsversuche sofort. Und gerade bei Rettungssanitätern war Vorsicht geboten. Sie waren grundsätzlich misstrauisch und hatten Erfahrung mit aufdringlichen Menschen, mussten sich

tagtäglich gegen Gaffer behaupten oder gegen scheinbar wohlwollende Saufkumpane, die haargenau wissen wollten, warum ihr halbtoter Kumpel ins Krankenhaus sollte, obwohl die Feier doch gerade erst so richtig losging … Mit einer Lügengeschichte würde Ansgar hier auf die Schnauze fallen. Er würde einen anderen Weg wählen, auch wenn der riskanter war und die Täter auf den Plan rufen würde.
Er umrundete das Gebäude und suchte nach einem offenstehenden Hintereingang, den es natürlich nicht gab. „Na gut", murmelte er. „Dann halt anders."
Er lief die Wodanstraße zurück und folgte dem Weg zwischen Südstadtbad und Gustav-Adolf-Gedächtniskirche, bis man ihn von der Straße aus nicht mehr sehen konnte. Er sammelte sich und entschuldigte sich in Gedanken für den Schreck, den er gleich jemandem einjagen würde. Dann hastete er zurück vors Bad. Außer Atem sprach er den erstbesten Passanten an. „Ich brauch Ihr Handy", japste er. „Mein Kumpel liegt da drüben, der ist nach dem Schwimmen einfach umgekippt, wir müssen einen Krankenwagen rufen."
Der Mann holte sein Handy hervor, aber statt gleich anzurufen, eilte er in die Richtung, in die Ansgar gezeigt hatte. „Zeigen Sie mir, wo er liegt. Ich bin Arzt."
Mist! Ansgar beeilte sich, ihm zu folgen. „Gleich da hinter der Kirche liegt er", sagte Ansgar und stützte die Hände auf die Knie. „Aber ich kann nicht mehr. Gehen Sie vor, ich rufe derweil den Krankenwagen!"
Der Arzt drückte ihm das Handy in die Hand. „Wählt schon. Wir sind am Südstadtbad, Verdacht auf Herzinfarkt."
Ansgar nickte. „Sag ich."

„Notrufzentrale“, ertönte es am Telefon. „Was kann ich für Sie tun?“
Ansgar wiederholte seine Lügengeschichte in knappen Sätzen, dann legte er auf und drapierte das Handy auf dem Boden. Er sah, wie der Arzt zurückkehrte und ihn herwinkte – Zeit, sich aus dem Staub zu machen. Ansgar rannte die Wodanstraße wieder hinab und kam gerade rechtzeitig an der Wache an, um zu sehen, wie sich das Tor öffnete. Er drückte sich daneben an die Wand. Das Martinshorn ertönte, ein Rettungswagen tastete sich auf die Straße und beschleunigte. Das Tor begann sich zu schließen. Ansgar spähte hinein: Eine Frau stand an der rückwärtigen Wand und räumte in einem Schrank herum. Als das Tor schon fast unten war, verließ sie den Raum. Ansgar schlüpfte hinein, aber er war zu langsam – sein rechter Schuh war eingeklemmt! Er zog, so fest er konnte, aber es war nichts zu machen. Das Tor ratterte und knatterte, weil es sich ganz senken wollte, es veranstaltete einen Höllenlärm. Ansgar löste den Knoten in seinem Schnürsenkel und zog seinen Fuß heraus.
Er richtete sich auf und schaute sich in dem Raum um, entdeckte eine Reihe Spinde und öffnete sie. Ein paar kleine Frauenschuhe, hier ein paar stattliche Stiefel ... Er entledigte sich auch seines linken Schuhs und schlüpfte in ein paar Turnschuhe, die halbwegs passten. Dann öffnete er eine Tür, die weiter ins Innere führte. Es würde sicher nicht lang dauern, bis der Rettungswagen wiederkam.
Ansgar streifte durch die Gänge. Leider verrieten die Schildchen an den Türen nicht, was sich dahinter verbarg. Nur kryptische Buchstaben und Zahlen. Er klopfte deshalb an

der erstbesten Tür und hoffte, dass sich ein Büro dahinter befand – nein, eine Abstellkammer. Die nächste Tür war verschlossen, doch bei der übernächsten hatte er Glück.
„Ja, bitte?“ Die Frau, die er vorhin die Garage hatte verlassen sehen, blickte vom Computerbildschirm auf.
„Kämmerer, angenehm“, sagte Ansgar und schloss die Tür. „Haben Sie eine Minute?“
„Wer sind Sie, bitte?“
„Ich bin privater Ermittler, die Geschäftsführung hat mich beauftragt. Bevor Sie weiterfragen: Das meiste darf ich Ihnen nicht sagen. Es gibt ein Problem, das diese Wache betrifft. Im Zusammenhang mit dem Raub in der Lorenzkirche.“
„Ein Problem? Wir waren sofort vor Ort, mir sind keine Beschwerden bekannt.“
„Wir werden sehen. Wichtig ist der Geschäftsführung vor allem, dass wir das hier nicht an die große Glocke hängen. Ich höre mich hier um, komme vielleicht noch einmal wieder, das war's dann – keine Mitarbeiterversammlung, nicht zu viel Aufmerksamkeit. Ich spreche mit allen einzeln. Was ist Ihre Funktion hier?“
Die Frau rutschte auf ihrem Stuhl herum. „Ich bin für die Wartung der Fahrzeuge zuständig.“
„Das heißt, Sie überprüfen den Reifendruck, tanken …“
„Nein, nein, die medizinische Wartung. Die mechanische lassen wir in einer Werkstatt machen, damit haben wir nichts zu tun.“
„Waren Sie am Tag des Raubzuges hier? “
Die Frau nickte. „Aber nur bis zum frühen Morgen, danach hatte jemand anders Schicht.“

„Ist Ihnen etwas Besonderes aufgefallen? War mit den Wagen alles in Ordnung, waren alle Fahrzeuge da?“
„Ein RTW musste morgens ausrücken, den habe ich kurz vor Schichtende noch aufbereitet. Der zweite war noch vom Vorabend in Ordnung, unser dritter war in der Werkstatt, der ist seit ein paar Wochen unser Sorgenkind.“
„Welche Werkstatt ist das?“
„Puh, das weiß ich nicht. Auch irgendwo hier in der Südstadt, glaube ich …“
In diesem Moment öffnete sich die Tür, ein junger Mann trat ein.
„Du, Sven“, sagte die Frau. „Weißt du, wo unsere Fahrzeuge gewartet werden? Das ist doch beim Kfz-Hobel, oder?“
„Warum?“
„Weil dieser Herr sich dafür interessiert, er ist … ähm, also, wahrscheinlich spricht er auch noch mit dir.“
Sven musterte Ansgar von Kopf bis Fuß. Sein Blick blieb an den Schuhen hängen. „Wer sind Sie? Was tun Sie hier?“ Svens Ton klang schroff. Plötzlich lag eine Spannung in der Luft, die Ansgar gar nicht mochte.
„Du musst nicht gleich so grob sein“, sagte die Frau. „Der Herr ist Ermittler und …“
„Der Typ trägt meine Turnschuhe!“
„Die Treter hier?“, sagte Ansgar. „Das sind meine.“
„Mit Flecken an denselben Stellen? Willst du mich verarschen? Das sind meine, das seh ich doch.“
„Sie wollen sagen, ich sei bei Ihnen zu Hause eingebrochen und habe Ihre Schuhe gestohlen, um sie zur Befragung hier zu tragen? Ist das nicht reichlich absurd?“

„Sie gehören zu meiner Ersatzkleidung im Spind."
„Dann lassen Sie uns doch dort nachschauen, ob sie noch da sind. Dann wäre das geklärt und ich kann meine Arbeit fortsetzen."
Sven schnaufte und machte Platz, damit Ansgar hinausgehen konnte. „Wo lang?", fragte er. Der bullige Rettungssanitäter wies in Richtung Garage. Ansgar ging vornweg und sah sich nach einer Fluchtmöglichkeit um. Eine bessere Spur als den Rettungswagen in der Werkstatt würde er hier ohnehin nicht mehr bekommen. Jetzt ging es nur noch darum, sich möglichst effizient aus dem Staub zu machen. Er erspähte ein kleines Notausgang-Schildchen über einer Tür zu seiner Rechten.
„Hier lang?", fragte Ansgar unschuldig und legte die Hand auf die Klinke.
„Nein", blaffte Sven und griff nach Ansgars Arm. Kurz überlegte er, ob er versuchen sollte, sich loszureißen, aber die Chancen standen schlecht. Und sicher wartete Sven nur auf eine Gelegenheit, Ansgar zu überwältigen, aus Wut über die gestohlenen Schuhe. Oder steckte mehr hinter seinem feindseligen Verhalten? Hatte Sven am Ende etwas damit zu tun, dass der Rettungswagen so oft in die Werkstatt gemusst hatte? „Weiter", wies der Sanitäter ihn an. „Los jetzt."
„Ok, ok", sagte Ansgar. „Schon gut."
Sie kamen in der Garage an, wo zwei Sanitäter gerade aus dem zurückgekehrten Rettungswagen stiegen. Das Tor war noch halb geöffnet. Ansgar sprintete los.
„Hey!", schrie Sven hinter ihm. „Bleib stehen, du Ratte! Wir erwischen dich!"

Ansgar wandte sich nicht um, sondern hechtete unter dem Tor hindurch, hinaus auf die Straße, wo er gerade noch einem Auto ausweichen konnte. Er lief und lief, bis er nicht mehr konnte. Erst dann drehte er sich um: Kein Sven in Sicht. Heftig keuchend ließ sich Ansgar auf die Stufen in einem Hauseingang fallen. Das war knapp gewesen.

Er verschnaufte noch eine Weile, schließlich rappelte er sich auf und ging langsam in Richtung der Werkstatt, von der die Frau gesprochen hatte. Ab jetzt musste er sich vorsehen. Dieser Sven hatte zornig gewirkt, und was hatte er geschrien? *Wir erwischen dich …* Meinte er damit sich und seine Kollegen? Oder steckte er mit jemandem aus der Werkstatt unter einer Decke? Vielleicht erwartete man Ansgar dort schon, würde ihn mit einem Sack überm Kopf und Kabelbindern empfangen. Er würde auf der Hut sein.

Gehe zum Kfz-Hobel, schrieb er Katrin. *Wenn ich mich in einer Stunde nicht melde, schick die Polizei.*

Anschließend schaltete er das Handy aus. Falls Katrin anrief, um ihn von seinem Plan abzubringen.

Die Werkstatt befand sich an einer Straßenecke und machte einen heruntergekommenen Eindruck. An der Leuchtreklame fehlten zwei Buchstaben: *Kfz und Gebr uchtwa en*. Vor dem rostigen Einfahrtstor standen Autowracks.

Als Ansgar eintrat, ertönte eine schrille Klingel. Er zuckte zusammen und wäre am liebsten gleich wieder rausmarschiert. Stattdessen wartete er, bis sich eine Gestalt aus dem Halbdunkel hinter der Theke schälte.

Der Mann war breit gebaut, sein Gesicht war dreckverschmiert. Er trug eine Glatze. „Ja?"

„Ich möchte gern ein Auto kaufen", sagte Ansgar. „Nicht zu teuer, für kurze Wege im Alltag … Haben Sie da was?"
Der Mann winkte ihn nach hinten. Ansgar räusperte sich. „Ich dachte, ich hätte da draußen schon was gesehen, da stand doch dieser … Vielleicht können wir uns erstmal vor der Tür …"
„Da steht nur Schrott. Die Wagen nehm ich noch aus."
„Schade, ich dachte … Also, ich mag solche ungewöhnlichen Wagen ganz gern. Am liebsten würde ich mit einem alten Polizeiauto durch die Gegend fahren, oder einem Krankenwagen. Stand nicht mal auch so einer hier, hab ich im Vorbeifahren gesehen?"
„Die warte ich nur hier, kann ich dir nicht verkaufen. Da musste auf eBay gucken, gibt's da manchmal."
„Haben Sie gerade einen hier? Ich interessier mich einfach dafür."
Der Mann legte den Kopf schief. „So viel Zeit hab ich nicht, um dich hier rumzuführen."
„Nur kurz gucken, dann weiter zum Auto. Hab das Geld auch bar dabei, ist ein schnelles Geschäft für dich. Ich zahl auch was für die Besichtigung."
Er zuckte mit den Schultern. „Wenn du unbedingt willst."
Er ging mit Ansgar nach draußen, öffnete das Tor und führte ihn quer über den kleinen Hinterhof. Am anderen Ende stand ein Krankenwagen.
„Wie lange hast du den schon?", fragte Ansgar und duzte den Händler nun ebenfalls, vielleicht taute er dann etwas auf.
„Paar Tage."
„Und er stand die ganze Zeit hier?"

Der Mann blickte ihn von der Seite an. „Ja. Warum hätte ich damit rumfahren sollen?"
„Mich tät's in den Fingern kribbeln, hab ich ja schon gesagt. Mit so einem Ding durch die Stadt zu kurven, macht sicher Spaß. Darf ich mal reingucken?"
„Kostet Eintritt."
Ansgar zog 50 Euro hervor und drückte sie dem Mann in die Hand, ohne hinzusehen. Dann schloss der Autohändler die Hecktür auf. Ansgar warf einen Blick hinein und konnte nichts Besonderes feststellen – medizinische Gerätschaften, die obligatorische Liege für die Patienten, Boxen mit Medikamenten, Handschuhen, Kanülen ...
Ansgar kletterte auf den Tritt, um besser hineinschauen zu können. Vielleicht fanden sich noch Spuren von Farbe und gesplittertem Holz. „Bin noch nie mit so einem mitgefahren", heuchelte er Interesse.
„Wird sich bald ändern", sagte der Mechaniker und gab Ansgar einen Schubs. Er fiel vornüber und knallte mit dem Gesicht auf den Metallrand der Liege. Für einen Moment sah er nur blitzende Punkte in einem Meer aus Schwärze. Er spürte Hände an seinem Körper, sie fuhren über seine Jacke und seine Hose. Dann klärte sich seine Sicht wieder. Er rappelte sich auf und drehte sich um – die Hecktür war geschlossen. Durchs Fenster sah er, wie der Mechaniker sich entfernte und dabei ins Handy sprach. Aus irgendeinem Grund kam Ansgar Katrins vorwurfsvolles Gesicht in den Sinn – *„Hab ich's doch gesagt ..."*
Er fasste sich an den Kopf. Das würde eine Beule geben. Aber das war sein kleinstes Problem. Ohne große Hoffnung

klopfte er seine Taschen ab – nein, das Handy war natürlich weg. Er sah sich in dem Wagen um. Zwischen all den Instrumenten hier musste es doch etwas Nützliches geben. Er stöberte in den Kisten, fand aber nur Verbandszeug oder filigrane Dinge aus Metall, von denen er nicht wusste, wofür sie gut waren. Er nahm ein Skalpell und steckte es in den Strumpf. Wenn jetzt nicht die Zeit war, um sich zu bewaffnen, dann wusste er auch nicht weiter. Dieser Stoß in den Rücken vorhin hätte mehr Schaden anrichten können, wäre er mit der Schläfe auf die Liege gefallen …
Nach ein paar Minuten kehrte der Mechaniker zurück. Ansgar machte sich bereit, ging in die Hocke und rieb sich zum Schein das schmerzende Bein. Sobald der Mann die Hecktür öffnen würde, würde Ansgars Hand zum Skalpell schnellen, und dann … Der Motor wurde angelassen. Verdammt. Das verschlechterte seine Chancen. Wo brachte man ihn hin? In ein Waldstück, wo schon dieser hagere Mann mit der Pistole wartete, den er in der Kanalisation getroffen hatte? Ansgar schaute aus dem Fenster: Sie fuhren die Allersberger Straße Richtung Süden. Er klopfte ans Fenster und versuchte, andere Fahrer auf sich aufmerksam zu machen, aber niemand schaute. Doch, dann, eine Frau sah her! „Hilfe!“, schrie Ansgar. „Hilfe! Die wollen mich umbringen!“
Die Frau schaute wieder weg und blickte angestrengt auf die rote Ampel vor ihnen. Klar. Wenn jemand in einem Krankenwagen randalierte, machte das nicht den seriösesten Eindruck, wahrscheinlich dachten die Leute, da wäre ein Geisteskranker am Werk. Blieb wohl nur noch Abwarten.

Sie fuhren nach Westen, bogen Richtung Südwesttangente ab. Sie überquerten den Main-Donau-Kanal und wurden langsamer, es ging zum Hafen.
Und plötzlich verstand Ansgar, dass seine Chancen sich nicht nur etwas verschlechtert hatten. Sondern dass er sterben würde, wenn er jetzt nichts tat. Denn der Mechaniker steuerte den Wagen Richtung Kanal, sie bogen in ein brachliegendes Grundstück ein. Und wurden noch langsamer. Das Auto beschrieb einen kleinen Bogen. Dann hielten sie an. Ansgar presste sein Gesicht an die Scheibe, sah, wie der Mechaniker die Fahrertür öffnete und ausstieg. Es schien, als würde der Mann den Boden absuchen. Bestimmt hielt er Ausschau nach etwas, womit er das Gaspedal beschweren konnte. Im letzten Moment rauszuspringen, hielt er wohl zu gefährlich. Hektisch zuckte Ansgars Blick durchs Wageninnere, suchte irgendetwas, das ihm helfen könnte. Die Sauerstoffflasche. Er wuchtete das Ding hoch und hämmerte es gegen die Fensterscheibe, aber es tat sich nichts. Das Glas war zu stabil, auch bei der Hecktür hatte er kein Glück. Stattdessen sah er, wie der Mechaniker mit einem verrosteten Metallteil in der Hand zurückkehrte, dann verschwand er aus Ansgars Sichtfeld. Ein Quietschen – war das die Handbremse gewesen? Ansgar brach in ein hysterisches Lachen aus, als ihm bewusst wurde, wie absurd es war, dass jemand aus Gewohnheit die Handbremse anzog, bei einem Wagen, den er gleich im Main-Donau-Kanal versenken würde. In wenigen Augenblicken würden die Wassermassen durch Ritzen in der Karosserie eindringen, während Ansgar sank. Wie tief war der Kanal hier wohl? Drei, vier Meter? Das Wasser würde steigen, bis

Ansgar an der Wagendecke nach Luft schnappte. Ihn würde nicht viel von der Oberfläche trennen, aber trotzdem wäre sie unerreichbar, er wäre eingeschlossen in dieses Ding …
Er schaute hinauf zum Oberlicht – das nicht aus Fensterglas bestand. War das Plastik?
Der Wagen rollte an. Ansgar stieg hastig auf die Liege, hob die Sauerstoffflasche auf Hüfthöhe und wuchtete sie hoch, noch einmal, dann ein drittes Mal.
Ein schmaler Riss hatte sich gebildet.
Der Wagen fuhr nun schneller, jeden Augenblick würde er über die Kaimauer kippen …
Ansgar wuchtete die Flasche noch einmal in die Höhe, noch einmal … Und das Oberlicht gab nach. Ansgar streckte die Arme aus und zog sich hoch – doch im selben Moment spürte er, wie er fiel.
Er hatte ein lautes Platschen erwartet, doch das Geräusch, das er hörte, klang eher wie das Gurgeln eines Abflusses. Und dann war es, als würde jemand eine Badewanne über seinem Kopf ausleeren. Das Gewicht drückte ihn zu Boden, die Wassermassen warfen ihn umher. Ein letztes Mal schnappte er nach Luft und klammerte sich an dem fest, was er gerade zu fassen bekam, kniff den Mund und sogar die Augen zusammen, als könnte er die Luft so sicherer in seinen Lungen halten.
Plötzlich fühlte er sich schwer, die Kleidung zog ihn noch unten. Von oben drangen milchige Lichtstrahlen herein. Er ließ los und stieß sich ab. Mit Schuhen zu schwimmen, fühlte sich an, als würde er ständig am Wasser abrutschen,

als hätte er viel zu wenig Widerstand, aber den brauchte er doch, um rauszukommen …

Er paddelte, so stark er konnte, und bekam schließlich das Oberlicht zu fassen. Zog sich hinauf und zwängte sich hindurch. Er brauchte Luft, konnte kaum noch dem Drang widerstehen, zu atmen, aber er durfte nicht, noch nicht …

Im trüben Wasser konnte er kaum erkennen, wo oben und wo unten war. Aber das da musste es sein, Sonnenlicht, Sauerstoff, ganz nah!

Er ruderte ein letztes Mal – und sein Kopf tauchte aus dem Wasser auf. Er atmete ein und verschluckte sich, prustete und hustete, paddelte mit den Armen, um oben zu bleiben, dann fand er endlich Halt auf dem Wagendach.

Sobald die Panik des nahen Erstickens nachgelassen hatte, rieb er sich das Wasser aus den Augen und schaute sich um: In einiger Entfernung näherten sich Menschen, die auf ihn zeigten und riefen.

„Hier!“, schrie Ansgar überflüssigerweise und winkte. „Hier drüben!“

Ein Mann lief zu einem der Rettungsringe und schleuderte ihn in Ansgars Richtung. Er stürzte sich nach vorn, bekam ihn zu fassen und paddelte so schnell ans Ufer, wie es seine Kräfte zuließen.

Der Mann schaute ihm besorgt ins Gesicht. „Setz dich, ich ruf dir einen Krankenwagen.“

„Bloß nicht!“, würgte Ansgar hervor und machte ein paar unsichere Schritte Richtung Straße. Der Mann machte Anstalten, ihn aufzuhalten.

„Wirklich!“, beharrte Ansgar. „Mir fehlt nichts.“

„Du bist unterkühlt, du zitterst. Und bist kreidebleich. Hast du versucht, dich umzubringen?“ Tatsächlich war es eiskalt, Ansgar konnte seine Hände nicht mehr spüren. „Erst aus den Klamotten raus“, murmelte er. „Die sind so kalt.“
„In Ordnung, komm mit. Wir geben dir was.“ Er führte ihn in Richtung eines Firmengeländes. Währenddessen sprach er in sein Handy und erzählte etwas von einem Sprung in den Main-Donau-Kanal, womöglich ein Selbstmordversuch …
Sie betraten eine längliche Halle mit Spinden. Mit der Hilfe des Mannes zog Ansgar die klamme Kleidung aus und schlüpfte in eine Arbeiterkluft, die ihm viel zu groß war. Er rieb die Hände aneinander. Allmählich fühlte er wieder etwas. „Könnte ich einen heißen Tee haben, bitte?“, fragte er den Mann. Der nickte. „Sanitäter sind auch gleich da“, sagte er. „Die kümmern sich um dich.“ Er verschwand.
„Das glaub ich sofort“, murmelte Ansgar, klaubte sein Portemonnaie aus dem Jackett, wartete noch einen Moment und schlüpfte dann ebenfalls aus dem Zimmer. Ging den Flur zurück und verließ das Gebäude, verfiel in Laufschritt. Nicht nur, damit ihm warm wurde, sondern auch, damit ihn wohlmeinende Mitbürger nicht in die Finger kriegten – und vor allem keine Rettungssanitäter, von denen manche Sven hießen und die mit dieser kriminellen Bande unter einer Decke steckten. *Wir kriegen dich*, hatte er gesagt. Nicht ich, sondern wir. Und beinahe hatte er recht gehabt.
Ansgar wanderte bis zur Haltestelle Finkenbrunn und fuhr mit der S-Bahn zurück in die Innenstadt. Als er in seiner Straße ankam, beschlich ihn ein ungutes Gefühl. Das Haus sah aus wie immer – heruntergekommen, fehl am Platz.

Aber etwas war anders. Er ging auf der anderen Straßenseite daran vorbei. Ja, die Tür stand einen Spalt offen. Vielleicht hatte sich jemand am Schloss zu schaffen gemacht, aber das konnte er aus der Entfernung nicht erkennen. Trotzdem, das sah nicht gut aus. Und er würde sich hüten, in eine Falle zu tappen. Was, wenn der Mechaniker aus sicherer Entfernung zugeschaut hatte, wie Ansgar sich gerettet hatte?
Er ging weiter und hielt den Blick gesenkt. Man würde kaum erwarten, dass er in einer orangefarbenen Arbeiterkluft durch die Gegend spazierte, das war ein Vorteil. Manchmal war es unauffälliger, wenn man auffiel. Aber auch, wenn man ihm jetzt nicht folgte – hatte die Bande mitbekommen, wen er zuletzt besucht hatte? Überwachten Sie Katrins Wohnung, die seiner Mutter? Er musste sie warnen, aber ohne Handy war das schwer, und ihnen eine Nachricht in den Briefkasten zu werfen, traute er sich nicht.
Aber es gab jemanden, bei dem Ansgar noch nicht gewesen war. Und trotzdem hatte er die Adresse.
Er wandte seine Schritte Richtung U1 und fuhr bis Gostenhof. Es dauerte nicht lange, bis er die Straße gefunden hatte, die Johnny ihm genannt hatte. Ansgar klingelte, hörte aber nichts – vermutlich kaputt.
Die Haustür unten ließ sich ohnehin aufdrücken, also betrat er das Treppenhaus. Die meisten Klingelschilder waren unleserlich, aber im ersten Stock wurde er trotzdem fündig: eine Fußmatte mit Blumenmotiv und dem Schriftzug *Aloha!*
Er klopfte an die Tür.
Nichts tat sich.

Ansgar klopfte noch einmal, dann erscholl ein Rumpeln und ein Fluchen. „Chill mal, ich komm ja schon!"
Die Tür öffnete sich und eine würzige Dunstwolke wehte Ansgar ins Gesicht. Er musste husten.
„Coole Klamotte!", rief Johnny und schloss ihn in die Arme. „Haste endlich ne richtige Arbeit gefunden? Komm rein!"
Ansgar sparte sich den Kommentar und trat ein. Johnnys Wohnung war eine Mischung aus Hawaiianischer Hütte mit Holz und Blumendekor, Tech-Freak-Höhle und Surfshop. Alles lag in einem Dunst aus Marihuana.
„Hier, halt das mal", sagte Johnny und drückte ihm ein Bündel Kabel in die Hände. Er setzte sich eine Lötbrille auf und nahm an einem Tischchen Platz. „Ich muss das nur schnell fertig machen." Er hantierte an einem DVD-Rekorder herum. „Kabel." Ansgar reichte sie ihm.
„So, zack, wie neu!" Er schob sich die Lötbrille ins Haar und griff zum Joint, der neben ihm in einem Aschenbecher qualmte.
„Pflanz dich hin, wo Platz ist. Tee?"
„Gern." Er wischte ein paar alte Ausgaben *Rolling Stone* von einem Schemel, setzte sich und wartete, bis Johnny zurückkam.
„Original Mate", sagte er, als er ihm die Tasse hinstellte. „Der weckt die Lebensgeister. Auch einen Zug?" Er hielt ihm die Tüte hin.
Ansgar schüttelte den Kopf. „Ich bin hier, um dir meine Hilfe anzubieten", sagte er. „Im Fall der verschwundenen Surferin."

„Du meinst, du möchtest meine Venus vom Strand finden? Das ist super von dir, aber … Wie soll ich sagen. Das Basteln hier wirft nicht so viel ab, weißt du? Also, ich könnte dich nicht sofort … Du würdest deinen Lohn erst in ein paar Monaten bekommen. Cool damit?"
„Du musst mir gar nichts zahlen. Sieh es als Freundschaftsdienst."
„Yeah! Nieder mit dem Kapitalismus. Und wenn du mal ein altes Radio repariert haben willst, dann brings mir einfach vorbei."
„Es gäbe etwas anderes, womit du mich bezahlen könntest. Ich muss für ein paar Tage untertauchen. Vielleicht länger."
Johnny wedelte mit der Hand. „Sag nichts, sag nichts. Mi casa es tu casa! Das Sofa gehört dir."
„Gut. Ich fange gleich an, nach deiner Venus zu suchen."
„Wie, jetzt gleich? Komm erst mal an, erzähl mal, warum du untertauchen musst. Hat Cordula dir die Gerichtsvollzieher auf den Hals gehetzt?"
„Nein, nein, wir sind ja auch noch gar nicht geschieden … Ich erzähl dir später mehr. Erst mal der Fall, bevor ich mich hier einniste."
„Darfst du doch auch so. Chill mal."
„Wie lautet ihr Kennzeichen?"
„Ähm, also N … ähm … Ja. N auf jeden Fall."
„Weiß ich ja schon. Und weiter?"
Er zuckte mit den Schultern. „War zu schnell."
„Wie sah der VW-Bus aus?"
„Bunt bemalt, war auf jeden Fall ihrer und nicht geliehen oder so. So Pastelltöne, die hat echt Geschmack. Paar Blumen,

paar Wellen, ganz groß dieses Symbol …“ Er zeichnete es mit der Hand in die Luft, die den Joint hielt. „Du weißt schon.“
„Nein.“
„Na, dieses indische Symbol, für Om.“ Er malte es mit Asche auf den Tisch: ॐ.
„Hm.“ Das Gefährt war auf jeden Fall auffällig genug, um eine Spur zu sein. Andererseits war es schon ein paar Jahre her, dass Johnny das Gefährt zu Gesicht bekommen hatte.
„Ich sehe, was ich machen kann“, meinte Ansgar. „Statt Spesen müsste ich mir Kleidung von dir leihen, wäre das ok?“
Er musterte Ansgar. „Das wird aber knapp mit deinen langen Beinen. Ich kenne eine Kleiderkammer, da könnten wir …“
„Auf keinen Fall. Nur geliehen, nur von dir.“
„In Ordnung, wie du willst. Wenigstens bist du dann bestens gewappnet, wenn dich ein Hochwasser überraschen sollte.“
Ansgar stand auf. „Wie meinst du das? Warum sagst du das?“
Johnny blickte ihn mit großen Augen an. „Naja, Hochwasserhosen halt. Nennt man doch so, wenn sie zu kurz sind. Mann, du bist wirklich durch den Wind. Nicht mal nen Zug nehmen?“
„Nein, danke. Bin nur überarbeitet.“
Johnny nickte und blies noch mehr Dunst ins Zimmer. „Verdammter Kapitalismus. Wenn du was nachschauen musst, kannst du mein Arbeitszimmer benutzen. Pass auf, dass du nicht stolperst.“
Als Ansgar das Zimmer betrat, verstand er, was Johnny gemeint hatte: Auf dem gesamten Boden schlängelten sich Kabel, alles war vollgestopft mit Elektrogeräten. In einer Ecke stand ein altmodischer Computer mit Röhrenbild-

schirm. Ansgar fuhr ihn hoch, es dauerte ziemlich lange. Dann suchte er nach allen möglichen Meditationszentren und Yoga-Schulen. Es gab mehr davon in Nürnberg, als er erwartet hatte. Er durchforstete die Seiten: Das Angebot durfte ruhig sportlich daherkommen, immerhin war die Dame Surferin. Traditionelle indische Meditationspraktik, das passte auch ganz gut … Er sammelte etwa ein Dutzend Einträge und griff dann zum abgegrabbelten Telefon.

„Camerarius hier, ich suche die Besitzerin eines alten VW-Busses, der es mir angetan hat. Kann natürlich sein, dass sie ihn nicht verkaufen will, aber fragen schadet ja nichts. Hab den jetzt schon zwei Mal gesehen, der hat so eine ganz besondere Verzierung …“

Beim siebten Anruf hatte er Glück. Eine ruhige, rauchige Frauenstimme fragte: „Mit großem Om drauf?“

„Ja, genau. Richtiger Hippie-Bus, der ist wie aus der Zeit gefallen.“

„Den wird sie Ihnen nicht verkaufen, da mach ich jede Wette.“

„Ich würde es trotzdem gern versuchen. Einmal hat auch jemand nicht verkaufen wollen, aber tauschen. Ich hab ein paar Oldtimer, in die verlieben sich manche auf den ersten Blick, und dann wollen sie nichts anderes mehr.“

„Ich frage sie, ob ich Ihnen ihre Kontaktdaten geben darf.“

„Danke sehr.“

Er legte auf und ging zu Johnny zurück. „Erledigt. Hier.“ Er streckte ihm einen Zettel mit der Adresse des Yoga-Studios hin. „Da meditiert sie. Geh hin und triff deine Venus.“

Johnnys Augen wurden groß. „Wirklich? Oh Gott, das kann ich nicht, wenn ich mir nur vorstelle, wie sie den Herabschauenden Hund macht …“
„Ok, ok, keine Details.“
„Das ist eine Yoga-Pose.“
„Ach so. Also dann.“ Ansgar klatschte in die Hände. „Ich telefoniere noch kurz, dann bin ich wieder weg. Ich belästige dich nur abends mit meiner Anwesenheit oder wenn ich recherchieren muss. Bis später.“
Johnny starrte immer noch auf den Zettel mit dem Yoga-Studio. „Yo“, murmelte er. „Halt die Ohren steif.“
Ansgar griff noch einmal zum Hörer und klingelte bei Katrin durch.
„Was ist passiert?“, fragte sie. „Warum gehst du nicht ans Handy?“
„Ich hab's unterwegs verloren. Dumme Sache.“
„Was? Wie kannst du denn … Egal. Man hat einen Krankenwagen gefunden, der vielleicht in Verbindung mit der Bande steht.“
„Ach? Wo?“
„Im Main-Donau-Kanal. Dubiose Umstände. Und Zeugen wollen einen verwirrten, unterkühlten Mann gesehen haben, der leider entwischt ist.“
„Blöd gelaufen … Woran ist Reisinger sonst gerade noch dran?“
„Ich hab versucht, ihm das mit der Burg zu stecken, aber er stellt sich taub. Ist sich sicher, dass die Bande jederzeit und überall zuschlagen könnte.“

„Mist. Ich mach mir nachher selbst mal einen Eindruck von der Ausstellung. Wenn das Schwert dann noch da ist. Kann ich auf dem Weg die Fotos abholen, die du im Lagerhaus gemacht hast?“
„Klar, komm vorbei.“
„Aber lieber in der Redaktion. Ich habe ein ungutes Gefühl.“
„Ernsthaft, wenn’s schon so weit ist, dann geh halt endlich zur Polizei! Sonst passiert noch was.“
Ansgar dachte an sein Bad im Main-Donau-Kanal, bei dem er fast umgekommen wäre. „Nein, ist nur eine reine Vorsichtsmaßnahme. Freu dich doch, dass ich so ein vorsichtiger Mensch bin.“
Er hörte sie seufzen. „Na gut. Kann in einer halben Stunde da sein.“
„Hinterlegst du die Fotos einfach am Empfang? Man muss uns ja nicht unbedingt zusammen sehen.“
„Wirklich? Und wann sehen wir uns dann wieder?“
„Bald. Wenn alles vorbei ist.“
„Wenn du meinst … Ich habe übrigens noch was Interessantes aufgetrieben, das leg ich dir zu den Bildern. Ich frage mich schon die ganze Zeit, wo die Bande ihr Zeug lagert, und es gibt gar nicht so viele Briefkastenfirmen mit viel Lagerraum. Ist vielleicht ein Anfang.“
Er fuhr zurück in die Innenstadt und wanderte zum Gebäude der *Nürnberger Nachrichten*, setzte sich neben Willy Brandt auf eine Bank und behielt den Eingang im Blick.
Katrin kam nach einer Weile, Ansgar erkannte sie schon von weitem. Am liebsten wäre er aufgestanden und hätte ihr gewinkt, damit sie herüberkäme und sich neben ihn setzte.

Ganz dicht, weil es ein kalter Novembertag war. Bei der Vorstellung spürte er ein leichtes Ziehen im Bauch. Er sah ihr dabei zu, wie sie im Gebäude verschwand, und starrte noch eine Weile die Tür an.
Dann stand er auf und ging zum Empfang, um den Umschlag abzuholen.
„Für Camerarius", sagte er zu dem Mann am Schalter. Der reichte ihm ein Kuvert, dann griff er in seine Hosentasche und zog einen Zettel hervor. „Das hier ist auch für Sie."
Ansgar zögerte einen Moment, bevor er das gefaltete Blatt entgegennahm. „Von ...?"
Der Mann zuckte mit den Schultern. „Hat wer hier abgegeben für einen Camerarius, der sind Sie."
Ansgar bedankte sich hastig und machte, dass er rauskam. Zuerst klappte er das Zettelchen auf:

Halt dich heute von der Burg fern.
- S

Ansgar lachte auf. Dachten sie ernsthaft, er würde noch einmal darauf hereinfallen, groß Alarm schlagen und für die nötige Ablenkung sorgen?
Er öffnete Katrins Kuvert. Es enthielt Bilder und eine Liste mit Firmen. Weil er Johnny nicht belästigen und seine eigene Wohnung nicht betreten wollte, ging er in die Stadtbibliothek. Er verzog sich nach rechts in den Lernraum und breitete die Fotos auf dem Tisch aus.
„Was hast du da?", fragte eine Stimme hinter ihm.
Ansgar fuhr herum. „Uff! Was machst du denn hier?"

„Hä?“, fragte Annegret. „Lernen für die Schule, was denn sonst? Ich bin meistens hier, schön ruhig.“
„Ach ja, du bist Schülerin …“
„Was dachtest du? Hauptberufliche Partymaschine, so wie du? Also, was hast du da?“
„Fotos“, murmelte Ansgar und schob sie etwas zusammen, obwohl Annegret wohl kaum eine Gefahr darstellte.
„Sieht creepy aus“, sagte sie, während sie über seine Schulter blickte. „Von nem Stalker, ne? Kumpel von dir?“
„Nein, die hat jemand gemacht, der einem Dieb auf der Spur war …“
Annegret beugte sich vor und schob die Fotos wieder auseinander, damit sie besser sehen konnte. Ansgar ließ sie gewähren, es würde sowieso nichts bringen, sie davon abhalten zu wollen.
„Der war aber fleißig. Wer ist das hier?“, fragte sie und zeigte auf einen Namen.
„Der Dieb.“
„Hm. Den kenn ich nicht.“
„Ach was.“
Ansgar überflog die Artikel und Notizen. Trotz der Fülle hatte Heinrich die Informationen recht übersichtlich angeordnet, aber noch immer war es ein einziges Chaos an Namen, Daten und Zahlen. Doch ein Name zog seinen Blick an.
„Hey, und was wäre, wenn …“, begann Annegret.
„Pscht!“, unterbrach Ansgar sie und zog ein Foto näher zu sich heran. *Charakter*, stand dort geschrieben. Und ein Name: *Ruth Gerstenmüller.* „Die kenne ich“, sagte er mehr zu sich als zu Annegret.

„Wen?“, fragte Annegret. „Ach, die Gerstenmüller. Mein großer Bruder hatte die in Deutsch. Warst du auch auf dem Dürer? Hätt ich jetzt gar nicht gedacht, dass das so alt ist …“
Was hatte Heinrich mit *Charakter* gemeint? Vielleicht hatte Volker Grunemann schon in der Schule geklaut und Frau Gerstenmüller hatte ihn geschnappt? Auf jeden Fall musste Ansgar Kontakt zu seiner ehemaligen Lehrerin aufnehmen. Sie war damals neu im Beruf gewesen, er hatte sie engagiert in Erinnerung, herzlich … In der fünften und sechsten hatte er sie gehabt, soweit er sich erinnerte.
„Ich muss los“, sagte er und ließ Annegret sitzen.
„Wann gehen wir mal wieder in die Granate?“, rief sie ihm hinterher, aber er ignorierte sie.
Er ging hinauf zu einem der Internet-Arbeitsplätze und schaute nach, ob Frau Gerstenmüller im Telefonbuch stand – stand sie, sie wohnte in Erlenstegen.
Ansgar fuhr mit der Linie 8 hin. Bevor er am Telefon etwas von Schulzeit und einem Verdächtigen faselte, klingelte er lieber gleich bei der Dame und hoffte, dass sie sich an ihn erinnerte. Was wahrscheinlich war, weil Ansgar in der Schule eher lebhaft gewesen war, zumindest in den unteren Stufen.
Frau Gerstenmüller wohnte in einem gemütlichen Einfamilienhaus mit kleinem Garten. Das Gemüsebeet sah etwas verwildert aus und Ansgar konnte sich gut vorstellen, wie hier im Sommer die Brombeeren wucherten.
Er klingelte und wartete. Drinnen tat sich etwas. Die Tür wurde schwungvoll geöffnet, eine Frau mit langem, dunklem Haar stand vor ihm. Es fehlte zwar der Dutt, aber das war eindeutig seine Lehrerin von früher. Ansgar stammelte

„Tag“, weil er sich plötzlich wieder wie in der Schule fühlte. Erinnerungen schwappten vorbei, an Bänke, Noten und Pausenbrote.
Frau Gerstenmüller sah ihm in die Augen. „Kann ich Ihnen helfen?“ Ihre Stimme klang sicher und etwas kühl. Eine Autoritätsperson war sie immer noch.
„Ja, ähm. Ansgar. Von früher? Sie waren meine Lehrerin.“
Frau Gerstenmüller legte den Kopf schief. „Camerarius?“
„Richtig! Sie erinnern sich?“
Sie trat einen Schritt zurück und wies ins Haus. „Natürlich.“ Sie lachte. „So einen Schüler vergisst man nicht.“
Ansgar trat in den Flur und folgte Frau Gerstenmüller ins Wohnzimmer. „Tee?“, fragte sie.
Ansgar nickte und schämte sich dafür, dass er hoffte, sie würde auch Kekse bringen. Er aß viel zu unregelmäßig in letzter Zeit.
Kurz darauf kam Frau Gerstenmüller mit Tee und Gebäck zurück. „Greif zu“, sagte sie.
„Danke. Ich möchte Sie auch gar nicht lang stören. Ich arbeite mittlerweile als privater Ermittler und bin an einem Fall dran, bei dem Sie mir helfen können.“
„So? Worum geht's?“
Er schob ihr ein paar der Fotos hin, unter anderem das mit ihrem Namen. Sie runzelte die Stirn. „Woher stammt das?“
„Jemand hat versucht, einen alten Diebstahl aufzuklären. Der Verdächtige heißt Volker Grunemann.“ Ansgar beobachtete ihr Gesicht. Etwas regte sich darin. Ein Wiedererkennen in den Augen. Die Falten um den Mund wirkten plötzlich tiefer. Nach einem Moment war alles wieder vorbei.

„Sagt mir nichts", meinte Frau Gerstenmüller. „Aber es ist unheimlich, dass irgendjemand meinen Namen kennt und glaubt, ich hätte etwas mit einem Diebstahl zu tun."

„Ich denke eher, er hat Sie als Zeugin betrachtet. Dass Sie etwas über den Charakter des Kriminellen wissen. Sind Sie sicher, dass Sie niemals einen Volker Grunemann unterrichtet haben?"

Sie blickte Ansgar eine Weile ins Gesicht. „In welchem Fall genau ermittelst du?"

Er zögerte. Sie wusste etwas, wollte aber nicht damit herausrücken. Er musste sie überzeugen, dass sein Anliegen wichtig war.

„Es geht um die Raubserie. Volker Grunemann könnte etwas damit zu tun haben. Wir sind uns nicht sicher, deshalb brauchen wir Ihre Hilfe."

„Volker …" Sie lächelte schief. „Ich kann mir nicht vorstellen, dass er etwas verbrechen könnte."

„Das heißt, Sie kennen ihn?"

„Oh ja." Wieder schaute sie ihm direkt in die Augen. Ihr Blick war konzentriert, etwas stechend. „Und du kennst ihn auch."

„Grunemann? Nie gehört."

„Aber du kennst noch Volker, richtig? Klein und hager, ganz verloren auf der neuen Schule, gehänselt …"

Ansgar kramte in seinen Erinnerungen. Ja, er hatte einen Mitschüler namens Volker gehabt, ein, vielleicht zwei Jahre lang … Die anderen hatten den schmächtigen Bub gehänselt, Ansgar hatte nie viel mit ihm zu tun gehabt. Seinen Mitschülern höchstens mal gesagt, wenn sie es zu weit trieben, er

hatte immer schon einen starken Gerechtigkeitssinn gehabt.
„Aber Grunemann?“, hakte Ansgar nach.
„Als er bei uns auf der Schule war, hieß er noch Seibold. Nach der Sache … Er ist dann in eine andere Familie gekommen.“ Frau Gerstenmüller blickte auf ihre Hände. „Mehr kann ich dir nicht sagen.“
„Ich muss es wissen. Was ist geschehen?“
„Ich darf nicht darüber sprechen. Auch nach so vielen Jahren gilt Schweigepflicht.“
„Aber Volker gehört vielleicht zu einer Bande, die Menschenleben auf dem Gewissen hat! Sie haben schon zwei Wachleute umgebracht, sogar die Lorenzkantorin! Und mich hätten sie fast ertränkt, eingeschlossen in einen Krankenwagen. Bitte, Sie können dazu beitragen, dass ich sie schnappen kann. Wer weiß, wer als nächstes zu den Opfern dieser Irren zählt. Haben Sie Kinder, Enkel?“
Frau Gerstenmüller hielt den Blick weiterhin gesenkt. Dann gab sie sich offenbar einen Ruck. „Na gut. Was musst du unbedingt wissen?“
„Warum er von der Schule ist, warum er in eine andere Familie gekommen ist. Was er danach getrieben hat, falls Sie noch Kontakt zu ihm hatten.“
Sie nickte. „Also gut. Kanntest du Volkers Vater?“
Ansgar schüttelte den Kopf. „Ich weiß nur, dass er Pfarrer war.“
„Richtig. Und es gab Probleme in der Familie, beziehungsweise, eigentlich gab es nur Probleme mit dem Mann. Er hat getrunken, war gewalttätig. Anfangs nur gegenüber der Mutter.“ Sie pausierte. „Das alles habe ich erst später erfahren.

Als Erstes habe ich im Sommer die blauen Flecken gesehen, wenn Volker kurze Kleidung trug. Unterarme, Knie. Ich habe ihn gefragt, ob die anderen Kinder ihn wieder malträtiert haben, aber er hat nichts verraten. Hat gesagt, der Ansgar beschützt ihn vor den anderen." Sie lächelte. „Ich erinnere mich noch, wie du damals warst. Hast damals Buben wie ihn in Schutz genommen."

„Naja, vielleicht hin und wieder was gesagt, wenn es zu viel wurde ..."

„Du warst der Einzige, der überhaupt auf seiner Seite stand. Ich weiß, dass es dir leicht vorkam, du warst ja beliebt. Für den ganzen Quatsch, den du im Unterricht gemacht hast, wie oft war deine Mutter bei mir, mein Gott ... Wie auch immer: Er hatte diese blauen Flecken und es wurden mehr. Irgendwann hab ich ihn in der Pause dabehalten. Und obwohl es natürlich verboten war und man mich vermutlich rausgeworfen hätte, habe ich ihn gebeten, mir seinen Rücken zu zeigen. Er hat das T-Shirt gehoben ..." Sie blickte vor sich hin. „Damals wurde viel gestritten darüber, ob es so etwas wie eine harmlose Tracht Prügel gab. Aber das, was ich auf diesem Kinderrücken gesehen habe, war auf jeden Fall weit jenseits davon. Es war eine schwere Misshandlung, ich habe es der Schulleitung gesagt, sie der Polizei und so weiter ... Volker wollte unbedingt von seinem Vater weg. Der Mann ließ nicht nur seinen Frust an ihm aus, sondern machte den Bub auch dafür verantwortlich, dass ihm die Ehefrau ‚durchgebrannt' war, wie er es nachher nannte. Dabei war sie vor seiner Gewalt geflüchtet, weil sich die Ausbrüche davor immer nur gegen sie gerichtet hatten. Aber Volker musste danach genauso leiden." Sie faltete die Hände ineinander und lächelte gezwungen. „Das war die ganze Geschichte. Volker war im Heim, dann bei einer anderen Familie."

„Und wie waren die? Die Grunemanns?"

„Liebevoller. Sie hatten hart geschuftet, um ein Kind adoptieren zu dürfen. Damals gab es zwar nicht so viele Auflagen wie heute, aber immer noch genug. Man musste schon recht vermögend sein. Die Grunemanns sind es geworden, um sich den Traum eigener Kinder erfüllen zu können, weil es anders nicht geklappt hatte. Verzeihung, ich rede wie ein Wasserfall, aber diese Sache mit Volker hat mich lange begleitet. Ich war damals noch ganz neu im Beruf, und dann gleich so etwas – das hat mich nicht mehr losgelassen, nächtelang. Ich habe viel mit allen geredet, weil ich unbedingt wollte, dass es ihm bessergeht. Er war immer so wehrlos und schüchtern."

Ansgar ließ die Geschichte auf sich wirken. Nach wie vor hatte er nur verschwommene Erinnerungen an Volker. Was wäre gewesen, wenn er sich mehr für den Mitschüler eingesetzt hätte? Wenn er ihn mal zu sich nach Hause zum Spielen eingeladen hätte, der Bub eine Zeitlang ohne seinen Vater gewesen wäre, das alles viel früher ans Licht gekommen wäre … Müßig, darüber nachzudenken.

„Ich weiß schon, was du denkst", sagte Frau Gerstenmüller, die ihn beobachtet hatte. „Hätte man dies getan, hätte man das getan. Aber du warst ja schon ein guter Einfluss. Ich glaube, du warst ein Vorbild für ihn, er hat dich bewundert. Wenn er erzählt hat, wie die anderen gemein zu ihm waren, dann hat er dich immer ausgespart und geschildert, wie du ihn beschützt hast."

„Naja, beschützt …“
„Doch, doch. Du darfst nicht vergessen: Du warst der Einzige in der ganzen Klasse, der überhaupt mit ihm geredet hat. Dafür war er dir dankbar. Unterschätz nicht, was ein paar gutgemeinte Worte zur rechten Zeit bewirken können.“
Sie sprachen noch eine Weile über Volkers Werdegang nach der Schule: Mal hier ein Job, mal da eine Gelegenheitsarbeit. Ausbildung oder Studium hatte er nicht absolviert. „Er war wie getrieben“, sagte Frau Gerstenmüller. „Immer etwas anderes, nie richtig dabei. Zuletzt habe ich ihn getroffen, da war er Anfang zwanzig. Zufällig, auf der Straße. Wir haben uns kurz unterhalten, es war seltsam. Er ist dauernd abgeschweift, wollte keine Frage beantworten. Hat viel von Theorien und Manifesten gesprochen. Zu der Zeit hat er im GNM gearbeitet, als Wachmann.“
Ansgar verabschiedete sich bald darauf. Durch seinen Kopf schwirrten Erinnerungsfetzen. Ja, er hatte sich hin und wieder mit Volker unterhalten, sie waren eben Sitznachbarn gewesen. Die Gespräche waren Ansgar kaum noch präsent, was hätte er als Fünftklässler schon Großartiges von sich geben sollen? Trotzdem war es unheimlich, dass er Volker kannte, wenn auch nur flüchtig. Dieser lange, hagere Mann in der Kanalisation, war das der schmächtige Schüler von damals gewesen? Der nun mit einer Pistole herumfuchtelte, der vielleicht Leute darauf angesetzt hatte, Ansgar umzubringen? Ansgar wanderte eine Weile ziellos umher, um seine Gedanken zu sortieren. Dann hielt er inne. Führte Volker einen Rachefeldzug gegen all jene, die es leichter gehabt hatten als er? Es wurde Zeit, sich diese Raubritter-Ausstellung näher

anzuschauen. Nicht nur, um zu überprüfen, wie sicher das goldene Richtschwert war. Sondern auch, um zu verstehen, wie diese Bande tickte. Wir sind die *Raubritter* …

KAPITEL 5

Ansgar fuhr zum Tiergärtnertor, wanderte weiter zur Vestnertorbrücke und betrat das Burggelände. Johnnys Hose war nicht nur zu kurz, sondern zwickte auch in den Kniekehlen und im Schritt, aber Ansgar ignorierte es. Auch der Aussicht von der Panoramaplattform schenkte er keine Beachtung, stattdessen stapfte er am Sinwellturm vorbei und ging geradewegs zum Ticketverkauf. Die Frau am Empfang wünschte ihm viel Vergnügen. „Alle Stunde wird das Schwert übrigens vorgeführt."

„Es wird … Wie bitte?"

„Also, eine Replik, natürlich. Nicht das goldene in der Vitrine. Alle volle Stunde köpft der Henker mit einem Richtschwert einen Kürbis."

„Er köpft einen … in Ordnung. Danke sehr. Kann's kaum erwarten."

Sie lächelte. „Kommt bei den Besuchern immer gut an."

Er wandte sich nach links in den inneren Burghof. Auf einer der Bänke hatten es sich zwei Polizisten bequem gemacht, ansonsten sah Ansgar keine Sicherheitsvorkehrungen. Hoffentlich waren drinnen haufenweise Beamte in Zivil unterwegs …

Ansgar startete den Rundgang und durchquerte den Rittersaal. Plakate informierten über das Treiben der Raubritter, die im 14. Jahrhundert die Handelswege um Nürnberg unsicher gemacht hatten. Er stieg die Stufen zur Kapelle hinauf, ging durch den Kaisersaal. Die eigentliche Raubritter-Ausstellung befand sich in der Kemenate, im Palas hatte man nur ein paar Hinweise platziert – und das Richtschwert. Ansgar gelangte in den fensterlosen Eckraum. Wo sonst die Kaiserkrone zu sehen war, hatte man eine Vitrine mit dem Schwert aufgestellt. Vermutlich hatte kein anderer Raum die Anforderungen an das kostbare Kleinod erfüllt. Nun verstand Ansgar auch, wohin Reisinger die meisten Polizisten beorderte: Sie bewachten irgendwo einen Tresor, in dem vorübergehend die Krone lagerte.
Ansgar trat näher an die Vitrine heran. Das goldene Richtschwert war kleiner, als er erwartet hatte. Die Klinge war nur unterarmlang. Andererseits, es war ja auch nur ein Symbol gewesen, kein Henker hatte damit je ein Genick treffen müssen.
Während Ansgar dastand und das Objekt betrachtete, füllte sich der Raum allmählich. Ansgar spähte nach links und rechts, ob irgendjemand eine auffällig gebauschte Jacke trug, in der man ein Schwert verschwinden lassen könnte. Aber es schienen allesamt ganz gewöhnliche Besucher zu sein, ein paar Kinder waren auch da. Nette Idee von den Eltern, sie zur Kürbisenthauptung mitzunehmen.
Um Punkt 14 Uhr erschien ein Mann in weiter Henkerskluft. Er trug eine spitze, schwarze Kapuze und hielt ein Schwert in den Händen, das um einiges größer war als das

goldene in der Vitrine. Vorn schien es wie abgebrochen, es hatte eine glatte Kante statt einer Spitze. Der Beschriftung an der Vitrine hatte Ansgar bereits entnommen, dass das eine Eigenart von Richtschwertern war, damit man sie nicht in der Schlacht benutzen konnte – zum ehrenhaften Fechten durften die Mordinstrumente des verpönten Henkersstandes nicht hergenommen werden.

„Seid gegrüßt!", sprach der Henker in die Runde. Ansgar schaute sich um: Wo war denn der Kürbis, der gleich dran glauben sollte?

Der Henker schritt einmal im Kreis und zeigte das wuchtige Schwert vor. „Ihr wohnet nun einer einzigartigen Vorstellung bei", sagte er. „Höret, Volk von Nürnberg und weither." Er ging vor zwei Kindern auf die Knie. „Und Mädchen und Buben. Schreibet euch hinter die Ohren: Heute strafen wir all jene, die nicht so leben, wie es sich ziemt."

Er blieb vor Ansgar stehen, sah ihm direkt in die Augen. Durch die zwei Gucklöcher konnte Ansgar nichts vom Gesicht erkennen, nur einen starren Blick aus blauen Augen.

„Heute halten wir Gericht", sagte der Mann. Er hob das Schwert und hielt es Ansgar an den Hals. Ein paar Zuschauer lachten nervös.

Ansgar schluckte.

Das ging doch zu weit, was sollte denn das?

Der Henker fixierte Ansgar nach wie vor mit seinen blauen Augen. Und in Ansgars Kopf begann es zu arbeiten. Könnte das … Hatte Volker damals so …

„Denn ich", sagte der Maskierte, „bin der Henker Bodo."

Im Raum war es mittlerweile still geworden. Niemand lachte mehr. Etwas lag in der Luft – etwas, das nichts mit der Henkershow zu tun hatte. Nein, das hier war kein Spaß, und alle spürten es.
Bodo brachte sein maskiertes Gesicht näher an Ansgar heran. Das Kostüm roch nach muffigem Leder.
„Die Hinrichtung mit dem Schwert!", rief Bodo so laut, dass Ansgar zusammenzuckte. „Sie war im Mittelalter eine ehrenhafte Strafe. Das hieß, wer sie über sich ergehen ließ, stellte das Ansehen seiner ganzen Sippschaft wieder her. Was im Umkehrschluss hieß: Wer sich ihr entzog, riss seine Familie mit ins Verderben. Und seine Freunde." Er senkte die Stimme. „Und die hat doch jeder, nicht wahr? Wie könnten sie heißen?" Bodo flüsterte nun. „Henriette? Katrin? Jonathan?"
Ansgar hielt ganz still, als der Henker ausholte. Die Warnung war deutlich genug gewesen. Wenn Ansgar jetzt zurückwich, dann würde er andere ins Verderben stürzen.
Er schloss die Augen.
Das war's also.
Hätte er doch nur auf Katrin gehört und sich rausgehalten. Jetzt zahlte er dafür. Und wenn er andere damit retten konnte, dann musste es sein, dann durfte er sich jetzt nicht regen. Jeden Moment würde ihm das Schwert den Hals aufschlitzen. Bestimmt hielt Bodo ein solches Schwert zum ersten Mal in den Händen und war ungeübt, er würde ein paar Schläge brauchen.
Als sich nichts tat, öffnete Ansgar die Augen wieder. Gerade rechtzeitig, um zu sehen, wie der Henker ausholte. Dann sah Ansgar die wuchtige Klinge auf sich zurasen, versuchte still

zu halten – aber es gelang ihm nicht. Im letzten Moment zuckte er zurück, die Klinge sauste an seinem Kinn vorbei. Bodo taumelte kurz, fing sich aber sofort wieder. „Schade", stellte er fest. „Du hättest sie alle retten können." Dann drehte er sich zur Vitrine hinter sich und donnerte die Waffe gegen das Glas.

Sofort schrillte eine Sirene auf, ein Glassplitterregen prasselte auf die Umstehenden herab. Ansgar hechtete nach vorn, um Bodo festzuhalten, doch eine Druckwelle warf ihn zurück. Er kauerte sich auf den Boden und spürte, wie ihn etwas am Kopf traf.

Als er sich aufrichtete, war alles neblig. Ein Zischen, dann stieg noch mehr Nebel auf. Ansgar hustete. Er hörte Kinder schreien, ein Mann rief um Hilfe. Nirgends eine Spur von Bodo, nur die Sirene schrillte noch laut. Wo waren die Beamten, die Reisinger auf der Burg postiert hatte? Als sich Ansgar zum Ausgang tastete, rauschte eine schwarz vermummte Gestalt an ihm vorbei und bellte in ein Funkgerät: „Die Tür ist dicht, verdammt, sprengt die andere Wand auf!"

Ansgar griff nach der Kapuze und bekam Stoff zu fassen. Kräftige Finger schlossen sich um seine Hände, er rang mit Bodo, der Henker warf ihn zu Boden, aber trotzdem ließ Ansgar die Kapuze nicht los. Dieser Mann hatte ihn und seine Liebsten bedroht, er würde ihn nicht ungestraft davonkommen lassen. Aber der andere war stark. Er stieß Ansgar von sich und richtete sich auf. Nur seine Kapuze verblieb in Ansgars Händen.

Und sogar durch den Nebel erkannte dieser den Mann, der vor ihm stand. Drahtig und groß, heller Stoppelbart, blaue

Augen. Schmale Nase, flache Wangen. Die erwachsene Version seines Sitznachbarn von damals.
Ansgar starrte ihn mit offenem Mund an. „Warum?“, schrie er gegen den Sirenenlärm an.
Aber Volker wandte sich ab und verschwand im Nebel. Eine zweite Explosion erschütterte die Burg. Ansgar rappelte sich auf und machte, dass er wegkam. Alle anderen waren bereits geflüchtet, die Räume lagen gespenstisch verlassen da. Nur das An- und Abschwellen der Sirene war nun zu hören.
Als er fast am Ausgang angekommen war, kam ihm eine Gestalt entgegen. „Runter!“, schrie eine Frauenstimme. „Polizei!“
„Na toll“, murmelte Ansgar und legte sich bäuchlings in den Staub.

Eine Stunde später saß er wieder im Verhörraum, ihm gegenüber stand Reisinger.
„Sie geben keine Ruhe“, sagte der Kripo-Chef. „Und hatten Kontakt zu einer Kriminellen. Stopp“, fügte er hinzu. „Streiten Sie es nicht ab. Sie zählen zu unseren Verdächtigen, glauben Sie, wir bekommen nichts mit?“
Er zog den Zettel aus der Tasche, den man Ansgar gleich nach der Verhaftung abgenommen hatte. „Jemand hat Sie gewarnt, die Burg nicht zu betreten. Wer? Warum?“
„Dieselbe Person, die mich schon einmal reingelegt hat.“
„Ach, jetzt sind Sie plötzlich der arme Kerl, mit dem ich Mitleid haben soll. Sie rücken jetzt mit der Sprache raus, Camerarius. Oder es wird Folgen haben.“

„Ich habe doch alles gesagt! Und ich sage es Ihnen dauernd, aber Sie hören nicht! Man wollte mich umbringen. Der Chef der Bande hat meine Familie bedroht, meine Freunde."

„Wer Sie warum bedroht, spielt jetzt keine Rolle. Viel wichtiger ist, warum …"

„Zu meinen Freunden zählt auch Katrin, Sie Ochse! Der Chef der Bande hat sogar ihren Namen genannt. Kümmern Sie sich darum, dass man sie bewacht. Und zwar besser als das goldene Schwert."

Reisinger winkte einen Beamten zu sich und murmelte ihm etwas zu.

„Außerdem Henriette Camerarius und Jonathan Winkler", fuhr Ansgar fort. „Beide hat der Bandenchef ausdrücklich genannt. Sollte ich mich nicht von ihm umbringen lassen, dann wird ihnen etwas geschehen, hat er gesagt."

Reisinger nickte dem Beamten zu, der sich etwas notierte und dann verschwand.

„Und ich weiß, wie der Chef heißt", fuhr Ansgar fort. „Volker Grunemann. Statten Sie ihm einen Besuch ab."

„Mal schauen."

„Das mit dem Juwelier ist schiefgelaufen, gebe ich zu. Aber mit dem Schwert hatte ich recht und mit Grunemann auch. Lassen Sie ihn heute noch festnehmen und die Sache ist vorbei."

„Welche Beweise haben Sie?"

„Ich habe ihn auf der Burg selbst gesehen. Ein ehemaliger Mitschüler."

„Hat ihn sonst noch jemand gesehen?"

„Nein, er trug eine Kapuze."

„Also habe ich wieder nur Ihr Wort."
„Lassen Sie ihn beschatten, Sie werden schon sehen."
„Dafür brauche ich mehr als irgendwelche Vermutungen. So etwas hätte mich schon einmal fast den Job gekostet."
„Ich … Also …" Ansgar ließ den Kopf hängen. Echte Beweise hatte er nicht. Nur Saskias Informationen, die sie wohl kaum bei der Kripo wiederholen würde, und Volkers Lebensgeschichte, die noch lange kein Beweis war. „Gut, ich gebe auf. Ich halte mich ab jetzt raus. Lasse Sie machen. Viel Erfolg."
Er stand auf und hoffte, dass Reisinger die Gelegenheit nicht nutzte, um ihn einzubuchten. Aber offenbar hielt er Ansgar nicht mehr für so verdächtig wie bei ihrem letzten Treffen. Wenigstens das hatte Saskias Verrat bewirkt.
Draußen lenkte Ansgar seine Schritte in Richtung seiner Wohnung. Auch, wenn es riskant war, brauchte er etwas daraus – denn einer Spur war er noch nicht gefolgt. Und dass er es wirklich gut sein ließ, kam natürlich nicht in Frage.
Die Haustür war immer noch beschädigt, was ihn nicht wunderte. Er drückte sie auf und wartete eine Weile, bis sich seine Augen ans Dämmerlicht gewöhnt hatten. Dann stieg er so leise wie möglich die Treppe hinauf.
Auch oben stand die Tür ein Stück offen. Ansgar stieß sie vorsichtig auf und machte sich bereit, die Treppen hinabzusprinten – aber es regte sich nichts. Er lugte hinein: Niemand da. Sie hatten die wenigen Möbel auseinandergenommen und auch in der Küchenzeile gewütet. Die Kaffeekanne, die den Umzug knapp überlebt hatte, lag zerborsten vor dem Kühlschrank. Ansgar fühlte Wut in seinem Bauch.

Was bildeten die sich ein? Bedrohten ihn, verwüsteten seine Wohnung. Er würde sie schon noch kriegen.
Er scharrte mit dem Schuh in dem Chaos herum, das die Bande angerichtet hatte. Schließlich fand er, wonach er gesucht hatte: das letzte Männlein, das er zur Warnung erhalten hatte. So, wie es aussah, hatte eindeutig ein Profi es hergestellt, und den würde Ansgar schon finden.
Er verließ die Wohnung und wandte sich Richtung Stadtbibliothek, dabei legte er einen Stopp bei der Bäckerei ein. Sein Magen fühlte sich flau an, er musste unbedingt etwas essen.
„Grüß Gott", empfing ihn die Verkäuferin. „Lang nimmer g'sehn." Sie tütete eine Breze ein.
„Und bitte einen Kaffee to go", sagte Ansgar.
„Sind S' müd' heit?"
Er nickte. „Viel Arbeit."
Während sie an der Maschine hantierte, sagte die Bäckerin über die Schulter: „Sie homm doch g'sagt, ich soll amoll die Augen offenhaltn. Mir ist doo was aufg'falln." Sie stellte ihm den Becher hin und lehnte sich vor. „Halten S' sich fest", raunte sie verschwörerisch. „Der Briefträger ist an a paar Tag zweimal doo vorbeig'fahrn. Und zwar erst zu Fuß und dann mit am Rad. Scho kurios, gell?"
„Und Sie sind sich sicher, dass es derselbe war?"
„Kann freili a andrer a g'wesn sei, die sinn ja alle gelb."
„Hm, danke …"
Wenn ein Postbote Ansgar die Männlein gebracht hatte, war das schon mal ein Anfang. Von Saskia hatte er nicht einmal einen Nachnamen, und auch wo sie arbeitete, wusste er nicht.

Aber wenn er diesen Postboten erwischen und ihn zum Reden bringen würde, dann hätte er vielleicht wieder jemanden, der ihn zu der Bande führen könnte. Oder wenigstens zu einem Ort, den sie für Übergaben nutzten. Oder hatte der Postbote die Männle direkt von demjenigen erhalten, der sie herstellte? Ansgar würde den Postboten herlocken müssen, denn ein weiteres Männlein würde man ihm wohl kaum schicken – die Zeit der Warnungen war vorbei. Aber er hatte eine Idee.

„Haben Sie Klebeband da? Ich würde Ihnen gern ein Stück abkaufen."

Die Bäckerin lachte. „I schenk's Ihnen. A Stückla Klebeband kaffn, wo gibt's denn sowas?" Sie langte unter die Theke und zog ein Paketband hervor. Ansgar zog ein Stück ab, das sie für ihn abschnitt.

„Danke", sagte er und legte 50 Cent ins Plastikschälchen.

„Etz' hören S' aber auf", sagte die Bäckerin. Sie wirkte verärgert. „Glauben S', i bin geizig?"

„Das hat nichts mit Ihnen zu tun. Ich mache nur nicht gern Schulden."

Sie kniff die Lippen zusammen und schüttelte den Kopf. „Das is doch ned normal."

„Wer ist schon normal."

Er verließ die Bäckerei und ging zurück zu seinem Haus, riss ein Blatt von seinem Notizblock und schrieb darauf: *Lieber Postbote, ich erwarte dringend ein Päckchen – bitte legen Sie es unter meinem Briefkasten ab, wenn ich nicht zuhause bin!* Dann klebte er es gut sichtbar von außen an die Tür.

Jetzt hieß es warten und hoffen, dass jemand darauf ansprang. Er schlenderte die Straße hinab, bog dann in ein Gässchen ab und rannte los, um etwaige Verfolger abzuschütteln. Er drehte eine Runde und bezog anschließend Posten in einem Hauseingang gegenüber.
Zunächst beachtete niemand das Schild, ein paar Passanten gingen vorbei. Doch dann schritt jemand zielstrebig die Straße hinab und drehte im Vorbeigehen fast unmerklich den Kopf zur Tür. Es dauerte nicht lange, doch Ansgar war sich sicher, dass derjenige wissen wollte, was Ansgar dort angebracht hatte. Jemand, der ihn beschattete. Ansgar würde in nächster Zeit Umwege einlegen müssen, damit die Bande ihm keine Falle stellen konnte. Außer natürlich, er wollte genau das.
Er wanderte zum Bahnhof und holte sein Portemonnaie hervor. Fast alles aufgebraucht. Er nahm die letzten 100 Euro heraus und näherte sich einem Obdachlosen. Der Mann schielte misstrauisch auf den Geldschein.
„Guten Tag", sagte Ansgar. „Ich möchte Ihnen gern den Schlafsack abkaufen. Und Ihre Mütze, wenn das geht."
Der Obdachlose ließ den Blick über den speckigen, blassgrünen Schlafsack wandern und nickte. „Können Sie haben. Wofür wollen Sie das alte Teil denn?"
„Kunstprojekt", flunkerte Ansgar. „Ich stelle Obdachlosen-Skulpturen in der ganzen Stadt auf, damit die Leute für das Problem sensibilisiert werden, mal einen Kaffee ausgeben und ein paar Euro spenden. Gerade jetzt, wo es kälter wird."
„Find ich gut", sagte der Mann. „Viel Erfolg."

Ansgar nahm Schlafsack und Mütze in Empfang. Beides roch nach ungewaschenen Haaren und abgestandenem Bier, was erstaunlich war, weil weit und breit keine Bierflasche zu sehen war. Aber vermutlich begann ein Gegenstand in genau der Sekunde zu müffeln, in der er den Boden der Königstorpassage berührte.

Ansgar verabschiedete sich und wanderte zu dem Hauseingang, in dem er schon eben Zuflucht gesucht hatte. Er schlang den Schlafsack um sich und atmete flacher, dann stülpte er die Mütze auf den Kopf. Er lehnte sich zurück. Vielleicht hatte er Glück und die Lieferung käme schon in ein paar Stunden, vielleicht müsste er ein paar Tage hier ausharren. Aber das machte nichts. Er würde warten, bis der ominöse Briefträger käme, und dann würde er ... ja, was eigentlich? Ansgar war nicht der Typ, der Informationen aus jemandem herausprügelte. Mittlerweile hätte er zwar Lust dazu, aber er wusste nicht einmal, wie man das anstellte, jemanden verprügeln. Wenn er doch nur jemanden kennen würde, der ...

Er schälte sich aus seiner Verkleidung. Noch konnte er seinen Posten bestimmt verlassen, so schnell war die Bande nun auch wieder nicht. Ansgar klemmte sich sein neu erworbenes Bündel unter den Arm und ging zur Stadtbibliothek. Er schaute durch die Glasfassade des Lernraums: Ein paar Schüler und ein Rentner, der in einem Buch las.

Leider keine Annegret – wäre auch zu schön gewesen.

Ansgar wanderte zurück und bezog wieder Posten. Harrte etwa eine Stunde aus, dann schaute er wieder bei der Bibliothek vorbei – Pech.

Er musste das Prozedere viermal wiederholen, bis er endlich Glück hatte.
Ansgar trat ein und setzte sich neben die junge Frau.
„Uff", machte sie und hielt sich die Nase zu. „Was ist da drin?" Sie nickte Richtung Bündel. „Ein toter Iltis, den du unter nem Kneipentresen gefunden hast?"
„Verkleidung für eine Beschattung."
„Bisschen zu viel credibility."
„Man muss Opfer bringen. Apropos. Ich habe eine Aufgabe für dich."
„Aha?"
„Mein Handy ist mir abhandengekommen. Es gibt etwas, das du für mich tun könntest – du hättest natürlich auch etwas davon. Hast du Eddies Nummer?"
„Hat er mir vielleicht gegeben, ja."
„Und hast du ihn schon angerufen?"
„Was geht dich das an?"
„Also nein. Arrangiere ein Treffen für uns, ich brauche seine … zupackende Art."
„Und was springt für mich dabei raus?"
„Dass du einen Grund hast, ihn anzurufen."
„Hä? Das kann ich doch auch so."
Ansgar schwieg, während Annegret Lernkarten in die Hand nahm, anschaute und wieder weglegte.
„In Ordnung. Dann brauchst du mich wohl nicht." Er blieb sitzen und sah ihr weiter dabei zu, wie sie wahllos nach Lernkarten griff und sie wieder ablegte.

„Ok, ok“, sagte sie dann. „Hab mich nicht getraut, anzurufen. Man muss ja nichts überstürzen, da könnte ein falscher Eindruck entstehen. Ich renn dem doch nicht nach oder so.“
„Klar. Deshalb mein Angebot: Ruf ihn in meinem Namen an und richte ihm etwas von mir aus. Es geht um eine Beschattung und darum, einen potenziellen Mörder dingfest zu machen.“
„Und was hat er davon?“
„Wir erzählen der Zeitung eine gute Geschichte, die sich mit der Pressemeldung der Polizei deckt. Eddie steht als Held da, der mich gerettet hat, und kann nebenbei erwähnen, wo man lernen kann, ein ebenso schlagkräftiger Typ zu werden wie er.“
„Hm, Publicity für sein Studio kann er gebrauchen, läuft gerade nicht so gut.“
„Ich weiß. Deshalb auch der Handel mit fragwürdigen Substanzen.“
Sie zuckte mit den Schultern. „Er verkauft nur an Erwachsene und streckt den Stoff nicht. Seh ich kein Problem.“
„Also, dann machst du's? Ich muss zurück auf meinen Posten.“
Annegret nickte. „Lass die Tür offen, wenn du gehst. Vielleicht verflüchtigt sich dann der Geruch …“
Ansgar trug ihr die Nachricht an Eddie auf und ging los, um wieder seine Eingangstür im Blick zu behalten. Hin und wieder nahm er einen Schluck von seinem Kaffee. Als er ihn gerade abgestellt hatte, näherte sich jemand. Ansgar erkannte zu spät, was die Frau vorhatte, und war zu langsam. Es machte *platsch*.

„Hey!“, sagte er. „Ich brauche keine … Ich bin doch gar kein … ach, Mist.“ Er fischte 20 Cent aus dem Becher und legte das Geldstück auf den Gehsteig, damit jemand es finden konnte.

Nach ein paar Stunden hatte Ansgar ein Dutzend Centmünzen um sich herum drapiert und bereits begonnen, sie mit dem Daumen ein Stück weit wegzuschnippen, als Annegret die Bäckerei auf der gegenüberliegenden Straßenseite betrat. Die junge Frau schaute beiläufig zu Ansgar herüber, zeigte aber sonst kein Zeichen des Erkennens. Nicht schlecht für eine Amateurin. Kurz darauf bog eine Gestalt um die Ecke: klein, breit, federnder Gang. Auch Eddie ließ den Blick nur kurz die Straße hinabschweifen, verzichtete aber darauf, zu winken oder etwas ähnlich Auffälliges zu machen. Bei ihm wunderte sich Ansgar nicht, der Mann hatte wahrscheinlich Erfahrungen mit Beschattung – und zwar als Objekt.

Durch das Fenster der Bäckerei betrachtete Ansgar das Paar: Sie hatten sich Kaffee bestellt und unterhielten sich offenbar angeregt. Eddie gestikulierte ausladend, als würde er gerade eine Abenteuergeschichte zum Besten geben, und Annegret machte hin und wieder einen Schmollmund, einmal puffte sie Eddie in die Seite und er tat so, als würde er seine Deckung hochnehmen und sich auf einen Kampf vorbereiten.

Es wurde Abend, aber nichts tat sich an seiner Haustür. Der Bäcker schloss, die beiden kamen heraus und verschwanden die Straße hinab. Mit Eddie war ausgemacht, dass der Kickboxer noch bis Mitternacht in einer Bar unten an der Straße herumhängen würde. Wenn alles ruhig wäre bis dahin, würde Eddie in Ansgars Wohnung schlafen, während er selbst die

Tür im Blick behielt. Tat sich etwas, würde Ansgar klingeln, um Eddie zu warnen.

Es wurde 23 Uhr, dann Mitternacht. Ansgar fror in seinem Schlafsack. Es hieß zwar, dass es am wärmsten war, wenn man sich in Unterwäsche hineinlegte, aber sich jetzt bei dieser Bitterkälte erst einmal auszuziehen, dazu hatte er wenig Lust … Eddie kam die Straße herauf, er schwankte leicht. Na super. Wahrscheinlich hatte der Mann sich die Zeit mit Trinken und Drogenverkauf vertrieben, der würde eine tolle Hilfe sein …

Es fiel Ansgar immer schwerer, die Augen offen zu halten. Die Kälte betäubte seine Oberschenkel und kroch seinen Rücken hinauf. Jetzt einen heißen Tee oder einen wärmenden Kräuterschnaps, das wär's. Er hatte in Verkleidungen hin und wieder eine Nacht auf der Straße verbracht, und jedes Mal war er aufs Neue erstaunt gewesen, wie schnell ihn das an seine Grundbedürfnisse erinnert hatte. Wie viel man doch besaß mit einem sicheren, warmen Platz zum Schlafen.

Die nächsten Stunden verstrichen langsam. Hin und wieder stöckelten Frauen auf dem Weg zum nächsten Club vorbei, ein betrunkener Mann torkelte vorüber und stolperte fast über Ansgar. Doch gegen zwei Uhr geschah etwas. Ansgar schreckte aus dem Halbschlaf hoch, als er zwei Gestalten bemerkte, die vor seiner Haustür hielten. Er rieb sich die Augen – Miniröcke, hochhackige Schuhe, Pelzmäntel.

„Nicht im Ernst“, brummte er. Hatte Eddie Damengesellschaft eingeladen, um sich die Wartezeit zu verkürzen? Das würde Annegret sicher sehr interessieren, dass ihr neuer Schwarm sich so die Stunden vertrieb.

Die beiden Frauen gingen hinein und kamen bereits nach ein paar Minuten wieder heraus. Entweder Eddie war ein dürftiger Liebhaber oder er nutzte Ansgars Wohnung für Drogengeschäfte. Der Typ würde sich was anhören können, wenn das hier vorbei war!
Gegen halb vier stoppte wieder jemand an der Tür. Er hatte ein Päckchen unterm Arm und schlüpfte hinein. Ansgar sprang auf und streifte den Schlafsack ab, den er vorsichtshalber nicht geschlossen hatte, um schnell auf den Beinen zu sein. Er lief hinüber zur Tür und drückte die Klingel. Hoffentlich hatte Eddie sich nicht so berauscht, dass er den Schlaf der Besinnungslosen schlief … Im selben Moment kam der Fremde wieder heraus. Ansgar verstellte ihm den Weg. „Ah, gut, dass ich Sie treffe!“, sprudelte er los. „Ich erwarte nämlich ein wichtiges Päckchen von meiner Frau, und es ist natürlich eine Unverschämtheit, dass Zusteller schon so früh am Tag ihre Runden drehen müssen, aber ich bin Ihnen wirklich dankbar dafür, darf ich Ihnen einen Kaffee anbieten?“
Der Sermon hatte nichts gebracht – statt perplex dazustehen, stieß der Mann Ansgar zur Seite. Ansgar umklammerte den Arm und hängte sich mit seinem ganzen Gewicht daran. Der Mann versuchte, ihn abzuschütteln, und als ihm das nicht gelang, versetzte er Ansgar einen Schlag mit der Faust. Es fühlte sich an, als würde etwas seinen Wangenknochen eindellen. Ansgar ächzte und zog den Kopf zwischen die Schultern ein. Hauptsache nicht lockerlassen, bis Eddie kam – wenn er denn die Klingel gehört hatte … Plötzlich wurde der Mann ganz schlaff. Ansgar blickte auf: Eddie hatte seine

Arme um den Hals des Mannes geschlungen und seltsam ineinander verschränkt. „Schön, dich wiederzusehen", sagte der Kickboxer. „Was nun?"
„Ähm, hoch in die Wohnung, bitte."
Eddie schulterte den Postboten, als würde der nichts wiegen, und sie machten sich an den Aufstieg. „So'n kleiner Rear-Naked-Choke ist was Feines", plauderte Eddie, als würden sie sich über ein gemeinsames Tennis-Match unterhalten. „Ist jetzt nicht meine Spezialität, aber die BJJ-ler haben mein Studio einmal die Woche gemietet, da guck ich mir hin und wieder was ab …"
Ansgar verzichtete auf die Nachfrage, weil es ihn nicht gelüstete, tiefer in die Welt des Schlagens und Würgens einzutauchen.
Sie kamen oben an und Eddie setzte den Mann auf einen Stuhl, den er in die Mitte des Raumes geschoben hatte. „Hab alles vorbereitet." Er holte Kabelbinder hervor und fesselte den Postboten so, dass er aufrecht auf dem Stuhl saß. Ansgar zog Eddie ein Stück zur Seite. „Du machst aber nicht wirklich was, ja? Keine Verletzten."
„Klar, klar. Einfach eine gute Show. Kein Problem." Er griff in den Rucksack, der neben dem Bett stand, und holte silberne Gegenstände hervor. „Ne Freundin von mir ist Zahnarzthelferin. Guck mal." Er ließ einen Bohrer sirren und zwinkerte Ansgar zu. „Geiles Geräusch, ne?"
Ansgar wurde flau im Magen. Aber so, wie er Eddie einschätzte, war der Mann weder verrückt noch grausam. Nur sehr durchsetzungsstark. Und auch die Bande machte keine Späße. Ansgar ging noch einmal die Treppe hinunter und

besah sich das Päckchen, das der Mann abgeliefert hatte. Es war mit Ansgars Namen beschriftet und sah unförmig aus, wie aufgebläht. Zu gern hätte er es geöffnet und nachgesehen, ob es wirklich Sprengstoff oder giftigen Staub enthielt, aber es war zu riskant. Vorsichtig hob er es auf und trug es unters Dach, wo Eddie noch darauf wartete, dass der Postbote aufwachte. Statt des Deckenlichts beschien nun eine Schreibtischlampe das Gesicht des Fremden und warf einen unheimlichen Schatten auf die schimmelige Tapete hinter ihm.

„Nette Bude hast du hier“, sagte Eddie.

„Danke“, antwortete Ansgar.

„War ein Witz. Ist ein Drecksloch.“

„Ich weiß. Mein Danke war auch ironisch gemeint.“

„Ach so. Dann ist ja gut.“

Sie schwiegen eine Weile.

„Sag mal deine Meinung“, sagte Eddie dann.

„Wozu?“

„Die Annegret, ne? Die ist ja eher, ich sag mal, aus gutem Hause. Ihr Papa ist bestimmt Arzt oder so.“

„Lehrer. Oder Professor eher.“

„Meinst du, die interessiert sich trotzdem für mich? Also, jetzt nicht nur so als Abenteuer, du weißt schon. Dafür bin ich ja immer gut. Sondern so richtig interessieren. Dass man mal was unternimmt, am Nachmittag. Wohin geht. Verstehst du?“

„Du meinst ein normales Date?“

„Nee, eben nicht. Nicht nur miteinander ins Bett.“

„Das meinte ich ja mit normalem Date. Zusammen Eis essen im Park. Ins Kino. Sowas."
Eddie sah ihn erstaunt an. „Sowas kann man aber ja nicht gleich am Anfang machen. Man kennt sich doch noch gar nicht."
Ansgar warf ihm einen Seitenblick zu. „Ich denke, Annegret wäre dazu bereit, mit dir ein Eis zu essen, auch wenn ihr noch nicht miteinander geschlafen habt."
„Hä? Wie kommst du darauf, dass wir das nicht gemacht haben?"
„Ok, vergiss es. Andere Generation."
„Trotzdem, wenn du sagst, ich kann sie wegen dem Eis fragen, dann ist das ne gute Nachricht. Und jetzt wach auf, du Ochse", fügte er an den Postboten gerichtet hinzu und gab ihm eine Ohrfeige.
„Keine Verletzten", zischte Ansgar.
„Ach ja."
Der Briefträger murmelte etwas und bewegte den Kopf. Eddie bedeutete Ansgar, hinter den Stuhl zu gehen. „Das macht die Leute verrückt, wenn sie wissen, dass da jemand ist, der nichts sagt und den sie nicht sehen", flüsterte er. „Wirkt wie ein Mafiaboss. Außerdem siehst du gerade echt aus wie ein Schisser, die Show wäre unglaubwürdig mit dir."
„Aufwachen", herrschte Eddie den Mann an.
Der Briefträger öffnete die Augen. „Was soll das? Wer bist du?"
„Viel wichtiger ist, wo wir sind. Nämlich an einem Ort, wo dich niemand schreien hört."

Ansgar verkrampfte sich. Das klang so schrecklich, dass er es diesem armen Mann gern erspart hätte – aber er hatte ihm höchstwahrscheinlich eine Briefbombe zugestellt, und man hatte bereits versucht, ihn jämmerlich ertrinken zu lassen. Es musste sein.
„Hab hier was, das dir gehört." Eddie langte hinter sich und zog das Päckchen hervor. „Willst du mal reingucken?" Er hielt es dem Mann unter die Nase und tat so, als würde er es öffnen wollen.
„Nein!", schrie der Mann. „Stopp!"
Ansgar sog scharf die Luft ein. Also tatsächlich eine Briefbombe oder etwas in der Größenordnung.
Der Mann auf dem Stuhl hatte Ansgar gehört und versuchte, sich zu ihm umzudrehen. „Wer ist da noch? Der Typ von eben? Dieser Ansgar?"
Eddie lachte und rückte näher an den Postboten heran. „Dieser Typ, fragst du? Du hast ja keine Ahnung, wer das ist. Aber dein Boss sollte es wissen. Was mich zur nächsten Frage führt. Für wen arbeitest du?"
Der Mann schwieg.
„Dachte ich mir", sagte Eddie und musterte ihn. „Du siehst zwar nicht so aus, aber irgendeinen Grund musste es ja haben, warum dein Boss gerade dich geschickt hat. Er wusste ja, wer noch im Game ist. Also reden wir mal von Ex-Soldat zu Ex-Soldat, nehme ich an – bei irgendeiner Spezialeinheit wirst du wohl gewesen sein."
„Ex-Soldat? Warum sollte ich …?"
„Und wir wissen ja", unterbrach Eddie ihn, „dass unser Anti-Folter-Training nicht ohne ist. Aber, mein Lieber …" Er holte

den Zahnarzt-Bohrer hervor und ließ ihn sirren. „Täglich fallen den Foltermeistern dieser Welt neue Methoden ein. Da kommen die Ausbilder kaum hinterher. Und ob man's wirklich abkann, erfährt man erst, wenn man's ausprobiert hat. Also dann. Frisch ans Werk." Er näherte den Bohrer dem linken Auge des Mannes.
„Stopp!", schrie der. „Aufhören! Ich bin kein Soldat, ich bin Postbote! Ich habe doch nur diese Lieferungen abgeholt bei der Adresse, die ich bekommen habe, da war diese Frau, die solche Männla macht, mehr nicht!"
„Das soll ich dir glauben? Wo hast du dann die Briefbombe her?"
„Selbst gebaut, nach seiner Anleitung! Ich schwöre. Bitte."
„Wer hat dir die Anleitung gegeben?"
„Hirno hat sie mir geschickt, es war alles seine Idee, bitte …"
„Gib mir die Adresse der Frau, bei der du die Männla abgeholt hast."
Der Mann nannte sie.
„Und jetzt erzählst du mir alles über diesen Hirno oder ich bohr dir ein Loch ins Auge …"
„Nein, bitte!", kreischte der Mann. „Ich weiß nichts!"
„Ruhe da oben, verdammt!", tönte es dumpf von unten. „Es ist fünf Uhr morgens, ihr Irren!"
Eddie ließ den Bohrer sinken und bekam einen Lachanfall. Ansgar machte den armen Mann mit zitternden Fingern vom Stuhl los, nur die Hände ließ er gefesselt. Es dauerte etwas, bis Ansgar mit seiner Küchenschere die Kabelbinder aufbekam. Am liebsten hätte er sich tausend Mal entschuldigt, aber vielleicht brauchten sie die Geschichte vom taffen Boss und

seinem gewalttätigen Handlanger später noch. Also schwieg er, während sie den Mann nach unten führten.
Eddie rief die Polizei und drehte sich zu Ansgar um. „Bereit?"
Er nickte. „Muss wohl sein."
Eddie holte etwas hervor, das wie ein sehr dünner Boxhandschuh aussah.
„Danke", sagte Ansgar.
„Ist nicht für dich, sondern für meine Knöchel. Abgeschürft sieht immer verdächtig aus." Dann hob er die Hand, neigte Ansgars Kopf sanft nach links und verpasste ihm einen Schlag aufs Auge, der ihn zu Boden gehen ließ. Der Briefträger stand mit offenem Mund daneben.
Bald darauf zuckte Blaulicht durch die Straße. Beamte stiegen aus, schrien etwas herum, dann beruhigten sie sich allmählich. Ansgar erzählte die vorbereitete Geschichte vom Angriff auf ihn und dass Eddie ihn gerettet hatte, als er zufällig vorbeikam. Eddie schaffte es sogar, besorgt und leicht verängstigt zu wirken, so als ob es ihn einiges an Nerven gekostet hätte, den Postboten zu Boden zu ringen. „Im Ring zu stehen, ist ja eine Sache", sagte er zu den Beamten. „Aber es auf offener Straße mit ungezügelter Gewalt zu tun bekommen, Mann, da geht einem der Arsch auf Grundeis."
„Sie können stolz sein", sagte der Polizist, nachdem er ihre Personalien aufgenommen hatte. „Zivilcourage zu zeigen, ist heutzutage nicht selbstverständlich. Wir melden uns bei Ihnen für alles Weitere."
Ansgar und Eddie nickten brav, während die Polizisten mit dem Postboten im Schlepptau abzogen. „Das lief gut", sagte Eddie. „Wie machen wir das jetzt mit der Zeitung?"

„Ich rufe eine Freundin an“, murmelte Ansgar abwesend.
„Die sagt uns dann, wer unsere Geschichte übernimmt.“
„Hauptsache, wir schmücken sie schön aus. Ich muss schon heldenhaft dastehen. Und der Name meines Studios muss drin vorkommen, und dass ich allen Leuten beibringen kann, so hart zuzuhauen wie ich.“
„Machen wir alles.“ Ansgar fuhr sich mit der Hand über die brennenden Augen. „Was für eine Nacht.“
„Ja“, meinte Eddie. „Irgendwie nicht so gelungen. Hätte mal wieder Bock auf richtige Action. Naja. Bisschen Entspannung muss auch mal sein.“

Am nächsten Morgen suchte Ansgar die Adresse auf, die der Postbote ihm verraten hatte. Er hatte noch keine Ahnung, wie er die Sache angehen würde, aber für großes Pläneschmieden war keine Zeit. Er las das Klingelschild der Dame: *Gundula Schreyer, Zwetschgenmännla-Manufaktur*. Wie sehr die Frau mit den Kriminellen verbandelt war, würde er schon herausfinden. Bis dahin musste er vorsichtig sein.
Ansgar klingelte und trat einen Schritt zurück.
Es dauerte nicht lange, dann öffnete sich die Tür. Eine kleine, ältere Frau stand vor ihm: Krauses, graues Haar und eine Brille, durch die ihre Augen seltsam vergrößert schienen.
„Ja, bitte?“
„Tag, Kämmerer mein Name. Ich bin hier für den *Bayerischen Rundfunk*. Wir machen eine Reihe über besondere Handwerke. *Der Letzte seines Standes*, schon mal gehört?“
„Nee. Wollen Sie hier was drehen?“

„Vielleicht. Wir fühlen erstmal vor, ob Sie überhaupt wollen würden und wie Ihre Tätigkeit aussieht. Darf ich reinkommen?“
Sie winkte ihn herein. „Natürlich, bitte. Die Leute sollen ruhig sehen, was ich hier tu. Die denken ja immer, für so ein Zwetschgenmännla muss man nur ein paar Pflaumen aufeinanderstecken und ein Jäcklein überziehen. Aber das dauert Stunden, sag ich Ihnen. Ist ein richtiges Handwerk. Ich hab's von meiner Großmutter gelernt und die von ihrer Mutter.“
„Klingt aufwändig“, sagte Ansgar und blickte sich in dem Raum um, der teils Wohnzimmer, teils Werkstatt war. Überall lagen Schachteln mit Dörrpflaumen umher, kleine Handbohrer, Stoffreste. Auf einem Tisch stand eine Nähmaschine, daneben befand sich eine Werkbank mit Zwinge. „Jetzt ist natürlich am meisten zu tun“, plauderte die Frau. Ihr schien es zu gefallen, sich in Szene zu setzen. „In der Zeit vor dem Christkindlesmarkt geht's hier hoch her. Aber das ganze Jahr über bastele ich an den Kleidchen, bestelle die Pflaumen, da gab's heuer sogar an Mangel, das hätt ich früher auch nicht dacht, dass es mal an Pflaumenmangel gibt.“ Sie begann, an einem Männlein herumzuwerkeln. „Also, was wollen Sie noch wissen?“
Ansgar versuchte, die Handwerkerin einzuschätzen. Sie wirkte resolut und von sich und ihrer Handwerkskunst überzeugt. Wie viel wusste sie vom Treiben der Kriminellen? Moderne Raubritter, die sich für die Armen einsetzten …

„Ist sicher nicht leicht heutzutage, mit so einem aufwändigen Handwerk, oder?", fragte Ansgar. „Bei der vielen billigen Massenware, die es so gibt?"
„Da sagen Sie was! Und selbst Zwetschgenmännla gibt's jetzt aus China, die kann man im Internet bestellen, für Spottpreise. Hab ich natürlich mal gemacht aus Neugier. Kaum mach ich die Verpackung auf, riecht alles nach giftigem Plastik, die haben die Pflaumen gar nicht richtig gedorrt, sondern einfach mit so einer Kunststoffschicht überzogen. Widerlich ist das. Und alle sahen haargenau gleich aus. Das ist doch abartig."
„Ich seh schon, Sie leisten hier wertvolle kulturelle Arbeit", sagte Ansgar und meinte es ernst – auch wenn er die Frau eigentlich nur weiter aus der Reserve locken wollte. „So eine Arbeit wie Ihre würden wir gern im Fernsehen zeigen. Und es gehört bestimmt mehr dazu, als nur geschickt mit den Händen zu sein, oder? Buchhaltung, Bestellungen, die Anmeldung des Marktstandes …"
„Um alles kümmer ich mich, schauen Sie …" Sie führte ihn nach nebenan in ein kleines Büro, das überraschend aufgeräumt war. Aktenordner, Unterlagen auf dem Schreibtisch, Stifte und Locher ordentlich nebeneinander. „Man muss sich organisieren, sonst wird das nichts."
Ansgar hüstelte und ging ins Husten über.
„Ach, wollen Sie was trinken?"
Er nickte mehrmals, während er weiterhustete. „Ein Tee wäre ganz großartig, die Kälte draußen setzt mir zu … Vielleicht Salbei?"
„Da setz ich gleich einen auf."

„Danke", sagte er und folgte der Frau zurück ins Wohnzimmer, nur um gleich wieder ins Büro zu gehen. Er schlug den Ordner auf, der mit dem laufenden Jahr beschriftet war, und suchte nach den Rechnungen. Hier hatte sie ein paar Hundert Pflaumen bestellt, dort Draht … Hier hatte sie einen Auftrag von der Stadt Nürnberg erhalten: *Spezialanfertigung Gastgeschenk*. Der Lohn dafür betrug 50 Euro – eher eine Aufwandsentschädigung. Ansgar horchte, ob der Tee schon fertig war, aber er hörte nur das Werkeln der Frau aus der Küche. Er suchte weiter und sein Blick blieb an einer Zeile hängen: *Spezialanfertigung* stand da diesmal nur, und entschädigt worden war die Frau mit 3000 Euro. Das sah schon eher nach etwas aus, das sich lohnte. Ansgar fand noch zwei weitere „Spezialanfertigungen", für die letzte hatte die Frau sogar 5000 Euro erhalten. Das war sicher die mit der Klingenvorrichtung gewesen. Gezahlt hatte die Beträge eine Firma namens *Christoforo Sweden*. Die war auf dem Zettel gestanden, den Katrin ihm gegeben hatte!
„Was tun Sie da?"
Ansgar schreckte hoch. Die Frau stand mit zwei Teetassen in der Tür und funkelte ihn böse an.
„Beeindruckend, was Sie für Aufträge haben", sagte er. „Das verleiht Ihrem Handwerk eine ganz andere Bedeutung. Dürfen wir im Fernsehen zeigen, dass Sie Tausende mit nur einem Männla verdienen?"
„Was fällt Ihnen ein, in meinen Unterlagen zu wühlen?"
„Alte Journalisten-Untugend, verzeihen Sie. Also dann, ich würde sagen, morgen komme ich mit dem Team wieder, Kameraleute, Ton, Licht, Technik, Maske natürlich, wie wär's

mit einer Dauerwelle?“ Während er schwafelte, drückte er sich an ihr vorbei und bewegte sich Richtung Tür.

„Raus“, sagte die Frau. „Machen Sie, dass Sie wegkommen!“

„Aber die Dauerwelle!“, rief Ansgar auf der Türschwelle. „Sie können ins Fernsehen kommen, das ist eine Chance, die nur ganz wenige …“ Sie knallte ihm die Tür vor der Nase zu. „… bekommen.“

Er beeilte sich, Abstand zu gewinnen. Am Ende schöpfte die Frau noch Verdacht und rief Bodo oder diesen Krankenpfleger Sven an und hetzte sie auf Ansgar.

Er würde sich zunächst um die Briefkastenfirma kümmern, vielleicht war Katrin bei ihrer Recherche weitergekommen und wusste mehr darüber.

Ansgar lenkte seine Schritte Richtung NN-Redaktion und meldete sich an der Pforte an. Katrin hier zu treffen, dürfte nicht allzu gefährlich sein, er könnte ja auch für jemand anderen hier sein.

„Ich möchte zu Frau Wintergart“, sagte Ansgar dem Pförtner.

„Die habe ich heute noch gar nicht gesehen, ich ruf mal durch …“ Der Mann lauschte eine Weile. „Hm, hm … Richte ich aus. Ist krank“, sagte er zu Ansgar.

„Krank? Jetzt?“

Der Mann beugte sich vor. „Wie die Kollegen das so sagen, klang's ernst. Sind ja auch ernste Zeiten gerade. Da muss man sich vorsehen. Sonst ist man der nächste.“

Ansgar wich zurück. Steckte der Kerl jetzt etwa auch mit denen unter einer Decke? Ansgar drehte sich um und verließ das Gebäude, so schnell er konnte. Hoffentlich war Katrin nichts geschehen, das klang alles nicht gut. Er musste sie so

schnell wie möglich anrufen … Er nahm die U-Bahn nach Gostenhof und lief zurück zu Johnnys Wohnung.
Schon von weitem sah er den Rauch.
Er drängelte sich durch die Schaulustigen, die sich bereits eingefunden hatten. „Ist da noch jemand drin?“, fragte er, aber die Antwort kam gerade heraus – zwei Feuerwehrleute in schwerer Montur stützten eine schmale Gestalt mit Locks.
„Johnny!“, rief Ansgar und eilte zu ihm.
„Platz machen!“, bellte einer der Feuerwehrleute. Ansgar folgte den Rettungskräften, die Johnny zu einem Krankenwagen brachten und ihn auf eine Liege betteten. Mit ungutem Gefühl sah sich Ansgar um. Hoffentlich war das ein echter Krankenwagen, aber es blieb keine Zeit, das zu überprüfen. Johnny brauchte sofort Hilfe, da konnte sich Ansgar schlecht irgendwelche Ausweise zeigen lassen. Man legte seinem Freund eine durchsichtige Maske übers Gesicht.
„Darf ich mitfahren?“, fragte Ansgar.
„Sind Sie Angehöriger?“
„Johnny ist mein Bruder.“ So hätte Johnny es sicher auch ausgedrückt, also war das nicht einmal gelogen.
Der Pfleger nickte, dann schlossen sich die Türen. Es war ein beklemmendes Gefühl, wieder in einem Rettungswagen zu hocken, aber alles schien seine Richtigkeit zu haben. Eine Pflegerin kontrollierte den Sauerstoff und leuchtete Johnny in die Augen. „Ganz schön gerötet. Vielleicht ein allergischer Schock?“
„Die sehen immer so aus“, murmelte Ansgar. Johnny hatte die Augen geschlossen und atmete langsam.

„Der erholt sich schon wieder“, sagte die Pflegerin. „Ich hab schon schlimmere Rauchvergiftungen gesehen. Er kann ja noch selbst atmen.“

Während der kurzen Fahrt versuchte Ansgar, sich einzureden, dass es ein Unfall gewesen war. Dass Johnny mit brennendem Joint auf dem Sofa eingeschlafen war. Aber irgendetwas sagte ihm, dass das kein Zufall war, gerade jetzt, wo Johnny ihm Zuflucht gewährt hatte … Sie kamen beim Klinikum Nord an und stiegen aus. Ansgar wollte sich gerade als Besucher anmelden, als er beinahe jemanden über den Haufen rannte.

„Reisinger?“

„Camerarius.“

Ansgar stutzte. Es kam ihm plötzlich wie ein böses Omen vor, dass der Kripo-Chef sich keinen Scherz mit Ansgars Namen erlaubte. Der kleine Mann sah übermüdet und blass aus. „Alles in Ordnung?“, fragte Ansgar.

Reisinger blickte ihm in die Augen. „Ah, Sie wissen es noch nicht. Kommen Sie.“

Er führte Ansgar durch ein paar Korridore und nickte zwei Beamten zu, die offenbar eine Tür bewachten. Ansgars Magen zog sich zusammen. Soweit er wusste, hatten Reisinger und er nur eine gemeinsame Bekannte.

Katrin war an blinkende Geräte angeschlossen, von denen eins in regelmäßigen Abständen piepte. Ansgar trat ans Bett. Ein Großteil ihres Haares fehlte und sie trug einen Verband um den Kopf. Zahlreiche blaue Flecken und Schürfwunden waren zu sehen. „Was ist passiert?“, flüsterte er.

„Jemand hat ihr auf dem Heimweg aufgelauert. Sie fährt ja immer mit dem Fahrrad. Jemand hat ihr im Vorbeigehen

einen Gehstock zwischen die Speichen gesteckt, haben Zeugen berichtet. Sie ist schlimm gestürzt."
„Warum?"
Reisinger hob die Schultern. „Kann nur Mutmaßungen anstellen." Er wirkte nicht mehr zornig, sondern apathisch. Er starrte entweder Katrin an oder in eine Leere, die er hinter ihr zu sehen schien. „Aber ich denke, es ist wegen mir. Ich bin der Bande auf der Spur und sie wussten, dass Katrin und ich uns treffen, oder vielmehr getroffen haben, aber wer weiß, wie lange diese Kriminellen uns schon beschatten ..."
Ansgar hörte nur noch mit halbem Ohr zu. Johnny, Katrin – fehlte nur noch eine. „Sie müssen Kollegen zu meiner Mutter schicken!", unterbrach er Reisingers Monolog. „Sofort! Sie ist in Gefahr. Die Bande hat es auf sie abgesehen."
„Ihre Mutter? Warum zur Hölle sollten die es auf *Ihre* Mutter abgesehen haben? Die kenne ich doch gar nicht!"
„Bitte!", flehte Ansgar im Hinausrennen. Er hatte wenig Hoffnung – Reisinger war einfach zu verbohrt. Ansgar sprintete zur U-Bahn und fuhr zur Wöhrder Wiese, lief an der Pegnitz entlang und fühlte sich wie vorhin, als er zu Johnnys Wohnung gegangen war, er roch sogar wieder Rauch ... Sein Kopf ruckte hoch: Da kam Rauch aus dem Fenster! Dicht und schwarz quoll er hervor. Er rannte los, schloss die Tür auf und sprintete die Treppe hinauf. Hitze schlug ihm entgegen. Die ganze Wohnung war voller Qualm, Ansgar konnte kaum etwas sehen. Er hielt sich den Ärmel vor Mund und Nase und duckte sich. Wo war seine Mutter? Der dichteste Rauch kam aus der Küche, Ansgar kämpfte sich seinen Weg dorthin – und stieß an etwas Weiches.

Er fasste seine Mutter am Arm und schleifte sie über den Teppich. Er hustete und seine Augen tränten, aber er ließ nicht locker. Nur noch ein paar Meter, dann hätte er es geschafft. Plötzlich bohrte sich etwas Spitzes in sein Gesicht. Vor Schreck sog er die Luft ein, verschluckte sich am Qualm – dann wurde alles schwarz.

KAPITEL 6

Ansgar erwachte in einem Krankenhausbett. Um ihn herum war es dunkel. Ächzend richtete er sich auf – und hustete. Sein Hals fühlte sich an, als hätte er eine heftige Erkältung, aber vermutlich kam das vom Rauch. Er stützte sich mit einem Arm ab, langsam konnte er im Raum Schemen erkennen: Tischchen, Geräte, ein Schrank. Er tastete sich zur Tür und spähte in den Gang – niemand zu sehen. Er schlurfte um die Ecke und kam an einem Räumchen vorbei, in dem bei offener Tür eine müde aussehende Pflegerin saß.
„Henriette Camerarius", krächzte er. „Wo finde ich die?"
„Oh, ich würde sagen, wir gehen erst einmal schön zurück in unser Zimmer …"
„Nein, ich muss zu meiner Mutter. Wo liegt sie?" Ansgar musste die Frage noch zweimal wiederholen, bis die Pflegerin überzeugt war, dass es ihm gut genug ging. Sie führte ihn ein paar Zimmer weiter. „Es hat sie schwer erwischt, aber es ist alles stabil. Resolute Dame, hm?"
„Allerdings." Ansgar blieb in der Tür stehen, um seine Mutter nicht zu wecken – sobald sie ihn sah, würde sie Zeter und Mordio schreien, dass er sie zurück in ihre Wohnung brachte,

selbst wenn die nicht bewohnbar war. „Danke“, sagte er zur Pflegerin. „Ich komme zurecht.“
„Sie sollten aber wirklich noch zur Beobachtung …“
„Ich komme zurecht.“
Sie zog ab, Ansgar betrachtete noch eine Weile das Profil seiner Mutter, das im Halbdunkel lag. Es war ein Fehler gewesen, sie so lange vor sich hin werkeln zu lassen, obwohl sie nicht mehr zurechtkam. Als er den Rauch bemerkt hatte, hatte er kurz befürchtet, Volker und seine Verbrecher hätten bereits zugeschlagen, aber das Türschloss war intakt und Henriette in der Küche gewesen. Vermutlich hatte sie selbst bemerkt, dass etwas auf dem Herd brannte, und war auf dem Weg gestürzt oder vom Rauch überwältigt worden. Womöglich war sie durch ihren Unfall sogar der Bande zuvorgekommen – wie auch immer. Er würde nicht zulassen, dass sie jemals in ihre Wohnung zurückkehrte. Vielleicht könnte er ein betreutes Wohnen für sie organisieren, dann käme sie sich nicht abgeschoben vor, oder er würde eben doch selbst ranmüssen und mit Ende vierzig bei seiner Mutter einziehen. Erstmal würde sie gesund werden müssen. „Gute Besserung“, flüsterte er und schloss leise die Tür.
Erst, als er unten auf der Straße stand, merkte er, dass er nun nirgends mehr hinkonnte. Johnnys Wohnung war beschädigt, Henriettes sowieso, Katrin lag im Krankenhaus und in seine eigene Wohnung traute er sich nicht mehr. Geld für ein Hotel hatte er auch nicht. Er sah sich um, als würde gleich eine Lösung um die Ecke kommen. Zum ersten Mal wusste er nicht, wie es weitergehen sollte. Er zählte sein letztes Geld: ein paar Euro. Damit käme er noch zurück in die Innenstadt.

Und dann? Sich was suchen, irgendeine Arbeit. Nichts mit Kriminellen. Und dann weitersehen.
Es war bereits dunkel, als er am Hauptbahnhof ausstieg. Es herrschte Gedränge, Pendler und junge Leute in Feierlaune, ein Zeitschriftenverkäufer, ein paar Obdachlose. Ansgars Blick fiel auf das Schild mit dem roten, gezackten Kreuz der Bahnhofsmission. Irgendwo würde er die Nacht verbringen müssen, und in der Nähe der Mission war es hoffentlich sicherer als in irgendeiner Unterführung. Er würde warten, bis Morgen war, und dann gleich auf Arbeitssuche gehen.
Er setzte sich gleich gegenüber dem Missions-Eingang, den Rücken an die Glasscheibe des *Backwerks* gelehnt. Kälte kribbelte seine Wirbelsäule hinauf. Er betrachtete das Treiben der Menschen. Einige trugen Einkaufstüten, ein Mann im schicken Anzug eilte vorbei. Wo war Ansgar eigentlich falsch abgebogen, dass er jetzt hier hockte? Eine Frau mit zwei großen Körben näherte sich, offenbar wollte sie in die Mission. Doch als sie Ansgar erblickte, hielt sie inne. Als er sie erkannte, rappelte er sich auf.
„Grüß Gott“, sagte die Frau.
„Mach ich, wenn ich ihn seh.“
Sie ignorierte seine Antwort. „Warum warten S’ denn doo draußen?“, fragte sie. „Die machen glei a Suppe, dazu gibt’s a Gebäck.“
„Gehen Sie ruhig, ich will gar nicht da rein.“
Die Bäckerin musterte ihn. Wie sie da stand mit ihren beiden Körben, tat sie ihm fast leid. So verloren. Dann kniete sie sich hin.
„Was tun Sie da?“, fragte Ansgar.

„Meine Knie sin plötzlich so wackelig. Und die Körb' so schwer." Sie deutete auf ihre stämmigen Waden und dann auf die Plastikwannen, die nur mit Gebäck gefüllt waren.
„Ach, hören Sie doch auf", sagte Ansgar.
Aber die Frau verschränkte die Arme. „Wie's ausschaut, brauch ich Ihr Hilf'. Sonst komm i doo gar nimmer weg."
„Die Leute schauen schon. Und die armen Obdachlosen da drinnen wollen bestimmt ihre Brötchen haben."
„Dann helfen S' ma halt, sie ihnen zu bringa."
Ansgar verdrehte die Augen. „Na schön. Aber dann bin ich gleich wieder weg."
„Wie S' wolln." Sie erhob sich wieder und ließ Ansgar beide Körbe nehmen. Gemeinsam betraten sie die Bahnhofsmission. Die Bäckerin ließ ihn die beiden Körbe auf einen Tisch stellen, auf dem bereits ein riesiger Suppentopf thronte. Teller, Besteck und Servietten lagen daneben. Die Frau nickte mit dem Kopf zu den Tellern. „Wo S' schoo mal doo sinn."
„Auf keinen Fall. Das ist für Bedürftige."
Sie seufzte. „Ma derf sich ruhig ab und zu amool helfen lassen. Sie braung ja net alles allaans machen."
„Eben doch. Am Ende muss man es immer allein schaffen. Am Ende sind die Leute weg, auf die man sich verlassen hat."
Sie nahm einen Teller, befüllte ihn mit Suppe, legte eine Semmel dazu und streckte ihn Ansgar hin. „So, des essen S' etz, oder ich wart, bis Sie schlaf'n, und dann steck i Ihnen heimlich des Geld zu. Fünfzig Euro. Hundert Euro. Vielleicht nuu mehr, wer weiß."
„Das ist ja Erpressung."

„Richtig. Also essen S' endlich, wenn S' net im Schlaf beschenkt wer'n woll'n."
Ansgar ließ sich auf einen Stuhl plumpsen und löffelte die Suppe. Es tat gut, etwas Warmes in den Magen zu bekommen. Er befühlte die Semmel: außen knackig, innen weich. Er biss hinein und seufzte.
„Gut, was?", fragte die Frau. „Der Herrgott gibt jedem, der ..."
„Wenn Sie jetzt auch noch versuchen, mich zu bekehren, wird es aber unchristlich."
Sie lachte. „Dann lassen S' es Ihna schmecken. Und wenn S' wieder obenauf sind, dann kumma S' wieder Ihre Brezn bei mir kaufen."
„Abgemacht."
Sie ging und ließ Ansgar hocken. Er sah sich um: Weniger los, als er erwartet hatte. Vielleicht kamen die meisten erst später am Abend oder nachts, wenn es richtig kalt wurde.
Die Tür öffnete sich und Ansgar sah aus dem Augenwinkel, wie sich jemand näherte. Irgendetwas an der Gestalt kam ihm bekannt vor, er wandte sich um – es war Saskia. Ansgar verschluckte sich an der Suppe und hustete. Er sprang auf und wich zurück. „Stopp, ich bin raus! Sag Bodo, ich gebe auf. Kein Grund mehr, mich auszuschalten!"
Saskia stand vor ihm und schwieg. Sie sah müder aus als beim letzten Mal, ihre Haut wirkte grau. „Dafür bin ich nicht hier." Sie setzte sich. „Ich bin hier, um einen Fehler wiedergutzumachen."
„Du meinst, dass du unseren Plan hast platzen lassen? Dass wir Volker längst geschnappt hätten, wenn du mich nicht

verraten hättest? Dass er nicht versucht hätte, mich zu ermorden und keinen Anschlag auf meine Freunde verübt hätte?"
Saskia sackte in sich zusammen. „Ja. Genau deshalb. Und Bodo wird immer schlimmer."
„Er heißt Volker. Ich kenne ihn von früher."
„Mir ist egal, wie er wirklich heißt. Ich hätte mich nie mit ihm einlassen sollen. Er fordert immer mehr, schickt mich herum, und jetzt hat er verlangt, dass ich dich …" Sie blickte ihm in die Augen.
Ansgar sprang wieder auf. „Also doch!"
„Beruhig dich. Ich mach's nicht. Ich will nur reden."
„Worüber?"
„Ich kann dir helfen, ihn zu schnappen."
„Das konntest du angeblich schon mal! Was wird das hier, wollt ihr mich wieder in eine Falle locken? Wartet draußen schon dieser verrückte Pfleger Sven, um mich nochmal in den Main-Donau-Kanal zu schmeißen?"
„Nicht so laut, die Leute …"
„Das ist mir doch egal! Freunde von mir wurden verletzt, ich wäre fast gestorben. Wegen dir!"
„Wegen Bodo! Ja, ich habe einen Fehler gemacht. Ich sehe es ein!"
„Ach? Und jetzt ein Sinneswandel?"
„Es tut mir leid, ok? Mein Sohn ist schwer krank. Unheilbar, sagen sie. Aber es gibt eine neue Behandlungsmethode aus den USA, die noch nicht zugelassen ist, man kann sie aber selbst bezahlen und dann bekommt man sie … Es war meine letzte Hoffnung."

„Und jetzt schlägt sie nicht an und du denkst dir, hm, war wohl doch nicht so gut, den eigenen Sohn auf Kosten unschuldiger Menschen kurieren zu wollen. Äußerst edel."
„Ich hab das Geld noch. Ich hab's nicht für die Therapie ausgegeben. Es war falsch. Ich seh's doch ein."
Ansgar schwieg eine Weile und versuchte, seine Gedanken zu beruhigen. Saskia war ihm von Anfang an nicht wie eine skrupellose Killerin vorgekommen, aber das machte ihren Verrat nicht ungeschehen. Und er konnte das Risiko einfach kein zweites Mal eingehen, dass seine Ermittlungen auf Henriette oder Katrin zurückfielen, auf Johnny, der nur in Ruhe Gras rauchen und surfen wollte …
„Komm schon", sagte Saskia. „Gemeinsam schaffen wir es. Wir finden heraus, wo Bodo seinen Unterschlupf hat, und sammeln Beweise. Damit gehen wir zur Kripo, die schnappt ihn, Ende der Geschichte."
„Ende der Geschichte", murmelte Ansgar. Für ihn war sie schon zu Ende, seit ein paar Stunden. Seit er Katrin im Krankenhaus hatte liegen sehen. Ein anderes Bild schob sich dazwischen: Volker als Henker Bodo, wie er das Richtschwert an Ansgars Hals legt. Als wäre Volker in der Position, zu richten. Als hätte er verstanden, was gerecht ist und was nicht. Bodo war es, der Unrecht tat. Bodo war es, der gestoppt werden musste.
„Wenn ich das mache, muss es diesmal gelingen", sagte Ansgar. „Sonst verschont Volker niemanden."
„Wenn wir es machen", berichtigte Saskia ihn. „Gemeinsam."
„Ich brauche keine Hilfe."

Sie seufzte. „Schön, dann steh ich halt in deiner Schuld, weil ich dich verraten habe. Reicht das?"
„Na gut ..."
„Und wir brauchen die Polizei. Die müssen sich bereithalten, damit sie uns rausholen können. Ich hab auch schon eine Idee, wo Bodo, oder Volker, wenn du willst, sein Versteck haben könnte. Es gibt doch beim Rangierbahnhof dieses verfallene Gebäude, das ..."
Ansgar schüttelte den Kopf. „Nein, ich weiß, wo Volker sich verkrochen hat. Katrin hatte ein paar Briefkastenfirmen ausgemacht, die größere Spenden getätigt haben. Über ein paar davon liefen wohl auch Immobilienkäufe in der Stadt, und davon wiederum waren ein paar geräumig genug, um als Lagerhalle für Diebesgut zu dienen. Über eine von diesen Firmen hat Volker jemandem Geld überwiesen."
„Diese Firma aus Schweden?"
„Ja!"
„Klar, mir auch."
„Ich dachte, er hätte es dir bar ausgezahlt!"
„Nee, wie umständlich."
„Und das hast du mir nicht ... Egal. Wir brauchen einen Plan."
„Ich habe einen. Willst du ihn hören?"
„Schieß los."

Am nächsten Morgen erwachte Ansgar auf einem schmalen, durchgelegenen Sofa in Saskias Wohnung. Als er sich aufsetzte, schaute er in die Augen eines Kindes. „Bist du Mamas neuer Freund?"

„Nein“, grummelte Ansgar. „Ich bin Detektiv.“
„Mama hat manchmal neue Freunde. Einer war sogar besser als Papa.“
„Das freut mich.“ Sie hatten bis tief in die Nacht am Plan getüftelt. Ansgar hatte versucht, ihn so wenig riskant wie möglich zu gestalten, aber er war immer noch halsbrecherisch. Und irgendwie auch kein richtiger Plan, wenn er ehrlich war.
„Unternehmen wir nachher was?“, fragte der Junge. „Mir ist langweilig.“
„In Ordnung“, sagte Ansgar.
„Und machst du jetzt Frühstück? Ich will Rührei.“
„Klar.“
Der Junge rollte in die Küche vor und Ansgar tappte hinterher. Er hatte sich Saskias Bleibe genauso chaotisch vorgestellt, wie sie war. Es dauerte, bis er alles fürs Frühstück gefunden hatte.
„Ich bin übrigens Ben“, sagte der Junge und streckte die Hand zu Ansgar hoch.
„Ansgar, angenehm.“
Saskia stieß eine Stunde später zu ihnen, als sie schon fertig waren.
„Dann geh ich jetzt telefonieren“, sagte Ansgar. Saskia reichte ihm ihr Handy und er verzog sich ins Wohnzimmer. Bevor er bei Reisinger anrief, wollte er erst noch wissen, was Johnny machte. Er suchte seine Nummer aus dem Notizbuch heraus.
„Yeah“, erklang es heiser aus dem Handy.
„Ansgar hier … Wie geht's?“
„Prächtig. Hab schon wieder Freigang.“
„Sie haben dich schon entlassen?“

„Meine Lunge ist starke Rauchentwicklung gewöhnt, so ein bisschen Qualm wirft mich nicht aus der Bahn."
„Und wo wohnst du?"
„Daheim, ich hab die Couch auf den Balkon gestellt, da hab ich frische Luft. Und ich hab viel Hilfe beim Renovieren. Alles cool. Also klar, jemand hat meine Wohnung angezündet, aber hey. Wenigstens hat er mich nicht gleich abgeknallt. Laufen echt viele Irre durch die Gegend."
„Hör zu, Johnny, ich hätte dich warnen müssen. Es war meine Schuld, dass jemand bei dir war. Ich bin der Bande auf der Spur, die hinter den Raubzügen steckt. Sie müssen mitbekommen haben, dass du mir Unterschlupf gewährst …"
„Hätte ich auch gemacht, wenn ich das gewusst hätte. Mach dir keinen Kopf. Hast du sie schon geschnappt? Hätte ein Hühnchen mit denen zu rupfen. Meine Wohnung ist mir egal, aber mein Board … Sie haben es abgefackelt. Das verzeih ich denen nicht."
„Keine Sorge, wir schnappen sie uns heute."
„Da mach ich mit!"
„Das wäre zu gefährlich."
„Gefährlich? Wer von uns hat schon die höchsten Wellen der Welt geritten und einen dreitägigen LSD-Horror-Trip überstanden? Wurde auf seinen Reisen zigmal ausgeraubt und wäre letztens fast in Brand gesetzt worden?"
„Ok, so habe ich das noch nicht gesehen …"
„Wo treffen wir uns?"
Ansgar seufzte und nannte ihm Adresse und Uhrzeit. Dann rief er bei der Kripo an und verlangte, Reisinger zu sprechen.
„Was ist, Capillarius?", ertönte es harsch.

„Was macht Katrin?“, fragte Ansgar.
„Rumliegen.“ Reisingers Ton klang schroff – vielleicht ein gutes Zeichen.
„Geht's ihr besser?“, fragte Ansgar.
„Läuft noch nicht durch die Gegend. Aber sie ist aufgewacht.“
Ansgar fühlte Erleichterung. Vielleicht waren sie diesmal noch davongekommen. Was einmal mehr bedeutete, dass er den heutigen Tag nicht vergeigen durfte.
„Ich möchte Ihnen ein Angebot machen“, sagte Ansgar. „Ich kann Ihnen Volker Grunemann ausliefern, den Kopf der Kriminellen. Sofern Sie sich bereithalten, sofort zuzuschlagen, wenn wir die Beweise liefern.“
Reisinger stöhnte auf. „Jetzt geht das wieder los. Wenn Sie Beweise haben, dann her damit! Wir holen uns den Kerl schon selbst. Aber Sie haben doch wieder nur irgendwelche Spuren, die nirgendwohin führen. Ach, hat die Bande eigentlich noch versucht, Ihre Mutter zu ermorden? Muss ich irgendwie verpasst haben.“
Ansgar ignorierte die Frage. „Ich habe noch keine Beweise, aber bald. Ich schicke Ihnen Fotos vom Diebesgut oder vom Waffenarsenal oder was auch immer wir in Volkers Versteck finden. Wenn der Wachmann noch am Leben ist, dann ist er bestimmt dort. Aber wenn wir etwas finden wollen, haben wir wenig Zeit. Sie müssen sofort zuschlagen.“
„Ich soll zum zweiten Mal meine Einsatzkräfte binden, um Ihren Hirngespinsten hinterherzujagen? Vergessen Sie's.“
Ansgar atmete tief durch und stellte sich vor, was die Bäckerin sagen würde. „Ok, Reisinger. Ich weiß, Sie mögen

mich nicht. Und ich weiß, dass Sie eifersüchtig sind, weil ich mich mit Katrin getroffen habe. Aber ich …"
„Ja? Ich höre?"
„Ich brauche jetzt Ihre Hilfe. Allein schaffe ich es nicht."
Reisinger schwieg einen Moment. „Ich kann Ihnen nicht helfen. Wenn das nochmal so ein Reinfall wird, bin ich meinen Job los. Die vom LKA würden mich am liebsten gleich abschießen."
„Gibt es denn nichts, was Sie tun können? Wenigstens ein paar Beamte mitbringen, die im Notfall helfen können? Solange die Bande noch aktiv ist, ist Katrin in Gefahr. Kommen Sie schon."
„Hm … Und Sie sind sich diesmal sicher? Ganz sicher?"
„Hundertprozentig!"
„Na gut. Ich komme mit, aber in Zivil. Und behalte das Ganze im Blick. Wenn was schiefläuft, rufe ich meine Jungs – vorher nicht."
„Und vielleicht bringen Sie doch schon ein, zwei Beamte mit …?"
„Wenn es Sie beruhigt, kann ich jemanden zur Verstärkung mitbringen. Privater Kontakt vom Training, Ex-Soldat. Aber meine Männer belasse ich an Ort und Stelle, da lässt sich nichts machen. Das Risiko gehe ich nicht nochmal ein."
„Trotzdem danke." Ansgar nannte ihm Adresse und Uhrzeit und legte auf. Als er dabei auf den Bildschirm blickte, ploppte eine Meldung auf: *Dank wird empfangen.*
Perfekt. Volker hatte angebissen.

Er kehrte in die Küche zurück, wo Saskia mit zitternden Händen vor einer Tasse schwarzen Kaffee saß. „Also, geht's los?", fragte sie.
„Ja. Hier." Er gab ihr das Handy zurück.
Saskia blickte auf die Nachricht und nickte. „Dann los." Sie hob Ben aus dem Rollstuhl und Ansgar schleppte das schwere Teil die Treppe hinunter. Sie luden es in ihr Auto ein, Saskia setzte Ben auf den Rücksitz. Ansgar nahm neben ihr Platz.
„Wohin fahren wir?", fragte Ben.
„Zum Flughafen", sagte Saskia. „Flugzeuge gucken. Davor erledigen wir noch eine Kleinigkeit."
„Ok." Er begann, eine Melodie zu pfeifen.
Sie fuhren Richtung Airport, bis sie schließlich in eine wenig befahrene Straße einbogen. „Da vorn müsste es sein", sagte Ansgar. „Die Halle dort."
„Das Riesending?"
„Scheint so, als hätte Volker große Pläne."
Die Halle hatte zwei Stockwerke und zog sich langgestreckt hinter einem weiten, gepflasterten Hof entlang. Umgeben war sie von einem hohen, stabilen Zaun mit Stacheldraht. Saskia fuhr daran vorbei, bis die Straße wieder abbog und sie an ein brachliegendes Feld kamen. Hier hielt sie.
Es dauerte nicht lang, bis ein VW-Bus um die Ecke bog und Johnny ausstieg. „Yo", sagte er und schloss Ansgar in die Arme. „Hey, Kiddo", sagte er zu Ben, der interessiert den Bus betrachtete.
„Da würde ich ja auf meinem Rollstuhl reinpassen", sagte Ben.

„Klar. Wir fahren später mal damit rum. Komm, ich zeig dir, wie es drinnen aussieht."
Während Johnny Ben in den Bus hob, hielt ein verbeulter Golf bei ihnen. Zuerst stieg Reisinger aus und dann – „Eddie?!", fragte Ansgar.
„Partymaschine! Was machst du denn hier? Den Ort für den nächsten Rave ausbaldowern? Du bist mir einer."
„Ihr kennt euch?", sagte Reisinger. „Überrascht mich jetzt, aber gut. Also. Wir sind hier und rufen Hilfe, wenn ihr welche braucht. Und wir sicher sind, *dass* ihr sie braucht."
„Saskia wird reingehen. Sie gibt vor, sich bei Volker persönlich für die Heilung ihres Sohnes bedanken zu wollen, die sie mit dem Geld aus dem letzten Raubzug bewerkstelligt hat."
Reisinger musterte Saskia und hob die Augenbrauen, sagte aber nichts.
„Sie wird bei der erstbesten Gelegenheit Fotos vom Diebesgut machen, die sie auf Ihr Handy schicken wird", sagte Ansgar an den Kripo-Chef gewandt. „Das reicht als Beweis, um Verstärkung zu rufen, richtig?"
„Nur, wenn es eindeutig Diebesgut ist. Fotografier ein paar beliebige Juwelen oder Uhren und es interessiert mich nicht. Schick ein Bild vom Codex aureus und wir rücken an." Er gab Saskia seine Nummer.
„Dann wäre das geklärt. Saskia zieht eine Show ab, die Volker gefallen wird. Dass man ihm vor seinen Leuten huldigt, mag er ganz sicher."
„Wie viele Leute sind da drin?", fragte Eddie.
„Du glaubst denen doch nicht ernsthaft, dass in dieser Halle die Kriminellen samt ihrer Beute auf uns warten?", fragte

Reisinger seinen Kumpel. Der zuckte mit den Schultern. „Nur zur Sicherheit. Wie groß ist diese Bande?"
„Ich denke, zum engsten Kreis zählen höchstens fünf oder sechs", sagte Saskia. „Zumindest im Chat wirkte es immer so, dass nur ein paar wenige außer Bodo was zu sagen haben."
„Hm", machte Eddie. „Sind schon einige. Schauen wir mal."
„Dann los", sagte Ansgar.
Saskia ging die Straße hinab, Ansgar folgte ihr in einigem Abstand. Er hoffte zwar, dass Saskias Sinneswandel aufrichtig war, aber der Zweifel blieb. Er wollte wenigstens sehen, wie sie in der Halle verschwand.
Saskia schritt auf das äußere Tor zu und blieb davor stehen. Eine Klingel gab es offenbar nicht, aber es dauerte nicht lang, bis sich zwei Männer in schwarzer Kleidung näherten. Sie unterhielten sich kurz mit Saskia, dann ließen sie sie ein. Sie gingen gemeinsam über den Hof bis zur Tür, die sich öffnete. Bevor sie sich schloss, erhaschte Ansgar noch einen Blick darauf, wie einer der Männer Saskia bedeutete, sich zur Wand umzudrehen, damit er sie durchsuchen konnte – und als erstes das Handy aus ihrer Jackentasche zog.
„Mist!", fluchte Ansgar. Das durfte doch nicht wahr sein! Nicht mal das eigene Handy durfte man in diese Festung mitnehmen? Er eilte zurück zu den Autos, wo Johnny gerade versuchte, den Rollstuhl auf ein Surfbrett zu rollen, das er auf den Boden gelegt hatte. „… bestimmt irgendwie, wäre doch gelacht, wenn Wellenreiten nicht auch mit Rollstuhl möglich ist …"
„Sie haben ihr das Handy abgenommen!", rief Ansgar. „Sie kann uns keinen Beweis schicken."

„Gut“, sagte Reisinger und klatschte in die Hände. „Dann blasen wir die Sache ab. Ich weiß nicht, welche ominösen Geschäfte in dieser Halle betrieben werden, aber das ist auch nicht mein Problem. Ich bin nicht im Dienst. Also, offiziell schon, aber ich mache ja gerade blau. Ist dasselbe wie nicht im Dienst. Ade.“
„Moment!“, sagte Ansgar. „Ich gebe noch nicht auf. Johnny, wir gehen auch rein.“
„Und dann?“, fragte Johnny. „Wollen wir etwa per Gedankenübertragung eine Nachricht schicken? Habe ich noch nie über so eine weite Entfernung versucht, bisher hat das nur über kurze Distanzen …“
„Nein, wir überlegen uns was. Schlagen eine Fensterscheibe ein, lösen den Feueralarm aus. Uns fällt schon was ein.“
„Und du meinst, die lassen uns da reinspazieren?“
Ansgar schüttelte den Kopf. „Saskia ist rein, um sich für die Heilung ihres Sohnes zu bedanken. Johnny, du bist kleiner als ich. Du setzt dich in den Rollstuhl.“
„What? Ich soll der Sohn sein?“
„Wir wickeln dir einen Schal um den Kopf, vielleicht ist das eine Eigenart der Krankheit, dass man dauernd friert.“
„Ist es nicht“, sagte Ben.
„Egal! Los jetzt. Ben, dürfen wir deinen Rollstuhl ausleihen?“
„Wenn ich dafür mal in seinem Bus fahren darf.“
„Deal“, sagte Johnny und hob den Jungen heraus, um selbst im Rollstuhl Platz zu nehmen. Ansgar nahm ein buntes Batiktuch aus dem Bus und wickelte es Johnny um Kopf und Schultern, außerdem setzte er ihm eine Sonnenbrille mit Peace-Zeichen auf die Nase.

„Auffälliger geht's wohl nicht", sagte Reisinger.
„Wir haben keine Zeit für etwas anderes. Wenn Saskias Besuchszeit vorüber ist, macht Volker sich vielleicht gleich wieder auf die Socken. Wir erwischen sie jetzt oder nie."
Er schob Johnny Richtung Eingang und hielt vor dem Tor. Dann warteten sie.
Bald darauf erschienen die beiden Männer. „Sie wünschen?"
„Wir möchten gern zu Bodo", sagte Ansgar. „Das hier ist mein Sohn, seine Mutter hat eine Audienz bei ihm, also bei Bodo. Hirno. Wir sollten eigentlich im Auto warten, aber der Junge will unbedingt selbst Danke sagen. Gibt einfach keine Ruhe. Der Racker."
Die Männer musterten Johnny in seiner Verkleidung, der heftig mit dem Kopf nickte, und ließen sie herein.
„Taschen leeren, dann an die Wand stellen." Einer der Männer tastete Ansgar ab und fand nichts, das einzubehalten wert gewesen wäre. Der andere näherte sich Johnny, zögerte kurz, tastete dann aber doch seine Hosentaschen ab, was sich offenbar schwierig gestaltete.
„Was ist das hier?", fragte er und hielt ein Tütchen Gras und ein Feuerzeug in die Höhe.
„Braucht er für seine Krankheit", sagte Ansgar.
Johnny nickte heftig.
„Ok, das darf mit. Weiter."
Ansgar schob Johnny den beiden Wachleuten hinterher und sah sich dabei um. Das Untergeschoss der Lagerhalle war weiträumig und spartanisch eingerichtet. In der Mitte stand ein wuchtiger Tisch, an der hinteren Wand waren ein paar Hochbetten. Offenbar lebten hier auch einige Mitglieder

der Bande. An der Längswand befand sich ein Trumm von einem Schrank. Was da wohl drin sein mochte? Die Zielattrappen daneben ließen erahnen, dass es Waffen waren. Wenn die Bande so einen großen Schrank für ihr Arsenal benötigte, ließ das Böses erwarten. Ansgars Blick wanderte nach oben, wo eine seltsame Konstruktion an der Decke hing: Zwei Stahlseile hielten etwas Großes, das mit einem weißen Tuch verhüllt war. Es war schwer, die Dimensionen einzuschätzen, denn in einem hohen Kirchenschiff würde es bestimmt viel kleiner wirken – aber es käme hin, es könnte der Engelsgruß sein, den man aus Platzgründen unter der Decke aufbewahrte …

Die Männer führten sie bis zu einer Treppe, wo Ansgar Johnny aus dem Rollstuhl stemmte. Keiner half ihm, also mühte er sich keuchend mit seinem Freund ab, der ganz schlaff in seinen Armen hing. Könnte Johnny nicht wenigstens unauffällig mithelfen? So war es eine regelrechte Tortur, ihn Stufe für Stufe hinaufzuwuchten. Andererseits: Eine bessere Gelegenheit für ein Ablenkungsmanöver würde sich nicht bieten. Ansgar setzte einen Fuß auf die nächste Stufe, dann tat er so, als würde er abrutschen. „Aah!“, schrie er. „Mist, verdammter!“ Johnny ächzte, als Ansgar ihn unsanft auf der Treppe absetzte und sich das Bein hielt.

Einer der Wachmänner stöhnte auf. „Och, ne. Muss ich jetzt beide tragen?“

Ansgar rieb sich den Fuß und gab Schmerzenslaute von sich. „Bestimmt bin ich nur unglücklich umgeknickt. Bringt meinen Sohn zu Bodo, ich warte hier.“

Die Wachleute sahen sich an und nickten einander zu. Der eine trug Johnny und anschließend den Rollstuhl mühelos die Treppe hinauf, der andere blieb bei Ansgar. „Könnte ich was zum Kühlen haben?", fragte Ansgar, als sie allein waren. „Gibt's hier überhaupt ne Küche? Wenn's nur ne Packung gefrorene Erbsen ist, würde das schon helfen. Ich hab mir mal beim Tennis was gezerrt, da hat der Trainer auch gleich gesagt, Kühlen ist ganz wichtig, und hat mir da ne Flasche kalten Sprudel draufgedrückt, das war gut …"

„Ich hol was", grummelte der Mann. „Läufst ja eh nicht weg. Haha, wie dein Sohn."

„Haha, genau." *Du Arsch*, fügte Ansgar in Gedanken hinzu. Sobald der Typ weg war, sprang Ansgar auf und lief einmal um die Galerie herum. Er war fast auf Augenhöhe mit der Konstruktion, die von der Decke hing. Und da, unter einem Zipfel des Tuchs, war eindeutig Farbe zu erkennen – bemaltes Holz, das musste der Engelsgruß sein! Aber keine Chance, näher heranzukommen. Ansgars Blick folgte den Stahlseilen, die über eine Winde liefen und hinab ins Erdgeschoss führten. Sollte er das Gebilde zur Sicherheit noch herunterlassen? Aber was sollte sich sonst darunter verbergen, wenn nicht der Engelsgruß? Nein, er würde Reisinger verständigen, jetzt sofort.

„Hey! Ich hab gesagt, nicht weglaufen!"

Rasch stützte sich Ansgar auf dem Geländer ab. „Leichte Bewegung hilft. Haben Sie was zum Kühlen gefunden?"

Der Wachmann näherte sich und musterte Ansgar misstrauisch, bevor er ihm eine Packung gefrorene Erbsen überreichte. „Hier. Wie gewünscht."

„Danke“, sagte Ansgar, nahm die Packung und schielte zu den Fenstern, die Richtung Straße lagen. Ehe der Wachmann reagieren konnte, holte Ansgar aus und schleuderte die Packung ins Fenster.
Sie prallte ab und fiel zu Boden.
„Ups“, sagte Ansgar und lief los. Er wusste nicht, was er sonst hätte tun sollen – für diese Aktion konnte selbst er sich keine Ausrede einfallen lassen. Er sprintete vor dem Mann davon, einmal rund um die Galerie, und hatte die Treppe zum Erdgeschoss fast erreicht, als sich vor ihm eine Tür öffnete. Eine Handvoll Leute kam heraus, als letzte kam Saskia, die Johnny vor sich herschob. Hinter ihnen erschien Volker. Alle hielten inne und starrten Ansgar an – und Johnny, offenbar erschreckt, tat das einzig Falsche. Er sprang auf und rannte los. Sofort zog Volker eine Pistole und zielte auf Johnnys Rücken. Ansgar war mit einem Schritt bei Volker, fiel ihm in den Arm und drängte ihn zurück in den Raum, aus dem er gekommen war. „Alarmier Reisinger!“, schrie er Johnny nach, obwohl Ansgar keine Ahnung hatte, wie seinem Freund das jetzt noch gelingen sollte. Saskia, die auf der Schwelle verharrt hatte, machte einen Schritt zurück in den Raum und knallte die Tür zu. „Schließ ab!“, schrie Ansgar.
„Hab ich“, presste sie hervor, während sie sich gegen die Tür stemmte, weil bereits jemand versuchte, sich Zutritt zu verschaffen. „Aber ich weiß nicht, ob sie das aufhält.“
Immer noch rang Ansgar mit Volker, dem er die Waffe nicht hatte entreißen können. Volker schlug ihm mit der Faust ins Gesicht, aber Ansgar ließ nicht los. Er spürte, wie etwas aus seiner Nase lief, aber ignorierte es. Stattdessen

griff er Volkers Daumen und bog ihn zurück, bis die Pistole zu Boden fiel. Mit beiden Händen umklammerte Ansgar nun den Arm seines Widersachers, der näher an der Waffe war – und Volker war stark.
„Kick sie rüber!", rief Saskia an der Tür.
Ansgar wälzte sich auf den Rücken, jetzt konnte er die Waffe mit der Fußspitze erreichen – aber etwas hielt ihn zurück. Wenn nun Saskia wieder etwas mit Volker ausgemacht hatte? Und doch nicht auf Ansgars Seite war? Was, wenn das alles ein abgekartetes Spiel war, wenn sie gewusst hatte, dass man ihr das Handy abnehmen würde, wenn sie Ansgar nur endgültig in die Falle locken wollte …
„Jetzt mach schon!", schrie sie, als es lauter gegen die Tür hämmerte. Ansgar blickte ein letztes Mal von ihr zur Pistole, und plötzlich kam ihm die Bäckerin in den Sinn. Wenn das hier schiefging und er eine Kugel in den Kopf bekäme, dann könnte sie sich im Jenseits aber was über ihr ach so tolles Vertrauen in die Menschheit anhören! Er stieß die Pistole mit dem Fuß an, sie rutschte über den Boden. Saskia klaubte sie auf, den Rücken immer noch gegen die Tür gepresst. Dann richtete sie die Waffe auf Volker.
Doch der lachte nur. „Als ob du schießen würdest. Tu doch nicht so. Du bist ein Feigling, das hab ich gleich gemerkt." Er richtete sich auf. „Und jetzt verbündest du dich auch noch mit diesem Deppen hier." Er sah Ansgar in die Augen. „Ich hab's wirklich versucht. Aber du stellst dich einfach zu blöd an. Der erste Tipp sollte dich ködern, und der zweite war schwer, das geb ich zu. Aber beim dritten hättest du mich wenigstens fast schnappen müssen, und damit hättest

du für immer einen Stein im Brett gehabt bei Reisingers Amateuren."
„*Du* warst das?", fragte Ansgar. „Es war kein Informant, *du* hast mir die Männlein geschickt?"
Volker grinste. „Wir Verlierer müssen doch zusammenhalten. Als ich den Zettel mit deinem verzweifelten Gekritzel an einer Laterne gesehen habe, konnte ich es kaum glauben. Dachte, du wärst längst einer von den anderen – Staranwalt, Richter, so was. Aber auch dich hat diese marode Gesellschaft zugrunde gerichtet. Da musste ich dir doch unter die Arme greifen. Dir was zukommen lassen, damit dich endlich mal jemand ernst nimmt, selbst wenn Reisinger selbst so ein Clown ist. Und jetzt lasst endlich meine Leute rein, ihr habt eh keine Chance. Und erschießen kann mich keiner von euch. Ihr seid doch die Guten." Er näherte sich Saskia, die ihren Posten an der Tür verließ und sich zu Ansgar zurückzog.
Seltsamerweise hatte das Hämmern von draußen aufgehört. Volker schien es nicht bemerkt zu haben, sein Blick klebte an der Waffe. „Her damit", zischte er und kam näher.
„Stopp!", rief Ansgar, als Volker auf Höhe der Tür war, und entwand Saskia die Pistole. „Wenn du noch einen Schritt näherkommst, dann … dann …"
„Was dann?", fragte Volker höhnisch.
„Dann verfehlt dich am Ende noch die Tür."
Im selben Moment erzitterte sie heftig. Wie in Zeitlupe sah Ansgar, wie sie aufflog und Volker gegen den Kopf prallte, der zurückgeschleudert wurde.
Eddie sprang herein, hinter ihm folgte Reisinger. „Keine Bewegung, Polizei!", bellte der Kripo-Chef und zielte mit

der Pistole im Raum umher, bis er Volker reglos am Boden liegen sah. „Oh."

Eddie ließ das erhobene Bein sinken und runzelte die Stirn. „Der ist aber nicht sehr weit geflogen."

EPILOG

Ansgar stand unten an der Haustür und strich sein Sakko glatt. Er hatte eines ausgesucht, das nach Freizeit aussah, aber trotzdem schick. Vielleicht würden sie nach dem Kaffee noch essen gehen – vielleicht hätten sie abends auch Besseres zu tun, wer wusste das schon.

Er klingelte und musste nur kurz warten, bis Katrin ihm öffnete. Beim Hinaufgehen ließ er sich Zeit, er wollte nicht aus der Puste sein, wenn er oben ankam.

„Hey“, sagte sie und drückte ihn sanft. Ihre Verletzungen waren noch nicht ganz geheilt. Sie trug ihre Haare kurz, damit sie nicht aussah wie ein Punk, der sich die eine Hälfte des Kopfes kahlrasiert hatte, das waren ihre Worte gewesen.

„Gleich zwei Sträuße?“, fragte sie.

Ansgar hob den kleineren. „Der hier ist von mir. Der andere ist von Saskia, die sich nochmal bedanken wollte.“

Katrin winkte ab. „Ich hab ja nur den Kontakt hergestellt. Den Bericht geschrieben und die Spendenaktion ins Leben gerufen haben andere.“

„Trotzdem. Sie sagt, es ist jetzt schon genug Geld zusammengekommen, obwohl es noch drei Wochen bis Weihnachten sind. Und die Richterin hat ihre Strafe zur Bewährung ausgesetzt.“

Sie gingen hinein und setzten sich aufs Sofa. „Ich hab gehört, dem Wachmann geht es überraschend gut?“, fragte sie.

Ansgar nickte. „Volker wollte, dass Heinrich die Erfolge der Bande miterlebt. Auch wenn er ihnen beim Einbruch ins GNM nicht geholfen hat. Aber Volker wollte ihm offenbar beweisen, dass aus dem unzuverlässigen Jungen von damals etwas geworden ist."

„Ein Krimineller", stellte Katrin fest.

„Ja. Kandidat für deinen Podcast?"

Sie grinste schief. „Mal schauen. Wenn sie einen vom Fahrrad werfen, sind sie plötzlich viel uninteressanter."

„Übrigens weiß ich jetzt, warum er sich so bescheuert genannt hat. Und auch warum die Firma so hieß. Das hat mich die ganze Zeit wahnsinnig gemacht, die Firma hatte überhaupt nichts mit Schweden zu tun ... Bodo Hirno und Christoforo Sweden? Anagramme von Robin Hood und Sherwood Forest Inc., einer Firma, mit der er mal pleitegegangen ist."

„Er hat sich wirklich für einen Wohltäter gehalten ... Tja. Soweit ich weiß, hat Robin Hood keine unschuldigen Leute angezündet. Wie geht's Johnny?"

„Dem geht's gut. Ich hab ihm angeboten, das Gras zu erstatten, das er in der Lagerhalle verbrannt hat. Hat er aber abgelehnt."

„War sicher ein Opfer für ihn gewesen, sein liebstes Hab und Gut durchs Fenster entweichen zu sehen. Aber sein Rauchzeichen hat funktioniert."

„Ich bin froh, dass er es überhaupt zu den Toiletten geschafft hat. Ich will nicht daran denken, was passiert wäre, wenn sie ihn geschnappt hätten. Wenn Reisinger nicht rechtzeitig ..." Ansgar schüttelte den Kopf. „Zum Glück ist es vorbei."

„Und wir treffen uns endlich auf den Kaffee, den ich dir versprochen habe. Wenn dir das zu langweilig ist, können wir danach auch noch was unternehmen. Über den Christkindlesmarkt schlendern, zum Beispiel."

„Bloß nicht. Am Ende grinst mir noch ein Zwetschgen-männla ins Gesicht."
Sie rückte näher an ihn heran. „Dann würde ich vorschlagen, wir verbringen den Abend hier."

DANK

Ein paar Menschen haben das Manuskript vorab gelesen und mir wohlwollend ihre Kritik um die Ohren gehauen: Antonia Reineke, Leonie Kästner, Susanne Reineke, Christine Haubner, Violeta Menge und Friedhelm Kurz. Vielen Dank! Ich hoffe, ich habe all eure hilfreichen Anmerkungen gut umgesetzt …

Ich danke Dr. Sonja Mißfeldt dafür, dass sie meine vielen Fragen rund ums Germanische Nationalmuseum beantwortet hat und sogar mit mir ins neue Tiefdepot hinabgestiegen ist. Ich entschuldige mich übrigens bei den drei sympathischen Sicherheitsmitarbeitern des GNM! Dass die Wachleute im Roman Idioten sind, ist dem Plot geschuldet, nichts für ungut.

Außerdem bedanke ich mich bei Martin Quitterer, der mir mit seinen Frängisch-Kenntnissen geholfen hat. Einen gesprochenen Dialekt zu schreiben, ist immer schwierig und fehleranfällig. Alle Fränkisch-Sprechenden mögen mir deshalb verzeihen – es ging mir einfach darum, den Klang einzufangen, damit man sich beim Lesen etwas mehr wie im schönen Nämberch fühlt.

Zu guter Letzt danke ich meiner Schreibgruppe, die immer ganz großartig den Finger in die Wunde gelegt hat (und da gibt es bei Kriminalromanen naturgemäß einige von).

Wasabikarpfen
321 Seiten

Henrietta Hartl

Art.-Nr.: 212283
Preis: 16,90 €
ISBN: 978-3-931683-74-0

Erhältlich in unseren Service-Centern und im Onlineshop.

Oma Gerda ermittelt in ihrem zweiten Fall!

„Wasabikarpfen" ist ein fränkischer Comedy-Krimi, und das steckt auch alles drin: Fränkisch, Comedy und Krimi.

Eine Food-Bloggerin wird tot aufgefunden, der Mitarbeiter eines Sterne-Restaurants verschwindet spurlos, ebenso wie ein Kühllaster mit teuren Delikatessen.
Dazu kommen noch fast hundert offenbar vergiftete Gäste eines Business-Events. Hängt das alles zusammen? Und wer steckt dahinter? Kommissar Wudler ist mal wieder überfordert. Oma Gerda, die Niedlasreuther „Miss Maabl", muss also erneut zwischen Erlangen, Forchheim und Bamberg ermitteln – und am Schluss gleich zwei weitere Morde verhindern.